NEW SENSE STORY & FANTASY

마도의사

마도의사 5

최용섭 판타지 장편 소설

초판 1쇄 찍은 날 § 2002년 7월 25일
초판 1쇄 펴낸 날 § 2002년 8월 5일

지은이 § 최용섭
펴낸이 § 서경석

편집장 § 문혜영
편집책임 § 권민정
편집 § 장상수 · 박영주 · 김희정 · 이종민
마케팅 § 정필 · 강양원 · 김규진 · 안진원

펴낸곳 § 도서출판 청어람
등록번호 § 제1081-1-89호
등록일자 § 1999. 5. 31
어람번호 § 제1-0267호

주소 § 경기도 부천시 원미구 심곡1동 350-1 남성B/D 3F (우) 420-011
전화 § 032-656-4452   팩스 § 032-656-4453
http://www.chungeoram.com
E-mail § eoram99@chol.net

값 7,500원

ISBN 89-5505-365-7 (SET)
ISBN 89-5505-439-4 04810

5

돌아가는 길

최용섭 판타지 장편 소설

NEW SENSE STORY & FANTASY

마도의사

도서출판
청어람

목

차

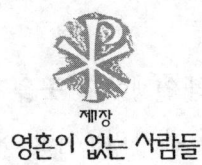

제1장
영혼이 없는 사람들

우린 지금 카샤니안으로 가고 있었다. 사실 우리는 여태껏 대륙 이 곳저곳을 아무 계획도 안 세운 채 두서없이 다니고 있었다. 그러나 행 운인지 불행인지 계속 일이 생겨서 계획을 안 세우고도 즐거운(?) 여행 이 가능했다. 하지만 그런 여행은 역시 한계가 있었으니… 우린 그만 갈 곳을 못 정한 것이다. 그렇다고 특별히 해야 할 임무가 있는 우리도 아니라서 새로 계획을 짜기도 난감했다. 없는 일을 만들 수는 없으니 까.

안 짜던 계획을 짜려니 머리에서 쥐가… 그래서 나온 계획이 '카샤 니안으로 돌아가자'였다. 예나의 의견이었는데 나나 죠세프, 예나의 고향인 카샤니안만 해도 대륙에서 손꼽히는 큰 나라인데다 애초 서방 대륙의 문명이 있던 곳에 동방, 그것도 독특하면서도 고유한 문화가 발 달한 박달민족이 세운 나라였다. 따라서 동방과 서방의 문화가 절묘하게 섞여 있는 나라라 볼거리가 다른 나라에 비해 훨씬 많았다. 그런 곳을 두고 엉뚱하게 멀리만 돌아다닌다는 것은 바보 같은 짓이란 것이 예나의 의견이었다. 우린 그런 예나의 의견에 만장일치로 찬성을 했다.

그런데 아느냐, 예나? 우리 일행이 갈 곳을 정한 사람은 대부분 나와 예나 너란 것을……. 그 다음이 다리온이군. 흠흠. 아무튼 그렇게 해서 지금 우린 길을 되돌아가는 중이었다. 하아~ 그런데… 여기까지 온 길은 그 기간도 꽤 되지만 말도 타고 드래곤도 타고 오는 바람에 온 거리 역시 만만찮았다. 에고에고, 언제 다 가나… 이놈의 대륙은 왜 이리 큰 거야? 돌아다니는 사람 힘들게.

"마을이에요!"
페디가 날아와서 소리쳤다.
"아마 밤에는 도착할 수 있을 거예요."
"고마워, 페디. 그런데 한 번 더 수고해 줘. 그 마을로 안내 좀 해주겠니?"
예나는 페디에게 길 안내를 시켰다. 참나, 명색이 드래곤인 페어리 드래곤을 길잡이로 이용하는 예나나 그런다고 길잡이 노릇 하는 페디나. 쩝.
아무튼 우린 페디가 안내해 주는 대로 길을 갔다. 그리고 페디의 말대로 밤에 마을에 도착했다. 그런데……
"이게 마을이야, 아니면 요새야?"
목책이 쭉 감싸고 있는 마을. 마을이라기보다 전쟁 중에 세워진 군사들의 요새 같았다. 하지만 지금 전쟁이 난 곳은 없으니 군사용은 아닐 것이었다. 그렇다면 숲에 사람 해치는 몬스터라도 있나?

우린 마을로 향해서, 아니, 목책의 문을 향해 걸어갔다. 우리가 목책의 문에 거의 다가갔을 때였다.

"누구냐?"

"히익!"

난 갑작스런 목소리에 놀랐다. 대체 누구냐, 이런 밤중에 숲이 떠나가라 소리를 지르는 인간이?

소리를 지른 사람은 목책 위의 경비를 서는 사람이었다. 그들은 목책 위에서 경계를 서다 우리를 발견하고는 크게 소리를 친 것이었다. 원래는 우리가 소리를 쳐서 사람을 부를 생각이었는데 사람들의 경계심이 대단한 모양이었다, 우리가 가까이 다가가자마자 저런 반응을 보이는 것을 보니.

"예, 저희는 그저 지나가는 평범한 여행자들입니다!"

난 크게 소리쳤다. 내 생각 같아서는 더 크게 소리 질러서 목소리 크기 대결을 하고 싶었지만. 콜록콜록. 에고, 목 아파~ 아무튼 내 말을 들은 마을 사람들은 서로 뭔가 수군거렸다.

"왜 저러지?"

난 의문이 들었다. 마을 사람들이 여행자를 보고 저런 반응을 보인다는 것은 마을 사람들이 목책을 세우고 경계까지 서면서 막고자 하는 존재가 사람이란 뜻이었다. 그렇다면 이런 산골 마을에서 막고자 하는 사람들이라면 산적일 가능성이 컸다. 하지만 우린 오면서 산적을 만나지 않았었다.

사실 우리 일행은 실제론 강하지만 겉보기에는 산적들이 만만하게 보고 덤빌 그런 구성이었다. 여자가 둘에 중년 남자 하나, 젊은 청년이

셋인데 그나마 내 경우는 누가 봐도 검사로는 보지 않았다. 실제로 검사도 아니고. 물론 마법사로 보는 사람도 많지 않았다. 하긴 마법사도 아니니까. 그 점에 있어서는 다리온의 경우도 나와 같았다. 그리고 죠세프는 강하긴 하지만 워낙 꽃미남 얼굴이라 겉보기에는 강하게 보이지 않았다. 그나마 강하게 보이는 사람—사실 드래곤—은 아르티닌인데, 한 사람이 여러 사람 막는다는 것은 상당히 힘들다는 현실이 있기 때문에 산적들이 자신들을 위해 차려놓은 밥상으로 볼 구성을 가진 일행이 우리였다. 그런 우리가 산적을 만나지 않은 것은 여기에 산적이 없다는 소리였다.

"잠깐 가까이 와보시오."

내가 잠시 생각하고 있을 때 어떤 노인이 우릴 불렀다. 우린 목책 밑으로 갔다.

"음… 다행히 아닌 것 같군. 어이, 크리스탄, 문을 열어라."

"하지만 촌장님."

노인이 우리에게 문을 열라는 지시를 하자 급히 나서는 사람이 있었다.

"왜 그러냐, 크리스탄?"

"왜라뇨? 어떻게 저들을 함부로 불러들입니까? 그들의 야비한 술책일지도 모르잖아요."

노인의 말에 반대하여 문 열기를 반대하는 청년의 이름이 크리스탄인 모양이었다. 그런데… 아니, 우릴 못 들인다고? 에라, 감기나 걸려라.

"허허, 크리스탄, 저들을 보아라. 아무리 보아도 저들은 선량한 여행자들일 뿐이야."

맞아요, 맞아요. 맞다니까요! 우리처럼 선량한 사람들이 어디 있다고.

"하지만 촌장님, 어떻게 한 번 보고 그런 판단을 하십니까? 촌장님께서도 항상 사람은 겉만 보고는 알 수가 없다고 하셨잖아요."

"어허. 이런이런. 크리스탄, 내가 아무리 늙어 눈이 안 좋다고 해도 사람을 구별하는 마음의 눈은 자네보다 훨씬 밝아. 내 눈에 저들은 모두 착한 사람들일 뿐이야. 그러니 어서 열지 못하겠느냐?"

크리스탄은 노인에게 호통을 들은 다음에야 우리에게 문을 열어주었다. 그리고 노인 덕분에 우린 마을로 들어설 수 있었다. 하지만 마을로 들어선 우린 입을 떼지 못했다. 원래대로라면 노인에게 감사하다는 말도 해야 하고 여관이 어디냐고 묻기도 해야 했지만 그럴 수가 없었다. 한참 가라앉은 침울한 분위기. 처음 온 우리의 입까지 닫아버리게 만드는 왠지 처량한 기분마저 드는 마을이었다.

"뭐죠, 이 분위기는?"

이브린이 참지 못하고 입을 열었다.

"란셀 씨와 다니면 언제나 다가오는 기분이죠."

다리온의 대답이었다.

어이, 다리온 씨. 그 말뜻이 뭐죠?

"마치 무덤 같아요."

이번엔 예나의 감상이었다.

"뭐얏! 이런 고얀 것들!"

예나의 말이 끝나자마자 들려오는 호통 소리가 있었다. 우린 놀라서 돌아보았다. 그리고 거기엔 어떤 무섭게 생긴 할머니 한 분이 계셨다.

"무덤이라니! 그러잖아도 마을에 일이 생겨 힘든 마당에 이런 고얀!

할 말이 따로 있지!"

"허허, 세론 부인, 이들은 방금 여기에 온 여행자들이오. 아마 여기 사정을 모르고 그런 걸 거니 그만 화를 풀어요."

우리를 변명해 준 사람은 촌장이었다.

"흥! 알았어요. 촌장 말이니 듣지요."

세론이라 불린 할머니는 몸을 홱 돌려 돌아갔다. 그런 세론을 보며 혀를 차던 촌장은 우릴 바라보았다.

"미안하게 되었네. 지금 우리 마을의 사정이 너무 안 좋다네. 그래서 사람들마다 신경이 곤두서 있지. 별일 아닌 단순한 말 한마디에도 예민한 반응을 보이는 실정이지. 그러니 이해들하게. 참, 이 마을에는 여관이 없다네. 그래서 잘 곳도 없을 테니 우리 집에 가지 않겠나?"

고마운 제의였다. 여관이 없다면 상당히 곤란한데 나서서 재워주겠다니……. 우린 모두 고맙다는 인사를 하곤 촌장의 집으로 갔다.

"원래 이 마을은 우리의 마을이 아니었네."

늦은 저녁을 대접받고 나서 촌장은 우리에게 마을의 이야기를 시작했다.

이 마을은 얼마 전까지만 해도 사람이 살던 마을이 아니었다. 지금 이 마을에 사는 사람들은 여기서 북쪽으로 5만 길드나 떨어진 곳에서 살았었는데 그 부근에 나케트라는 이름의 산적 무리가 나타났다고 한다. 원래 나케트는 용병단 출신으로 실력은 그럭저럭 쓸 만했는데 질이 나쁜 사람이었던 모양이다. 그래서 용병 길드에서 축출되고 산적으로 타락했다고 한다.

그런 용병 출신의 산적 떼들이 근처 마을을 계속 침범하였는데 워낙 흉악해서 영주조차 손을 쓰지 못할 정도였다고 한다. 그래서 촌장이 있던 마을 미드마드에서는 언제 쳐들어올지 모르는 나케트 산적단을 피해 이곳에 마을을 하나 만들었던 것이다.

그래서 이 마을 이름이 네오미드마드라나? 아무튼 네오미드마드를 건설하고 얼마 후 아니나 다를까, 나케트 산적단이 미드마드를 침범했다고 한다. 하지만 마을 사람들은 이미 산 너머 근처 마을이 침범당했을 때 산적의 침입에 대비해 네오미드마드가 건설되자마자 미리 마을의 쓸 만한 대부분의 물자는 네오미드마드에 옮긴 후였고 소수의 사람들만이 남았었다고 한다. 그리고 그 남은 사람들도 산적들이 침범하자 공간 이동으로 이곳까지 왔고.

"그런데 문제가 생겼다네."

촌장은 한숨을 쉬더니 말을 계속했다.

"소수의 사람들이 뒷정리를 하기 위해 마을에 남았었다네. 그리고 그 임무도 완수했고. 뭐 하나 잘못될 일이 없었는데 마지막에 미드마드에 남았던 사람들이 공간 이동한 후에 이상해졌다네. 모두들 정신을 잃고 깨어나질 않고 있어."

촌장은 다시 한 번 한숨을 쉬었다.

"그래서 마을 사람들은 이렇게 생각한다네. 나케트 산적단에 이상한 마법을 쓰는 마법사가 있다고 말일세. 그래서 여기라면 미드마드에서 멀리 떨어진 곳이라 안전한데도 저렇게 긴장하고 있지. 언제 나케트 산적단이 마법사를 앞세우고 쳐들어올지 모른다며 말일세."

촌장의 이야기는 끝났다. 그제야 우린 이 마을의 분위기가 왜 이런

지 이해가 갔다. 그러잖아도 뒤숭숭한 마을에 무덤 같다는 허튼소리까지 했으니… 그나마 할머니 한 분, 아니, 촌장님까지 노인 두 분만 들었으니 살았지 아니었으면 큰일 날 뻔했다. 으휴~ 땀나.

"그런데 어떤 마법이었죠?"

가만히 듣던 아르티닌이 물었다.

"무엇을 말인가?"

촌장은 잠시 어리둥절한 표정이었다.

"제 말은 공간 이동할 때 어떤 마법을 썼냐는 것입니다."

촌장은 아르티닌의 말을 듣고 더 모르겠다는 표정이었다.

"아니, 공간 이동이면 다 같은 공간 이동이 아닌가? 자네 말을 들으니 공간 이동 마법에도 종류가 있다는 것으로 들리는군."

"예, 그렇습니다."

아르티닌은 촌장에게 공간 이동에 대해 설명했다.

"공간 이동은 크게 세 가지로 나뉩니다. 첫 번째로 우선 순수한 마법 자체로 이동하는 것이 있죠. 장거리 이동 마법인 텔레포트나 단거리 이동 마법인 블링크가 여기에 속합니다. 그리고 공간을 뛰어넘는 방법이 있습니다. 어떻게 보면 텔레포트와 비슷한 것 같지만 엄연히 다르답니다. 차원 공간의 틈을 이용하는 방법이기 때문입니다. 대표적으로 워프를 들 수가 있습니다. 마지막으로 어떤 이차원의 공간을 매개로 한 겁니다. 어떻게 보면 워프와 비슷한데 워프가 순수하게 공간과 공간을 넘어 원하는 곳에 가는 것이라면 이건 공간을 넘어 다른 차원으로 갔다가 다시 공간을 넘는 것입니다. 각 차원은 서로 겹쳐 있고 또 각 차원끼리는 공간에 구애받지 않고 통해 있는데 그것을 이용한 겁니다. 제가 이렇게 공간 이동의 방법에 대해 설명한 것은 혹시 마지막 방법으로 공간 이동을 해서 그런 것이 아닌가 해서입니다. 순수 마법에 의한 공간 이동이라면 마법력이 높지 않은 이상 작은 물체나 소수의 인원만을 이동하는 것이 다입니다. 그리고 공간을 넘는 워프의 경우도 텔레포트에 비해 훨씬 큰 물질을 옮길 수 있긴 하지만 역시 강한 마법사가 아니면 다수는 무리죠. 게다가 워프는 텔레포트보다 어렵답니다. 하지만 차원을 이용한 방법은 워프보다 쉽고 큰 물질은 물론 다수의 인원도 옮길 수 있습니다. 하지만 그만큼 위험하죠. 자칫해서 엉뚱한 곳을 경유하면 죽을 수도 있으니까요. 가령 악마계로 간다던가… 제가 본 것은 아니지만 들은 것만 따진다면 공간 이동을 할 때 경유지를 잘못 선택한 것 같습니다."

아르티닌의 설명이 끝났다. 촌장은 다 듣고는 고개를 끄덕이며 말했다.

"그렇군. 공간 이동 하나에도 그렇게 다양한 방법이 있었군. 하지만 미안하게도 전부 아닐세."

촌장은 잠시 우릴 바라보더니 다시 말했다.

"그때 쓴 방법은 자네가 말한 세 가지 방법 중 하나가 아닌 다른 방법이라네. 방식이 다른 공간 이동. 그러니까 제4의 방법이지."

난 놀랐다. 아르티닌의 설명은 정확한 것이었다. 비록 완전한 설명은 아니었지만 이동 마법에 대한 전반적인 사항은 다 말한 것이었다. 그 말은 현재 아르티닌의 설명한 방법 외에 다른 이동 마법의 방식은 없다는 소리였다. 그런데 제4의 방법? 어떤 천재 마법사가 새로 만들어낸 것인가?

하지만 그건 아니었다. 기존 방식을 응용해 마법을 만들어도 그 마법사는 대단한 마법사인 것이다. 하물며 새로운 방식으로 마법을 만들었다면 그 마법사는 천재 중의 천재. 세계 역사에 길이 남을 위대한 마법사인 것이다. 그 정도의 마법사라면 아무리 흉포한 산적이 떼로 몰려와도 순식간에 전투 불능의 상태로 만들 능력이 있는 것이다. 아니, 드래곤이라도 가지고 놀 실력인 것이다. 하지만 미드마드 사람들이 여기 네오미드마드에 온 것을 보면 그런 마법사는 없었단 소린데… 그럼 제4의 공간 이동 마법은 대체 뭐란 말인가?

"그런 방법이 있습니까? 대체 어떤 마법이죠?"

난 촌장에게 물어보았다. 촌장은 나를 보고 가볍게 웃으며 말했다.

"그건 마법이 아닐세."

이건 또 무슨 소리야? 마법이 아니라니? 마법이 아니고서 어떻게 공간 이동을 하지? 난 촌장의 말에 귀를 기울였다.

"우리가 쓴 공간 이동은 마법이 아닌 과학이지."

과학? 난 촌장이 한 말을 다시 되새겼다. 과학이라… 어떻게 보면 마법과는 상반된 학문. 그러면서도 마도 시대에 융성했던 학문. 물론 마법에 밀려나긴 했지만 마법 외에 또 다른 길을 제시한 학문. 이것이 내가 아는 과학의 전부였다. 어떤 이는 사람이 살아가는 것, 그리고 마법까지 사실은 모두 과학이라고 했지만 그때도 그렇고 지금도 그 말은 어리석은 자의 대표적인 발언으로 인용이 될 뿐이었다. 하지만 그런 과학이 지금 내 바로 앞에 있는 것이 아닌가?

"훗, 못 믿겠다는 표정들이군. 그럼 직접 과학으로 공간 이동을 시킨 사람을 만나보면 믿겠나?"

난 정신을 차리고 촌장에게 물었다.

"그런 사람이 있습니까? 대체 어디에 있죠?"

촌장은 우릴 보고 다시 웃었다. 그리고 말했다.

"자네들 앞에 있다네."

우리 앞? 우리 앞에 있는 사람은 한 사람뿐인데? 바로 촌장… 응? 촌장?! 그렇다면……?

"내가 공간 이동 기계인 워프머신을 발명한 사람이네. 그러고 보니 내 이름을 말 안 했군. 난 과학자인 바르스 하이넨이라고 하네."

하아, 내가 과학자를 다 만나다니…….

"과학이란 말일세."

바르스 하이넨은 과학에 대해 일장 연설을 늘어놓았다. 정말 신기했다, 내가 정말 과학자를 만나보게 되다니. 바르스 하이넨의 이야기? 이해도 안 가는 말. 한 귀로 듣고 한 귀로 흘러 나갔다.

"아참, 내 정신 좀 보게. 자네들, 내 워프머신과 실험실을 보겠나?"

우린 고개를 끄덕였다. 이런 희귀한 볼거리를 놓칠 수야 없지.

"좋네. 그럼 지금 보러 가세."

바르스 하이넨은 우릴 지하실로 안내했다.

"여기에 내 실험 기구들과 공간 이동이 사용된 기계가 있다네."

"기계요? 기계로 공간 이동을 하나요?"

난 바르스에게 되물었다.

"그렇다네. 그럼 자넨 뭘로 한다고 생각했나? 마나로? 아니면 다른 이상한 기운으로? 그런 것은 마법이지. 기계로 하니까 과학일세."

그러는 중에 우린 하나의 철문에 당도했다.

"이 안에 모든 것이 있네. 우리 집이 밖에서 볼 때는 작지만 사실 지하실은 엄청나게 넓지."

바르스는 말을 하면서 철문의 문을 열었다. 그런데 난 한 가지 의문이 들었다.

"그런데 촌장님."

"왜 그러나? 이런, 녹이 슬었나? 잘 안 열리는구면."

"아, 녹이 슬었으면 기름을… 아, 아니지. 촌장님 말씀대로라면 이 안의 물건들은 매우 소중한 물건들일 텐데 처음 보는 우릴 어떻게 믿고 보여주시는 거죠? 혹시 저희가 과학배척주의자여서 물건을 파괴할 수도 있고 하다못해 도둑일 수도 있잖아요."

그러자 바르스가 우릴 돌아보았다.

"허… 과학배척주의자란 사람들이 있던가? 말도 즉석에서 잘 지어내는구면. 이보게, 난 세상에서 겪을 풍파 다 겪은 사람일세. 그런 내 경험에서 나온 육감이 자네들을 믿어도 좋다고 한다네. 허허, 과학자가 육감을 말하니 좀 안 어울리기는 하지만… 그래도 비록 내가 자격 미달 과학자가 될지라도 난 내 육감을 믿거든."

바르스는 그렇게 말하고 문을 열었다. 그리고 그 안을 보니…

"화아~ 이건 연금술사 방보다 더하군요!"

난 저절로 탄성이 나왔다. 아니, 연금술사와 비교한다는 자체가 무리였다. 연금술사는 기껏해야 많은 종류의 약병과 혼합 기구, 솥, 책장 등이 있을 뿐이지만 여긴 여러 용도를 알 수 없는 기구는 기본이고 상당히 많은 기계들이 빼곡이 들어서 있었다.

"우와~ 여기 있는 쇠들만 녹여도 일개 부대가 쓸 칼은 나오겠다."

죠세프의 소감이었다.

"저… 여기 있는 쇠들을 팔면 얼마나 나와요?"

이건 에나의 소감이었다. 아르티닌이나 이브린의 경우 말은 없었지만 뭔가 이상한 생각을 하는 것은 뻔했다. 어쨌든 죠세프와 에나의 소감을 들은 바르스는 떨떠름한 표정이었다.

쯧쯧, 이거… 죠세프와 예나 덕분에 이미지 구기는구만. 대체 그런 무식한 말들을 하다니… 또 예나도 물을 게 없어서 그런 걸 물어봐? 예의가 없군. 질문하려면 나처럼 수준있는 질문을 해야지.

"저… 촌장님, 이것들 무게가 다 합쳐서 얼마나 나갈까요?"

이, 이런… 내가 이런 질문을… 흠흠… 나, 난 원래 예의가 없는 사람이라… 아니, 난 예의가 아주 많은 사람이건만 말이 예의없게 나갔군. 내 입과 난 별개의 인격인가 봐.

"헛험, 허허… 재미있는 사람들이로군. 그보다 여기가 내 실험실이라네. 여기에 공간 이동 기계도 있지."

바르스의 말을 듣자 어떤 기계인지 궁금해졌다. 그리고 솔직히 기대가 되었다. 정말 기계가 있다면 나 같은 사람도 공간 이동이 가능하다는 소리였다. 사실 말이 나왔으니 말이지 내가 그동안 공간 이동 마법이 통하지 않는 바람에 얼마나 고생을 했냔 말이다. 드래곤 등에서 목이 쉬도록 고함도 질러보고—왜 천천히 가라는 뜻으로 고함을 지르는데 더 빨리 가냐고—나 때문에 공간 이동 하면 될 걸 같이 걸어가느라고 온갖 눈치에 비난을 듬뿍 받은 적이 몇 번인지… 만일 기계가 쓸 만하면 내 모든 재산을 털어서라도 공간 이동 기계 체인 사업을 할 거다!

"한번 구경할 텐가?"

바르스는 우릴 지하실의 한쪽으로 안내하려 했다. 하지만 다리온이 따라가려는 우릴 말렸다.

"구경도 좋지만 사람들이 어떻게 된 것인지 한번 봐야 하지 않을까요, 란셀?"

다리온의 말도 일리가 있었지만 이번 일은 내가 할 일이 아니란 생각이 들었다. 왜냐하면 마을 사람들이 깨어나지 못하는 것은 공간 이동 기계에 의한 것이었다. 마법에 의한 것이 아니라 과학에 의한 것이란 소리다. 그렇다면 과학에는 문외한인 나로서는 해결할 능력이 없는 것이었다. 그런데 다리온은 그런 내 마음을 아는지 말을 이었다.

"물론 우리의 지식으로 풀 수 없는 문제일지도 모릅니다. 아니, 아마 그것이 정확할 것입니다. 하지만 만약이란 것이 있을 수 있으니까요. 란셀 같은 직업의 사람은 특히 그 만약을 언제나 염두에 두어야 할 것입니다."

음… 만약이라… 그렇긴 하지. 만약. 그런데 거기서 왜 내 직업이 나오지? 내 직업. 겉으론 마도의사. 실제론 여행자. 하는 일은 연금술사 비스므리. 왜? 맨날 이상한 약만 조합하니까. 문제는 여행 목표 없음. 꼭 따져서 말하자면 길 따라 바람 따라 발 가는 대로 유랑하는 백수. 이런, 직업 얘기가 나오니 이상한 방향으로 흐르는군. 갑자기 내 자신이 한심해지는 이유는 뭘까?

"그래요, 란셀. 한번 사람들을 살펴봐요."

내가 이상한 쪽으로 생각이 흐를 때 예나가 다리온의 의견에 찬성하고 나섰다. 예나만이 아니라 다른 사람들도 찬성했다. 하아~ 이 사람들 왜 이리 호기심이 많은 거야? 아예 일을 찾아다니는군. 그러면서 날 보고 뭐? 일을 몰고 다녀? 그래, 몰고 다니는 것 좋다고 아무렴 찾아다니는 것보다 더하겠어?

"그럼 빨리 가죠."

"예, 다리온."

하지만 속마음이야 어떻든 결국 다수의 의견에 따를 수밖에 없었다. 흑, 소수의 의견도 좀 들어달라고.

"아니, 이보게들."

그런데 우리의 행동으로 정말 놀란 사람은 바르스인 것 같았다. 놀라는 것이 무리도 아니었다. 어디서 온 건지 모르는 외지인이, 그것도 의사도 아닌—흑, 나 마도의사야. 그런데 왜 안 알아주지?—사람들이 쓰러져 있는 사람들을 보겠다니. 그러잖아도 뒤숭숭한 마을 분위기 험악하게 만들 수도 있기 때문이었다. 한마디로 불난 집에 기름 끼없는 꼴이 나지 말란 법도 없는 상황.

　"이보게들."

　뒤에서 바르스가 다시 불렀다. 하지만 다리온을 필두로 한 우리 일행은 그대로 밖으로 나갔다. 나도 따라 나갔다. 그리고 급히 다리온에게 달려갔다.

　"다리온."

　"왜 그러시죠?"

　"왜 그러다뇨? 지금 우리의 행동이 어떤 결과를 가지고 올지 모르나요? 이 일은 우선 촌장에게 먼저 허락을 받고 촌장이 다시 사람들에게……."

　"그럴 필요 없습니다."

　다리온은 내 말을 딱 잘라 말했다.

　"우리가 평범한 일행이라면 그래야겠죠. 하지만 우린 저 녀석이 있습니다."

　그러면서 다리온은 머리 위쪽을 가리켰다. 다리온의 손끝을 따라가자…

　"페디?"

　"맞습니다, 란셀. 뭐든지 이용할 수 있는 것은 최선을 다해 이용하는 것이 삶의 지혜죠."

마을 사람들은 마을 회관에 있었다. 깨어나지 못하는 사람들을 처음엔 가족들이 돌보았지만 마을 일이 많아져서 일손이 달리다 보니 일손이라도 줄이고자 마을 회관으로 사람들을 옮긴 것이었다.

"모두 열다섯 명이 저런 상태입니다. 희한한 것은 아직 죽은 사람이 없다는 것이죠. 하지만 살았다고 말할 수 있는 상태도 아니니… 쯧쯧."

우릴 안내해 준 사람은 그렇게 말하고는 일이 많다며 곧바로 가버렸다. 하지만 일이 많다는 것은 핑계고 아마 페디가 무서워서였을 것이다.

처음 다리온의 의견대로 페디를 내세웠을 때 사람들은 페디를 무시했다. 하긴 드래곤이라고 소개가 되었는데 흔히 생각되는 엄청나게 큰 덩치에 강한 존재감으로 보는 것만으로도 심장을 옥죄는 듯한 위압감을 주는 드래곤이 아닌 쬐끄만한 날개 달린 도마뱀만 덜렁 하니 있으니 당연한 반응이었을 것이다.

그런데 문제는 몇몇 사람들이 페디를 박쥐라고 했다는 사실. 페디는 박쥐라고 불리는 것을 가장 싫어했다. 우리와 만났을 때 우리 중 누군가가 페디를 부를 때 꼭 박쥐라고 불러서 노이로제에 걸린 것이었다(그려유. 저구먼유. 내 탓이오, 내 탓이오, 내 큰 탓이로소이다). 하지만 같은 일행끼리니까 넘어갔는데 생판 모르는 사람들이 자신을 박쥐라 부르니 화가 폭발한 것이었다. 그 착한 페디가. 그래서 약간 솜씨를 보이니 모든 사람들이 곧바로 페디를 드래곤이라고 인정하고 궁극적으로는 다리온이 의도한 대로 되었다. 문제라면 사람들이 페디에게는 물론 우리에게까지 약간이나마 두려움을 갖게 되었다는 것이다. 사람들이 비록 약간이라지만 우리를 두려워한다면 제대로 말을 못할 것이고 우리도 왜 마을 사람들이 못 깨어나는지 제대로 못 물을 것이 뻔했다.

"이봐, 페디. 너무 겁준 거 아냐?"

난 페디를 나무랐다. 페디도 마을 사람들 분위기에 조금 당황한 모양이었다.

"아, 아닌데요. 전 그저 마법 몇 가지만 보인 건데… 그 정도라면 검이든 마법이든 어느 정도 실력있는 사람이라면 쉽게 피하거나 막을 수준이었다고요."

음, 페디 말도 맞았다. 내가 워낙 드래곤이란 대단한 존재들 틈에서 자랐고 지금 일행도 대단한 능력자들이 있어서 페디의 마법이 대단치 않게 보일 수도 있긴 하지만 최소한의 객관적인 평가라는 것이 있었다. 페디가 화가 나서 좀 강한 마법을 썼지만 그래도 두려움을 가질 정도는 아니었다.

"그건 그래. 여기 사람들은 이상하게 마법을 무서워했던 것 같아."

우리의 의문을 해결해 준 사람은 바르스였다.

"자네들이 어떤 곳으로 돌아다녔는지는 모르지만 평생 마법을 못 본 사람도 있네. 바로 우리 마을 사람의 경우지. 우리 마을은 전에 있던 곳이나 여기나 신속에 고립된 마을일세. 그러다 보니 어느 정도 폐쇄적인 면도 있고 다른 마을들과 왕래도 없지. 바로 옆에 있는 마을과도 잘 왕래를 안 했으니 말 다 한 거지. 그리고 그건 옆 마을도 마찬가지였고. 나케트 산적단이 아무리 용병 출신에 험악해도 각 마을이 힘을 합쳐 대처를 했으면 어느 정도 막을 순 있었을 것이지만 그러하지 못한 이유가 거기 있지. 네오미드마드에도 다른 마을 사람은 없는데 그이유도 마찬가지야. 여기 대륙 북쪽의 산악이 많은 지역에는 그런 마을이 제법 있다네. 아, 말이 좀 빗나갔나? 아무튼 우리 마을도 그런 배경을 가진 마을일세. 그래서 제대로 마법을 본 사람이 무척 적다네. 나를 포함해서 서너 명 정도? 그런데 마법을 본 사람들은 모두 정신을 차리지 못하고 있는 저 사람들이지."

난 바르스의 말을 듣고 어느 정도 이해가 갔다. 페디가 쓴 마법은 공격 마법. 산골에서 겨우 농사나 짓던 사람들이 갑자기 불덩이가 날고 바위가 부서지는 광경을 보고 놀리지 않을 리 없었다.

"맞아. 나도 전에 그런 마을을 본 적이 있어. 정말 마법에 대해 무지한 사람들이었지. 여기보다 더 북쪽이긴 하지만. 란셀, 너도 기억날 거야, 카나이드님과 여행을 다녀봤을 테니까."

뒤에서 아르티닌이 속삭였다. 그런데 기억? 절대 안 나지. 그리고 언제 우리가 이런 북쪽 마을을 같이 오기라도 했나? 맹세하지만 난 이런 마을은 처음이었다. 나에게 이번 여행은 첫 여행이나 다름없었다. 아르티닌의 말대로 카나이드에게 한참 배울 때 가끔 카나이드와 여행을 하긴 했지만 그때는 대부분 도시로 갔었기 때문에 이런 폐쇄된 마을을 볼 기회가 없었던 것이다.

그러게 세상은 오래 살고 봐야 한다니까. 내가 보통 사람처럼 백 살 이전에 죽었다면 이런 마을은 생전 보지 못했을 것이다. 대륙에 보편적으로 퍼져 있는 마법은 모르면서 별로 안 알려진 과학을 안다니… 하긴, 내가 마도의사로 여행을 안 했다면 관심도 없었겠지만 말이다. 그런데 구경하기로 따지면 마법보다 과학이 더 보기 힘든 것인데… 이 네오미드마드 사람들은 운이 좋은 건가, 아니면 나쁜 건가?

마을 회관 안은 생각보다 좁았다. 그저 보통 주점만한 크기였다. 마을이 작으니 회관도 작은 모양이었다. 그 마을 회관 안에 사람들이 누워 있었다.

"흠… 그럼 한번 볼까?"

난 사람들을 살폈다. 모두 열다섯 명이었는데 암만 봐도 깊이 잠든 것처럼 보였다. 피부에 혈색도 보통 사람의 혈색 그대로고 조용하긴 하지만 숨도 쉰다. 하지만 아무리 깊이 잠든 사람이라도 몸을 약간이라도 움직이고, 몸을 움직이지 않더라도 눈동자가 떨리는 모습이 눈꺼풀을 통해 보여야 하는데 그런 모습은 전혀 보이지 않았다. 이 사람들, 간단히 정의하자면 죽은 듯이 잠자는 모습이랄까? 음, 그것도 아니다. 방금 잠자는 사람의 특성을 말하고는… 아무튼 살아 있긴 살아 있는데… 흠… 그렇다면 잠자는 시체? 그건 좀 말 된다.

"란셀, 어떤가요?"

뒤에서 다리온이 물었다.

"글쎄요……."

난 할 말이 없었다. 예전 마도 시대에도 이것과 비슷한 병이 있긴 했다. 하지만 비슷하게만 보인다 뿐이지 지금 이 사람들의 상태와는 전혀 달랐다. 마도 시대의 병은 산 사람이 좀비가 되는 병이었다. 좀나헤이르라는 병이었는데 마법사에게 주로 걸렸던 병이다. 살아 있는 좀비. 하지만 그럴 경우 피부에 그 특징이 나타나는데 핏줄이 뚜렷하게 보이게 된다. 하지만 지금 이 사람들은 그런 특징이 없었다.

좀나헤이르에 걸린 사람이 핏줄이 두드러져 보이는 특징을 보이는 것은 발병 사흘 정도가 지나서이다. 하지만 이 사람들은 그 이상의 시일이 지났고 그런데도 좀나헤이르의 특징이 안 나타나는 것을 봐선 좀나헤이르는 아니었다. 게다가 이 사람들은 마법사도 아니었다. 그렇다면 생명력이 빠져나가기라도 했나? 하지만 그런 경우에는 정상 활동이

가능하다. 그 증거로 한 사람이 있는데 바로 이브린. 사실 이브린이 앓고 있는 병도 마도 시대의 병이다. 사실 이브린이 앓고 있는 병은 무서운 병이었다. 치료도 불가능하고 병을 억제하는 것도 힘들었다. 그 강대한 마력을 지닌 아르티닌조차 모든 힘을 다 쏟아 부어서야 겨우 이브린을 유지시키는 정도만 할 뿐이었다.

말이 빗나갔지만 어쨌든 이 사람들의 증상은 내가 알고 있는 지식 중에는 없었다. 그렇다면 결론은 두 가지였다. 하나는 마도 시대의 병이 아니란 것, 다른 하나는 마도 시대의 병이긴 하지만 너무 희귀해서 내가 미처 배우지 못한 병이란 것. 어쩌면 병이 아닐지도 모르지만. 문제는 두 경우 모두 내 능력을 떠난 것으로 내 힘으로는 치료가 불가능하다는 것이었다. 아, 또 한 가지가 있군. 과학에 의한 병. 그렇다면 이건… 음… 애초에 모르는 분야라 뭐라 설명할 수가 없군.

"저… 그런데 이상하네요."

예나가 뭔가 이상하다는 듯이 고개를 갸웃거렸다.

"제 느낌이 틀렸는지 모르겠지만 저 사람들… 뭔가 이상해요. 분명 생명력이 느껴지는 것 같긴 한데… 뭔가… 그게 대체 뭐지? 페디야, 넌 혹시 알겠니?"

예나의 물음에 페디도 고개를 갸웃거렸다.

"맞아요. 분명 생명의 기운은 있어요. 하지만… 이건 말이 안 돼요. 생기가 없는 생명력이라니. 어두운 빛이 있다는 말과 같잖아요?"

"그, 그러냐?"

대체 뭐가 뭔지 모를 말이었다. 생기없는 생명력? 본디 사람이 죽기 일보 직전이라도 간당간당하게 이어갈 생명이 있으면 그만큼 생기도 있는 법이 아닌가? 생명력과 생기는 샴쌍둥이와 같아서 다른 듯하면서도 하나인 것인데 지금 에나와 페디의 말은 정반대였다.

"모르겠지? 그럴 걸세. 과학자인 나도 모르는데……."

바르스의 말이었다. 난 그런 바르스의 말에 좀 기분이 상했다.

"아니, 지금 이것이 과학과 무슨 상관이 있다고 그러시죠? 이건 의학적으로 풀어야 한다고요."

"훗, 뭘 모르는군. 의학이란 바로 과학일세. 과학은 넓은 학문이야. 세상의 모든 학문은 단 한 가지로 말한다면 과학이지. 일례로 자네가 어떤 문자를 배운다고 치세. 그렇다면 그 문자와 말이 서로 공유하는 사람끼리 통하려면 어떤 규칙이 있어야 하는데 그걸 문법이라고 하지. 그 문법의 규칙이 바로 과학일세. 그 수많은 언어를 일정한 규칙으로 배치하는 것은 바로 과학의 기초인 수학의 수식과 같기 때문이지. 게다가 말을 하는데 그 혀의 위치나 입의 모양, 크기 등에 따라 나오는 소리가 달라지니 이것이 또 과학이 아니면 뭐겠는가? 의학도 마찬가지일세. 모든 사람의 생김새가 다르지만 그 안에서 동일점을 찾고 흐르는 기운을 찾고 여러 가지 재료로 병원균을 없애니 그것 또한 과학이지."

흠… 도저히 무슨 소린지 모르겠다. 하지만 그런 말을 하면 무시당하겠지?

"그런 것은 잘 알고 있습니다. 하지만 저 사람들의 상태를 과학적으로 증명할 수 있습니까?"

내 말에 바르스는 심각한 표정을 하며 말했다.

"글쎄, 내가 여러 가지 과학적인 방법으로 살피기도 했고 치료도 하려고 했지만……."

결국 바르스도 뒷말을 흐렸다.

"그래요? 하긴 세상에는 과학으로 풀 수가 없는……."

"하지만."

바르스는 다시 말을 꺼내 내 말을 막았다.

"좀 더 발전된 곳으로 가면 이들을 살릴 방법이 있을 걸세. 물론 이런 시골 마을에서 발전된 도시로 가는 것은 무리지. 하지만 내 공간 이동 기계를 도회지에 놓으면 그때그때 필요할 때마다 의사들을 얼마든지 부를 수가 있지."

흠, 그건 좋은 방법이었다. 하지만 궁금한 생각이 들었다. 과연 그렇게 먼 거리에서도 가능한가? 마법이라면 의심을 안 하겠지만 사람이 만든 기계는 좀 의심이 갔다. 아니, 마법이라도 먼 거리를 이동시키는 것은 시전자의 능력에 따라 다르다. 마법진의 경우 대륙 끝에서 끝으로 이동시킬 순 있지만 그런 마법진을 만들려면 보통의 마법사로는 불가능했다. 그건 마도 시대에도 마찬가지였었다. 그런데 마도 시대 때에도 주목받지 못하던 과학이란 학문과 기술이 마법보다 강하단 말야? 말도 안 돼. 그래서 우선 난 바르스의 말에 의문을 제기했다.

"그런데 그 기계 그렇게 성능이 좋은가요? 여기서 발전된 도시까지는 상당한 거리일 텐데요."

내 질문에 바르스는 자신있게 웃으며 말했다.

"물론 그렇다네. 상당한 성능이지. 중간에 기계를 또 설치할 필요 없이 대륙의 끝에서 끝까지 이동이 가능하지. 게다가 조금만 더 발전시키면 차원 간의 이동도 가능할 걸세."

"말도 안 됩니다!"

난 바르스의 허풍에 어이가 없었다. 바르스의 말이 정말이라면 지금보다 더 발전한 과학 문명이 있던 마도 시대는 왜 과학이 주를 이루지 않고 마법이 근간을 이루었을까? 마도 시대 때의 과학은 그저 보조 학문이었을 뿐이다. 그런데 그때보다 더 뒤떨어진 과학 문명을 가진 지금 이 시대에 무슨 대단한 것이 있어서 과학이 마법을 능가한단 말인가? 바르스는 이런 내 생각을 알았는지 나에게 설명을 하기 시작했다.

"자네는 과학을 이해 못하는군. 과학이란 응용력이 무궁무진한 학문일세. 내가 좀 전에 말했지? 모든 학문을 한마디로 말한다면 과학이라고 말일세. 그런 점 때문에 과학은 어디에든 이용이 가능하고 같은 기술이라도 효과가 다르고 같은 효과를 보기 위한 것이라도 그 사용하는 기술이 다를 수 있다네. 즉, 과학을 어떻게 이용하느냐에 따라 작은 기술로도 큰 효과를 거둘 수 있고 심지어 드래곤의 마법을 능가할 수도 있다네. 내가 만든 공간 이동 기계도 마찬가지로 거기에 쓰인 기술은 간단하다네. 물론 그 기술 자체는 첨단 기술이지만 말일세. 원리가 간단하다는 말이지. 문제는 창의력이야. 그건 마법에도 통용이 되는 말일걸?"

바르스는 거기까지 말하고 잠시 숨을 고른 다음 다시 말하기 시작했다.

"자네, 아니, 자네들이 궁금해하니 내가 공간 이동 기술의 원리를 설명해 주겠네. 자네 눈앞에 무엇이 있는가? 나 말고 자네와 나 사이 말일세. 아무것도 없지? 그렇게 생각되지? 하지만 자네와 나 사이엔 무수히 많은 물질이 있다네. 당장 자네가 손을 휘저어봐도 뭔가 있다는 것이 느껴질 걸세. 최소한 바람이라도 일지 않는가. 또 손에 뭔가 걸리지 않는가? 분명 손이 나가는 것을 미약하게나마 막는 무엇이 있지?"

난 한번 손을 휘저어보았다. 내가 생각해 보아도 바보 같은 짓이었다. 그거야 누구나 다 아는 사실이 아닌가?

"이건 기초 상식 아닌가요? 최소한 더울 때 손부채라도 젓는 이유가 바로……."

"물론 보통 사람들도 공기가 있다는 것을 아네. 그걸 알기에 자네 말대로 부채질을 하지. 하지만 우리 과학자들은 그 공기에 세상의 모든 물질이 있다고 생각하고 확신한다네. 그 확신을 토대로 만든 것이 바로 공간 이동 기계지."

점점 더 알 수 없는 말이었다. 그런데 다리온이 작게 아! 하고 탄성을 지르더니 곧 무거운 표정을 지으며 말했다.

"바르스, 당신은 사기꾼이야."

다리온이 말했다곤 상상도 못할 거친 말이었다. 바르스도 다리온의 말을 듣고 눈살을 찌푸렸다.

"사기꾼? 젊은 사람이 말이 거칠군. 과학에 대해 무지한 자네가 보기엔 내 말이 황당할지 모르나……."

"아니."

다리온이 바르스의 말을 끊었다.

"너무 잘 알아들었지. 당신은 공간 이동을 시킨 것이 아냐. 물질 합성을 한 것이지."

다리온의 말에 바르스의 눈이 크게 떠졌다.

"어, 어떻게 다 말하지도 않았는데 공간 이동 기계의 원리를 알았지?"

바르스가 저러는 것을 보니 다리온이 제대로 말한 것 같은데… 에잇! 대체 무슨 말을 하는 건지 원. 이것 보슈. 둘 다 머리 좋은 것은 인정하겠는데 옆에서 듣는 사람도 알아듣게는 말해야 할 것 아뇨.

"란셀."

다리온이 갑자기 내게 고개를 돌렸다. 딸꾹. 놀라라.

"저자가 말하는 공간 이동 기계가 어떤 건지 아십니까?"

이런, 설명 잘 듣고 있는 것 막아놓고는.

"아, 아뇨, 짐작조차……."

"저자의 공간 이동 기계는 이런 것입니다. 바르스 씨가 말했듯이 세상은 물질로 꽉 찬 세계입니다. 비록 보이지는 않지만 말입니다. 이해가 안 가면 마나를 생각해 보시죠. 마나는 눈에 안 보이지만 물질의 근간과 힘을 이룹니다. 우린 보이지 않는 마나를 이용해 마법을 씁니다. 물질도 마찬가지입니다. 우리가 흔히 보는 바위나 산, 땅, 물, 살아 있는 생명체 모두 그 근원이 되는 물질이 이리저리 합성되어 있는 것입니다. 란셀도 잘 아는 원자가 그것입니다. 그리고 그 원자는 우리가 숨 쉬는 공기 중에도 많습니다. 저자의 공간 이동 기계는 그 원자를 합성하는 방식을 이용한 것입니다."

다리온은 여기서 한번 숨을 고르고 말을 계속했다.

"저자의 공간 이동 기계는 한쪽 기계에 물건을 놓고 그 물건을 분해하는 것입니다. 그리고 그 분해하는 과정을 읽은 후에 다른 쪽에 있는 기계에 전송합니다. 그러면 그 기계는 전송된 기억을 다시 역으로 조합합니다. 간단히 말하자면 한쪽에서는 분해시키고 한쪽에서는 합성합니다."

"그, 그런……."

난 다리온의 말을 듣고 갑자기 등이 서늘해지는 느낌이었다. 뭔가 생각이 나려는데…….

"더 간단히 말하면 한쪽에서는 소멸을 시키고 다른 쪽에서는 생성을 시킵니다."

다리온의 말이 다 끝났을 때 난 뭐가 생각나려는지를 깨달았다. 그리고 내 몸은 이성의 제어를 벗어나 바르스의 멱살을 잡았다.

"이런 바보!"

내 입도 이성을 벗어났다.

"이봐, 뭣 하는 짓이냐?!"

마을 회관에 있던 어떤 사람이 그런 나의 모습에 분노한 표정이었다. 젊은(?) 내가 나이 든 바르스의 멱살을 잡고 흔드니 당연한 건가? 하지만 페디 때문인지 그 이상의 행동은 못했다. 그저 쭈뼛거리며 항의하려고 슬금슬금 나서는 것밖에는. 난 그 사람을 향해 소리 질렀다.

"머저리! 꺼져라!"

그리고 다시 바르스의 멱살을 꽉 움켜잡고 소리쳤다.

"이 엉터리 같은 인간아! 네가 대체 무슨 짓을 저질렀는지 알아?"

바르스의 공간 이동 기계. 다리온의 말대로 사기였다. 자기 자신까지 속아 넘어간 사기. 소멸은 소멸이고 생성은 생성이었다. 아무리 생성한 것은 반드시 소멸하고 소멸한 것은 다시 생성한다고 하지만 그건 어디까지나 자연계의 질서를 하나의 이치로 말할 때 쓰는 말이다. 한쪽에서 없애고 다른 한쪽에서 똑같은 것을 만들었다고 그 두 개를 같은 것이라고 믿는다면 그건 자기 기만인 것이다.

소멸된 것, 그리고 생성된 것. 아무리 같아도 그 두 개는 엄연한 별개의 것이다. 사람이 죽어 환생한다고 전생의 그와 환생된 그가 같은 사람일 수는 없었다. 비록 영혼이 같아도 같은 사람일 수 없듯이 본질이 같다고 같은 물건은 아니란 뜻이다.

그런데 바르스는 그런 간단한 이치를 생각 못한 것이었다. 바르스가 어떤 물건을 자신의 기계로 공간 이동을 시켰다? 아니다. 그는 소멸시

킨 것이었다. 지금의 경우도 마찬가지였다. 그는 사람을 공간 이동시
킨 것이 아니라 죽인 것이었다. 그리고 똑같은 인간을 합성한 것이다.

"넌 살인을 한 거야!"

내가 바르스에게 그렇게 말하며 흔들 때 죠세프가 뒤에서 날 말렸
다.

"그만두세요. 아무리 촌장님이 잘못한 것이 있다고 쳐도 나이 드신
분을 그렇게……"

난 바르스의 멱살을 놓고 죠세프를 쳐다보고 물었다.

"나이가 어떻다고?"

"아… 그… 저… 촌장님은 그러니까……"

죠세프는 우물쭈물 말을 못했다. 당연한 반응이었다. 내 나이가 몇
살인데. 내가 술을 마시며 인생무상을 논할 때가 바르스의 고조할아버
지조차 태어나기 전이었을 것이다. 난 잠시 호흡을 가다듬고 내가 깨
달은 것을 사람들에게 말해 주었다. 그리고 죠세프 등은 놀라는 표정
들이었다.

"합성 인간요?"

난 고개를 끄덕였다.

"아냐!"

바르스가 소리 질렀다.

"서로 다른 존재? 웃기는 소리! 세상 모든 것의 본질은 같아. 내 몸
을 이루는 것도 여기 공기 중에 있는 것도. 우린 그 근원을 놓고 보면
하나란 말이다. 나도 너도 자네도 여기 있는 물과 나무와 의자와 돌멩
이도 모두 하나야. 그리고 난 그 본질을 잠시 흩었다가 모은 것일 뿐이
야. 알겠나? 우리 모두 하나이니까 어디의 무엇으로 재합성하든 상관

없단 말이다."

"휴우……."

난 한숨이 나왔다.

"그런가? 그럼 하나 물어보지. 본질이 같다면 내가 만약 당신을 죽인다 해도 그건 죄가 아니네?"

"뭐라고? 그건 무슨 궤변이지?"

"왜? 당신과 내가 하나라며? 그렇다면 내가 당신을 죽이는 것은 내 일부를 없애는 자해 행위일 뿐이잖나?"

"그, 그건……."

바르스는 말을 못했다. 자신의 주장에 너무 깊이 빠져 있는 자들의 약점이었다. 누구라도 조금만 생각하면 보이는 모순들.

"그리고 만약 저 의자를 분해해서 사람으로 합성시킨다면 그 의자는 사람인 것인가?"

"무, 무슨 말도 안 되는… 분해를 한 존재는 하나도 변함없이 그대로 다시 합성해야 다시 같은 존재가 되는 것이다."

"그래? 난 분명 본질은 하나라고 들었는데?"

"그건 공간 이동 기계의 기초적인 이치란 말이다!"

바르스는 악을 썼다. 난 다시 한숨을 쉬고 바르스에게 물었다.

"그래? 그럼 또 한 가지 묻지. 그 공간 이동 기계는 어느 정도까지 분해, 합성을 하지?"

바르스는 내 물음의 의미를 모르는 표정이었다.

"그러니까 분해, 합성을 못하는 것도 있냐는 뜻이다."

내 말에 바르스는 자신있는 표정으로 말했다.

"세상에 존재하는 모든 물질이 가능하지."

"그래? 그럼 영혼까지도?"

내 질문에 바르스는 잠시 어리둥절한 표정이었다가 곧 얼굴이 하얗게 질렸다.

"여, 영혼?"

"그래, 영혼. 과연 물질이 아닌 영적인 존재도 분해, 합성이 가능할까?"

"그, 그건……."

난 바르스를 좀 놓아주기로 했다. 알고 보면 그도 피해자인 것이다.

"이봐요, 촌장님. 내가 말한 대로 저들이 합성 인간이라면 더 말할 것도 없지만 설령 당신 말이 전적으로 옳다고 해도 큰 문제가 있어요. 아무리 과학이 발전해도 영적인 세계를 건드릴 수는 없죠. 대체 기계가 신관의 일을 대신할 수 있나요? 신의 힘을 받아 신성력을 발할 수 있나요? 아니면 영혼이 깃든 물건을 만들 수가 있나요? 과학으로는 무리죠. 지금의 과학으로는요. 모든 학문은 과학으로 말할 수가 있다고요? 물론입니다. 그건 저도 동의합니다. 하지만 지금의 과학은 단순한 물질 과학입니다. 아무리 복잡한 이치를 캐낸다고 해도 그건 이 넓은 세상의 일부란 말입니다. 그 넓은 세상에 언제 과학이 진지하게 접근을 했었나요? 아닙니다. 실험과 연구, 그리고 그 증명 자료에 의존하는 과학으로는 한계가 있습니다. 그렇게 발달된 마도 시대에 과학이 그저 그런 보조 학문으로 존재한 것은 과학의 문명이 뒤떨어져서가 아니라 그 한계 때문이었단 말입니다."

난 바르스를 한번 보았다. 바르스는 아무 말 없이 내 말을 듣고 있었다.

"이번 경우도 마찬가지입니다. 물질 자체는 완벽하게 분해하고 다시 합성했지만 그 외의 것은 불가능했습니다. 그 증거가 저 사람들이죠. 만일 그저 저기 있는 의자 같으면 아무 상관 없었을 겁니다. 무생물이니까요. 그저 물질덩어리니까요. 하지만 저들은 영혼이 있는 인간입니다. 저들을 분해하고 그 과정을 읽고 다시 합성할 때 영혼에 대한 것은 안 들어갔죠. 결국 몸은 분해하여 소멸하고 영혼은 그 자리에 남게 되었습니다. 비록 다른 곳에서 몸이 합성이 되긴 했지만 그건 별개의 몸체였죠. 그 영혼이 지녔던 몸은 분해가 되어 죽은 것이니까요. 그리고 만에 하나 영혼을 읽었다고 칩시다. 하지만 과연 그 공간 이동 기계가 영혼을 다시 합성할 수 있었을까요? 그런 일이 가능하다면 그건 기계가 아니라 신입니다. 또 영혼도 합성되었다고 칩시다. 그렇다고 같은 사람일까요? 그리고 기억이나 성격 같은 것도 같을까요? 전 감히 말하지만 절대 아닐 것이라고 생각합니다. 아니, 기억, 성격 모든 것이 같아도 원래의 영혼이 아닌 별개의 영혼입니다."

"하지만 생물 실험에서는 아무 이상 없었는데……."

바르스가 작게 중얼거렸다.

"어떤 동물이었죠?"

이번엔 다리온이 나섰다.

"쥐, 개구리 등 작은 동물들이었네. 그 동물들은 모두 움직였다오."

다리온은 한숨을 쉬었다.

"모두 이성보다 본능이 앞서는 동물들이군요. 그런 동물의 영혼이 과연 그들에게 어느 정도 큰 영향을 미칠까요? 어떤 사람은 이러더군요. 영혼이란 본능을 지배하는 이성과 생각하는 능력을 가진 이지적인 생물에게만 있다고요. 물론 전 모든 생물에게는 영혼이 있다고 믿지만 말입니다. 하지만 본능이 앞서는 동물에게 영혼의 영향력은 작다고 생각합니다. 그건 이성적인 생물에게 영혼의 영향력이 크다는 믿음이기도 하지요. 촌장님이 실험한 동물이 성공한 이유는 영혼이 없더라도 본능에 의지해 움직일 수 있는 생물들이어서가 아니었을까요?"

나도 다리온의 말에 동의했다. 영혼. 과연 작은 날파리에게도 영혼이 있을까? 다리온의 말대로면 있겠지만. 물론 난 어떤 것이 진실인지 모른다. 영혼이란 과연 이지적인 존재에게만 있는 건지, 아니면 모든 존재에게 있는 건지. 하지만 확실한 것은 사람은 영혼이 없으면 남은 육신은 그저 껍데기일 뿐이란 것이다. 그 껍데기가 움직이는 것이 바로 좀비고.

"그런가. 영혼, 영혼이라고……."

바르스는 멍하니 중얼거렸다.

"그렇습니다, 영혼. 그리고 정신 세계. 사람이 감히 사람이라고 칭할 수 있는 다른 동물들과 구별되는 점이죠."

"크흑. 그래, 맞았어. 그런 것이… 지금 알다니… 허허… 흐흑!"

바르스는 오열했다. 자신의 어리석었던 생각을 후회하는 듯이. 그런 그의 모습을 난 그저 바라볼 수밖에 없었다.

"결국 이번 일은 해결하지 못했군요."

네오미드마드를 떠난 후 죠세프가 한 말이었다.

"그래."

난 짧게 대답했다. 이번 일, 역시 나로선 어쩔 수 없는 일이었다. 내 능력 밖의 일이었으니까. 이미 소멸한 사람들, 육신이 소멸한 영혼이 어딜 가겠는가? 저승이지. 난 죽은 사람을 살릴 능력은 없다. 내 자신이 신이라도 사람의 생과 죽음은 함부로 손대서는 안 되는 금단의 구

역인 것이다. 자신의 잘못을 알고 오열하는 촌장을 두고 떠나오기도 미안했지만 역시 어쩔 수 없는 일이었다. 우리가 할 수 있는 일은 없었기 때문이다.

"그나저나 다리온이 그런 말을 할 줄은 몰랐어요. 그런 과격한 말을 하다니……."

"하하, 그, 그런가요?"

예나의 말에 다리온은 좀 멋쩍은 표정이었다.

"그리고 란셀도요."

으잉? 나?

"란셀의 나이는 알지만 그래도 새파랗게 젊어 보이는데 그런 사람이 노인을 잡아 흔들고 말을 막는 것은 보기가 좀 그렇더군요."

그, 그랬나? 이런, 내 이미지가… 앞으로 이미지 관리 좀 해야겠군.

"물론 란셀이야 우리가 잘 알지만 이번은 좀 심했어요."

"그래. 그럼 앞으로 조심을… 응? 예나, 그거 칭찬이야 욕이야?"

"글쎄요. 호호호."

"하하하."

흠흠, 뭔가 바보가 된 느낌이지만 그래도 축 처진 일행이 즐겁게 웃는 모습을 보니 나도 기분은 좋군. 그럼 나도 웃어볼까?

"하하핫!"

"……."

"……."

어? 분위기가…

"왜?"

"하하하!"

"쿠쿡쿡."

우리 일행이 아까보다 더 크게 웃었다. 나도 따라 웃었다. 그러자 더욱 크게 웃는 것 같았다. 그럼 나도 더 크게.

"우하하하핫!"

"크하하핫!"

"푸하하하하!"

그래, 웃자. 웃고 살자.

제1장
저승의 눈

　대륙 중앙 북부. 그 마을에 이름난 약수가 있다고 한다. 그곳 사람들
은 몸이 허해지면 약을 먹지 않고 그 물을 마신다고 하는데 그러면 몸
이 허한 것도 사라지고 추위나 더위도 거뜬히 이겨낸다고 한다. 약수
이름이 돌라멜 약수라고 하던가? 돌라멜 크란스란 사람이 처음 발견했
기 때문에 그 사람의 이름을 붙인 약수였다.

　우리는 좀 돌아가더라도 그 약수가 나온다는 마을을 한번 들러보기
로 했다. 아르티닌이 적극 권유한 것인데 근처까지 왔다가 그냥 가면
얼마나 아깝겠냐는 것이었다. 하지만… 근처라는 것이 산길로 사흘 거
리면 좀 문제가 있는 것이었다. 어휴, 물 한 모금 마시겠다고 이 고생
이라니…….

　아르티닌이 돌라멜 약수를 그렇게 권유한 것은 아르티닌은 말 안 하
지만 이브린 때문이란 것을 우리 모두는 안다. 그걸 알기에 갈 수밖에

없는 우리였다. 그런데 이브린과 아르티닌 때문에 이 고생인데 저 둘은 뭐가 좋아서 저렇게 히히덕거리는지… 그래도 기왕에 가는 것이니 제대로 마셔주지.

돌라멜 약수는 돌 틈에서 나오는데 그 물은 받은 즉시 마셔야지 반나절만 지나도 변질되는 물이라고 한다. 아마 여러 성분이 많이 녹아 있는 물이라 그런 모양이었다. 보존 마법을 걸어도 마찬가지로 변질된다는 것이 이상했지만 세상에 이상한 일이 어디 한두 가지인가?

"야~ 여기가 그 사람이 말했던 전나무 숲이군. 주위가 온통 300년 이상 된 전나무 숲. 모를 수가 없군!"

아르티닌이 기분 좋은 듯 소리쳤다. 아까 지나친 마을에서 가르쳐 준 길을 따라온 우린 그 길을 가르쳐 준 사람이 말한 전나무 숲에 다다랐다. 몇 아름이나 되는 커다란 전나무들로 이루어진 전나무 숲. 이 숲만 빠져나가면 바로 그 마을이라고 했다. 여태껏 우리가 온 길은 갖은 잡목이 있던 곳인데 여기는 순전히 전나무만 있어서 확실한 이정표 역할을 했다.

"이제 거의 다 왔군요. 빨리 갑시다."

다리온은 잠시 숲을 둘러보다가 다시 걷기 시작했다. 히잉~ 쉬고 싶은데~

전나무 숲은 생각보다 컸다. 게다가 나무가 빽빽하게 있어서 빠져나가는 데 시간이 제법 걸렸다. 덕분에 마을에 도착한 시간은 늦은 저녁 무렵이었다. 원래 계획은 이른 저녁에 도착해서 약수를 마시려고 했는데 시간이 늦어 계획을 바꿔서 먼저 잠을 잔 후 내일 마시기로 했다.

마을은 그리 크지 않았지만 이런 산골 마을에 안 어울리게 세 개의 여관이 있었다. 아마 외부에서 물을 마시러 온 사람들이 묵는 여관일 것이다. 돌라멜 약수같이 유명한 약수가 있는 곳이라면 여관이 세 개밖에 없는 것은 오히려 의외였지만 여기까지 오는 길이 상당히 험해 많이는 안 오는 모양이었다.

"저 여관이 좋겠군요."

다리온이 한곳을 가리켰다. 거기에는 다른 여관과는 달리 나무로 지어진 여관이 있었다. 다른 벽돌로 된 여관보다 좀 작고 오래된 듯한 여관이었지만 세월로 인해 낡아 보이는 것을 빼고는 상당히 깨끗했다.

"보통 저런 여관은 오래된 여관입니다. 그런 여관일수록 친절하고, 음식 맛도 좋고, 세세한 부분까지 신경을 써주죠. 역사가 있는 여관은 뭐가 달라도 다르거든요."

그런 건 우리도 알기에 다리온의 말에 두말없이 따랐다. 그리고 확실히 친절했고, 음식 맛도 좋고, 정말 세세한 것까지 꼼꼼히 신경을 써줬다. 게다가 여관비도 쌌다. 2백여 년의 전통을 가진 여관이라는데 역시 오랜 세월 동안 쌓인 경험이 있어서인지 감탄이 절로 나오는 그런 여관이었다. 정말 어디 하나 불평할 구석이 없었던 것이다.

"정말 좋은 여관이에요."

먼저 입을 연 사람은 에나였다. 밥을 먹은 후 우린 차를 마시며 담소를 나누고 있었다. 모두들 여관에 대한 칭찬이 대단했다. 사실 일개 여관이 2백 년이나 간다는 것은 대단한 일이었다.

"하하, 우리 여관은 이 마을이 생겨남과 동시에 문을 열었답니다."

마침 과자를 들고 오던 여관 주인이 에나의 말을 들었는지 너털웃음을 터뜨리며 말했다.

"그럼 이 마을이 생긴 지 2백 년이나 되었다는 말인가요?"

나도 웃으면서 물어보았다.

"그렇죠. 원래 이 마을의 이름은 파체날이었는데 지금부터 백여 년 전 돌라멜 약수가 발견된 후 한 50년이 지난 후부터 돌라멜 마을이라고 불리고 있답니다. 돌라멜 약수가 너무 유명해져서 마을의 이름도 바꾸게 된 것이죠."

"그렇다면 이 여관도 이름을 바꾼 것이겠군요. 아까 여기 오면서 여관 이름을 보니 돌라멜 여관이던데."

"아닙니다. 사실 돌라멜 약수를 발견하신 돌라멜 크란스는 저희 증조부님 되십니다. 지금에야 산 위 계곡의 물줄기를 끌어왔기 때문에 물이 풍족하지만 전에는 부족했다고 합니다. 그런데 여관업이란 물을 많이 쓰게 되는 업종이죠. 그래서 물을 찾기 위해 애를 쓰시다 발견한 것이 바로 돌라멜 약수입니다. 처음엔 단순히 식수로 썼는데 곧 그 효능이 입증된 것이죠."

어쩐지 여관 주인이 은근히 자랑스러워하던데 그 이유가 있었군.

"참, 손님들, 밤에 이상한 것을 봐도 놀라지 마시기 바랍니다."

여관 주인은 갑자기 이상한 말을 했다. 꼭 귀신이라도 나온다는 의미인 듯한 말. 하지만 그런 말을 하는 사람치고는 표정이 너무 편안했다.

"예? 무슨 일이 있나요?"

예나가 약간 걱정이 되는 듯한 목소리로 물었다.

"아닙니다. 헛헛, 제가 말을 잘못해서 쓸데없이 걱정을 드렸군요. 무슨 일이 일어나는 것이 아니라 여기 약수에 별 효능이 있다 보니 이상한 작용도 해서 그렇답니다."

응? 이건 겁 좀 나는데? 이상한 작용이라니? 우린 그 고생을 해서 왔

는데… 그래서 반드시 약수를 마셔야 하는데… 으아~ 난 납량 특집은 싫단 말야~

"아아, 또 제가 헛소리를… 하지만 이건 인체에 해를 끼치진 않습니다. 우리 돌라멜 약수의 효능 중에 눈을 밝게 하는 효과가 있답니다. 돌라멜 약수의 가장 큰 효능이기도 합니다. 그런데 사람의 눈을 밝게 해주다 보니 사람 몸이 이상한 반응을 보입니다. 아, 걱정하실 필요는 없습니다. 이건 물을 오래도록 많이 마셔야 나타나는 것일 뿐 아니라 사람 몸에 해를 끼치지도 않습니다. 다만 어두운 곳에서 사람 눈을 보면 초록빛으로 빛이 납니다. 저희야 늘상 보던 것이라 아무 상관이 없지만 처음 보는 분들은 매우 놀라시죠."

흠… 약수의 작용으로 눈에서 초록 빛이 난다? 그럼 물 마시는 것 한 번 생각해 봐야겠군. 근데 이 차도 약수로 끓인 건가?

"하하, 방금 말했듯이 장기 복용했을 때의 일입니다. 설마 손님들께서 여기에 몇 년간 지내실 생각은 아니시죠?"

내가 차를 의심스러운 눈으로 본 모양이었다. 여관 주인이 내 마음을 알아채고는 걱정을 덜어주었다.

"그런데 혹시 물 검사를 해보셨습니까? 아무리 약수라서 물에 여러 성분이 녹아 있다지만 눈에서 초록 빛이 나는 것은 좀 의심스러운 일이 아닙니까?"

가만히 있던 다리온이 여관 주인에게 질문을 던졌다.

"예. 돌라멜 약수가 어느 정도 명성을 얻은 다음 몇몇 마법사와 연금술사가 왔죠. 그리고 그들이 인정해 준 물입니다. 약수 안에는 성분을 알 수 없는 물질이 들어 있다고 하더군요. 아마 돌라멜 약수 효능의 비밀이 그 성분일 것이라고 합니다. 물론 다른 성분도 많다고 하는데 그 점 때문에 오랜 기간 식음은 좋지 않다고 하더군요."

여관 주인의 말이 맞았다. 약수가 아무리 좋아도 너무 많이 마시면 몸 안에 너무 많은 성분이 쌓이기 때문에 오히려 안 좋아진다. 그런데 여기 사람들은 어떻게 된 거지? 식수 전용으로 약수를 마시는데?

"하지만."

여관 주인의 말은 계속되었다.

"그 알려지지 않은 성분 때문에 그런 문제점은 없는 것 같다고 하더군요. 그리고 그 사람들은 알려지지 않은 그 성분을 돌라멜 성분이라고 명명했죠."

여관 주인의 자랑은 끝났다. 생각보다 빨리 끝난 것이었다. 약수를 발견한 사람이 여관 주인의 선조라 자랑을 오래 늘어놓을 줄 알았는데.

"그런데 알려지지 않은 성분을 마구 마셔도 됩니까? 어떤 작용을 하는지도 모르고?"

다시 다리온이 질문을 했다.

"그, 그건… 그때 물을 검사하고 연구한 사람들이 그러더군요. 알려지지 않고 분석도 되지는 않았지만 약리 작용은 검증이 되었다고요. 그때 물 검사를 한 것이 한 50여 년 전이죠. 그리고 물을 발견한 것은 100년 전. 그러니까 이미 50년 동안 사람들이 마셨지만 탈이 안 난 것입니다. 그 점 때문에 내린 결론 같아요."

여관 주인의 말도 맞았다. 우리가 먹는 약 중에도 그런 예는 얼마든지 있었다. 완전히 밝혀지지 않고 베일에 싸인 성분이지만 그 효능은 인정받은 약이 꽤 되었다. 그것도 이름난 약들이 특히 그랬으니까. 그런 약은 비록 성분 분석이 안 되었어도 오랜 세월 동안 쌓여온 검증 자료로 그 어떤 것보다 안전한 것들이었다. 돌라멜 성분도 그런 것일 테고. 하지만 아무리 그렇게 생각해도 사람 눈을 초록빛으로 빛나게 하는 것은 이상하게 찜찜한 기분이 들게 했다.

"그런데 아저씨는 왜 눈이 정상이죠?"

이브린이 여관 주인에게 물었다.

"그것도 방금 말씀드렸죠, 어두워져야 한다고. 지금 비록 밖이 어두컴컴하긴 하지만 지금 이 안은 매우 밝지 않습니까? 그래서 못 느끼시는 겁니다. 밤이 아니라 대낮이라도 어두운 곳에 가면 눈에서 빛이 나는 것을 보실 수가 있을 겁니다."

"그렇네요. 한데 해가 있을 때 들어와서 잘 못 느꼈던 건데 상당히 밝은데요? 등이 좋아서인가? 그리고 보니 이런 산골 마을에서 쓰기엔 상당히 비싼 등이네요."

이브린이 천장에 달린 등을 보며 말했다. 난 천장을 보았다. 과연 천장에는 제레미의 돌이라는 등이 달려 있었다. 제레미의 돌은 투명한 돌인데 한쪽에서 불을 밝히면 그 돌의 반대쪽으로 통과한 빛이 몇 배 밝게 증폭이 되는 신기한 돌이었다. 그래서 일반적으로 제레미의 돌을 둥글게 깎고 다시 안을 파서 그 안에 라이트 스톤을 집어넣어 사용하는데 상당한 고가였다. 이런 산골 마을에서는 평생 가야 구경은커녕 그런 물건이 있는지조차 듣지도 못할 고급품으로 상당한 밝기를 자랑하는 등이었다.

"하하, 저 등요? 전에 어떤 손님이 주신 거랍니다. 여기서 한 보름 지냈는데 약수 덕에 건강이 좋아졌다고 기뻐하며 주셨죠. 모두 두 개를 주셨는데 하나는 마을 회관에, 그리고 하나는 우리 여관이 받았답니다. 제 증조부께서 약수를 발견한 분이시라는 것을 알고 주신 겁니다. 조상 덕 좀 본 거죠. 하하핫!"

"앗! 저기 봐요."

여관 주인이 막 설명을 끝내고 밖으로 나갔을 때 에나가 창문 밖을 가리켰다. 우리도 놀라 창문을 보았는데 정말 눈에 초록빛 광채를 단 사람들이 지나다니고 있었다.

"정말이군."

아르티넌의 중얼거림에 나도 처음엔 그런가 보다 생각했었다. 하지만 그런 생각은 곧 없어졌다. 눈에 초록 빛이 나는 사람들. 난 문득 어떤 생각이 들어 창문가로 갔다. 그리고 지나는 사람들을 바라보았다. 정말 초록의 눈. 눈에서 초록 빛이 난다고 해서 눈동자에서 초록 빛이 나는 것은 아니었다. 흰자위 자체가 초록빛으로 변한 것 같았다.

"내가 아는 병 중에 저런 병이 있는데……."

귀 밝은 에나가 내 말을 듣더니 쪼르르 달려왔다.

"저런 병이 있다고요?"

"아, 아니, 그게 말야… 저런 현상을 일으키는 병이 있어. 하지만 저 사람들은 약수를 마시고 저렇게 됐다니까 뭐 아니겠지."

하지만 에나는 날 의심스러운 눈초리로 훑어보았다. 아니, 그런데 대체 왜 내가 의심스러워야 하지?

"정말 아니죠?"

"그럼그럼. 정말 내가 아는 병이라면 저 사람들은 벌써 죽었어야 할 테니까. 하지만 저 사람들을 보라고. 얼마나 활기 찬가."

이, 이런, 왜 하필 지금 사람들이 술 취해서 비틀거리다 쓰러지는 거냐고. 쩝.

"그런데 란셀, 궁금하군요. 란셀의 말을 들으니 저 사람들처럼 눈에서 빛을 내는 병이 있다는 것 같은데요?"

다리온이었다. 그도 어느새 내 곁으로 와 있었다.

"예, 저런 증상의 병이 있죠. 아, 물론 저 사람들이 그런 증상이란 것은 아니고요. 아무튼 신기하게도 그 병도 눈에서 초록 빛을 낸답니다. 음… 흰자위에서 초록 빛을 발하는 것까지 똑같군. 아무튼 그 병에 걸리면 사람들이 계속 호흡 곤란을 일으키죠. 그러다가 어느 순간에 질식해서 죽는 겁니다."

"그것도 마도 시대의 병입니까?"

"예. 처음 저 병이 나타났을 때는 아주 무서운 병이었다고 합니다. 도무지 치료할 방법이 없어서 속수무책으로 사람들이 죽어가는 것을 바라보아야만 했다고 합니다. 하지만 어느 정도 지나자 사람이 질식하는 원인을 알아냈다고 합니다. 그 병에 걸리면… 참, 병명을 말 안 했군요. 그 병의 이름은 베로나의 병이라고 합니다. 베로나란 여인에게서 처음 발견되어 그렇게 붙여졌다고 하죠. 아무튼 그 베로나의 병에 걸리면 몸 안에서 특수한 물질이 생성된다고 합니다. 베로나의 저주라는 이름이 붙은 이 물질은 사람의 혈액과 산소가 결합하는 것을 방해한다고 합니다. 그래서 호흡 곤란이 일어난 것이죠. 그리고 어느 정도 시간이 지나면 순간적으로 피의 흐름을 멈추게 하는데 그 때문에 사람이 죽는 겁니다. 산소 부족으로 죽는 것이니 질식사가 맞죠. 왜 피의 흐름이 멈추는지는 그 이유가 풀리지 않았지만 베로나의 저주란 물질이 발견된 후에 그 베로나의 저주란 물질을 없애는 약도 만들어졌죠. 토키얀이란 이끼에서 추출된 베로나의 부활이란 물질을 정제한 약인데 아주 효과가 좋았다고 합니다. 후유증도 없고 치료도 약을 복용하면 하루도 안 돼서 다 나을 정도였다고 하니까요."

난 설명을 다 마쳤다. 내 설명을 듣고 예나는 창밖의 사람들을 보더니 말했다.

"예. 확실히 그 베로나의… 음… 아, 그래. 베로나의 병에 걸린 사람들은 아니로군요. 숨만 잘 쉬는 것을 보니."

"그런데 왜 눈에서 빛이 날까요? 방금 란셀이 한 말로는 산소와 무슨 연관이 있는 것 같은데요."

이번엔 죠세프가 물어보았다. 응? 그러고 보니 산소랑 눈에서 빛이 나는 것이랑 무슨 상관이었지?

"글쎄… 그것까지는 나도 모르고… 아, 이런 건 있다. 그 베로나의 병에 걸리면 눈이 매우 좋아진다고 하지. 베로나의 저주란 물질의 작용 때문이라는데 아무튼 희한한 병이야. 사람을 죽게 하면서도 몸의 일부분은 뛰어난 능력을 가지게 하니까 말이지."

"뛰어난 능력요? 아! 눈 말이군요."

"그래. 눈이 밝아져서 멀리 보고 자세히 보이며 밤에도 잘 볼 수 있다고 해. 심지어는 영혼을 볼 수 있는 능력도 지니게 된다고 하더군. 그래서 붙은 별칭이 저승을 보는 눈이야. 사람의 눈에 저승이 보이면 그 사람은 죽는다는 마도 시대 때 한 지방에서 내려오는 전설에서 따온 별칭이지. 그만큼 눈이 좋아져. 그리고……."

"눈에서 초록 빛도 나고요?"

"그렇지."

봐라. 여기 약수의 효능과 비슷하지. 다만 질병과 약수로 인한 체질 개선이란 점만 다를 뿐이지.

"그 베로나의 저주도 마나의 작용에 의한 것인가요?"

예나였다.

"아니, 마나의 작용은 아냐. 그저 마도 시대에 있었던 병이지."

"그럼 지금 이 시대에도 있을 수 있겠군요."

다시 다리온. 에고, 에나 보랴 다리온 보랴 머리가 어지럽군.

"하지만 다리온, 베로나의 병은 이미 사라진 질병입니다. 아주 효능 좋은 약이 발명되어서죠. 내성조차도 생기지 않는다고 하더군요. 베로나의 병이 무슨 세균 때문에 생기는 것이 아니라 특수한 물질에 의해 생기는 병이라서요."

"하지만 그래도 한번 사람들을 검사하는 것이 좋지 않을까요?"

다리온이 자꾸 이상한 방향으로 이끌어갔다. 마치 저 사람들이 베로나의 병에 걸린 사람들인 양. 하지만 절대 아니라고 난 확신했다. 저 사람들은 베로나의 병의 증상도 없고 죽지도 않았으니까. 그렇다면 병이 약해졌다? 만약 베로나의 병이 마나에 영향을 받으면 마나의 양이 적은 이 시대에는 약한 병이 되었을지도 모른다. 하지만 베로나의 병은 마나와 무관하기 때문에 약해지지 않았을 것이다. 그런 모든 점을 볼 때 저건 베로나의 병이 아니었다.

"글쎄, 시간 낭비일 것 같은데."

"그럴까요? 하긴 우리 말을 믿어줄 사람도 없을 테니까요."

다리온도 더 이상 말은 안 했다. 다만 뭔가 마음에 걸리는지 계속 턱을 쓰다듬었다. 그걸 보고 있자니 나도 괜히 기분이 이상해졌다. 에잇, 이럴 땐 자야 해. 자자, 푸욱.

쾅!

"다비스!"

아침이었다. 우린 식당으로 내려와 아침밥을 기다리고 있었다. 그때 누군가 여관으로 뛰어 들어왔다.

"다비스 없나?"

"쥬드인가? 무슨 일이지?"

"메이코가 죽었다네!"

여관 주인의 이름이 다비스였던 모양이다. 다비스는 쥬드란 사람이 한 말에 놀라는 표정을 지었다.

"메이코가? 허어… 그럴 수가……."

"그러게 말이야. 누가 이렇게 일찍 갈 줄 알았나?"

"무슨 일입니까?"

메이코란 사람의 죽음에 탄식하는 두 사람을 보고 있다가 다리온이 물어보았다.

"아아, 미안합니다."

여관 주인 다비스는 손등으로 눈물을 훔치며 말했다.

"방금 제 친구가 죽었다는 소식을 들어서… 어렸을 때부터 친하게 지내온 죽마고우였답니다. 그런데 죽었다니……."

"안되셨습니다. 죽은 이에게는 영혼의 안식을, 떠나 보낸 이에게는 고인과 즐거웠던 추억만이 남기를 바랍니다."

다리온이 위로를 하였다.

"하… 예, 감사합니다. 영혼의 안식과 즐거운 추억이라… 예, 그래야죠. 정말 좋은 말입니다. 하지만 그 친구의 유언 한마디 못 들은 것이 참으로 안타깝습니다."

"사고였나 보죠?"

이번엔 내가 물었다. 여관 주인 다비스는 나이는 제법 많았지만 죽을 나이는 아니었다. 그렇다면 친구란 사람도 비슷한 나이일 테고 유언도 못 남기고 죽었다면 사고였을 것이다. 내가 볼 때 특별히 위험한

요소가 있는 마을도 아닌 것 같은데 사고가 나다니.

"아뇨."

하지만 다비스는 내 말을 부인했다.

"우리 마을에서는 항상 이런답니다. 언제나 사람들이 급작스럽게 죽죠. 잘 지내다가 말입니다. 언제 죽을지 몰라요. 오늘 즐겁게 놀고 마시며 내일을 기약하고는 그날 밤으로 죽을 수도 있죠."

"예?"

난 좀 황당한 기분이었다. 이게 대체 무슨 소리야? 사람이 그렇게 죽을 수도 있지만 항상이라니…….

"좀 더 구체적으로 설명해 주시겠습니까?"

이번에도 다리온이 물어보았다.

"우리 마을은 어제도 얘기했다시피 저 돌라멜 약수를 항상 마십니다. 그 덕에 몸이 건강하죠. 하지만 너무 몸에 좋은 탓인지 죽을 때까지도 정정하게 잘 지낸답니다. 그러다 어느 날 갑자기 사람이 죽는 거죠. 약수 덕에 아프지도 않고 지내다가 말입니다. 뭐, 죽을 복은 타고 태어난 셈인가요?"

다비스의 변명이었다. 그런데 난 다비스의 말에 모순되는 점이 있다고 느꼈다. 다비스의 말대로면 약수 마시고 정정히 살다 죽는 것인데 정정하게 산다는 것은 무병장수한다는 말이었다. 그런데 왜 다비스 정도 연령의 사람이 죽는 거지? 다비스의 나이에 죽으면 일찍 죽었으면 죽었지 장수했다고 할 수는 없는 나이였다. 그럼 몸이 아픈데 모른다? 약수 덕에 몸은 정정하지만 병에 걸리면 속으로는 병으로 인해 몸이 죽어간다는 소린가? 복잡하군. 아무튼 약수가 마약이 아닌 다음에야 일어날 수 없는 일이었다.

"약수가 마약이라도 되나?"

다리온도 나와 같은 생각이었는지 중얼거렸다.

"예?"

다비스도 그 소리를 들었는지 반문했다.

"아니, 아닙니다. 그런데 그 메… 아, 메이코란 분은 나이가 제법 드셨던 모양이죠?"

"그렇진 않아요. 저보다 한 살이 어렸죠."

다비스는 다리온의 질문에 과거를 회상하는 듯이 눈을 반쯤 감았다.

"후우… 정말 좋은 친구였는데……. 손님이 물으신 질문의 뜻을 압니다. 좋은 약수를 마시는데 왜 일찍 죽었냐는 거죠? 그건 아마 너무 고생을 해서일 겁니다. 아무리 좋은 약수라도 한계가 있을 테죠. 그 친구는 그 한계 이상의 일을 했고요. 그럴 겁니다. 메이코 그 친구, 죽어라 고생만 했죠. 그는 여기서 나무를 해서 도시에 가서 팔았는데 처음엔 소나 말이 없어서 그 무거운 수레를 손수 끌었죠. 그 덕에 어깨와 손이 다 까졌답니다. 나이가 든 후에도 그때 생긴 굳은살이 마치 돌과 같았으니까요. 아마 그런 고생이 그를 죽게 만들었는지도 모르죠."

"참, 그리고 보니 우리 마을은 이상하게 도시에 나가 장사하던 사람은 다 일찍 죽었어. 아니, 일찍 죽은 사람은 그런 사람들만이었나?"

"그거야 고생은 죽어라 하면서도 우리처럼 좋은 약수를 매일 못 마시니 그렇지."

다비스의 친구인 쥬드란 사람이 뜬금없이 내뱉은 말이었다. 그리고 다비스의 대답. 하지만 그 말은 내 귀에 강하게 울렸다. 장사치만? 그것도 도시에 나가 장사하던 사람들만? 이거 뭔가 있다. 다비스의 대답이 있었긴 하지만 그건 답이 아니었다.

이런 시골에서야 도시 사람들은 다 잘 사는 것으로 알지만 도시에서도 죽어라 고생하는 사람들은 많았다. 그리고 그런 사람들 중에는 약수는커녕 구정물이나 다름없는 물을 마시는 사람도 있었다. 하지만 그런 사람도 오래 사는 사람은 생각보다 많았다.

내 머리에서는 오랜 여행 경험(?)으로 인한 내 감각이 맹렬히 경보를 울리고 있었다. 일이다! 또 일이다! 역시 '란셀은 일을 몰고 다닌다!' 또 이런 말이 나오겠군. 젠장.

"란셀."

옆에서 다리온이 날 불렀다. 알았어요, 알았다니까요. 뭔가가 있다고요? 나도 그렇게 생각해요. 조사해 보면 될 거 아니에요. 에휴~

"베로나의 병을 알아보려면 로열젤리를 탄 물을 눈에 집어넣으면 됩니다. 만일 베로나의 병에 걸렸으면 로열젤리 탄 물은 금세 붉게 변하게 됩니다. 간단하죠?"

난 우리 일행에게 베로나의 병을 알아보는 방법을 알려주었다. 방법? 아주 간단하지. 다만 약간의 문제라면 벌집을 건드려야 하는 것과…

"그런데 로열젤리가 뭔가요?"

이렇게 로열젤리가 뭔지 모르는 일행 정도랄까?

"로열젤리는 여왕벌이 먹는 먹이로……."

"그런 상식 정도는 알아요. 여왕벌이 될 애벌레에게 먹이는 거잖아요. 문제는 그걸 다른 꿀과 어떻게 구분하냐는 거죠."

으잉? 정말? 난 우리 일행을 둘러보았다. 에구… 다 내 시선을 피하는군. 아니다. 다리온은 아는구나. 다행이군. 그런데 아르티닌은 저 나이가 되도록 뭘 했길래 내 눈을 제일 먼저 피해 버리는 거지? 어쨌거나 한 사람이라도 알면 다행이지.

"좋아요. 로열젤리에 대해 아는 사람은 나… 는 아니고 다리온 한 명이군요. 그럼 다리온, 어떻게 구분하면 되는지 설명을……."

"간단합니다. 로열젤리는 일반 사람들이 생각하는 것처럼 달지 않고 시큼하다고 합니다. 그러니 찍어 먹어보면 알겠죠."

나 포기할래. 대체 나보고 뭘 어쩌라고…….

"로열제리는 색깔이 좀 다르고 점액성이 꿀보다 좀 떨어져요."

내가 자괴감에 빠질 때 페디가 말했다. 호오라, 역시 페어리 드래곤 이라… 잠깐!

"페디, 너 혹시 로열젤리에 대해 잘 아니? 다른 건 다 필요없고 꿀과 로열젤리를 구별할 줄 아냐고."

"물론이죠. 제 친구들이 꿀을 즐겨 먹는 페어리들이었는걸요. 모르면 바보죠."

으음… 뭔가 치솟는 이것은…

"그런데… 왜… 아까는… 말하지… 않.았.지?"

"그거야… 로열젤리를 빼앗으면 여왕벌이 불쌍하잖아요."

으윽… 페디, 네가 남자고 덩치가 우리만했으면 정말 소나기 속에서 먼지 나도록 맞았다. 으으… 페디… 으… 참자, 참어. 참는 자에게 복이 오는지 아닌지는 몰라도 사고는 막을 수 있다. 그래, 착하게 살자.

"그리고 로열젤리는 꿀보다 훨씬 비싸요."

음… 그런 문제가 또 있어? 가장 큰 문제군.

"하지만 여긴 숲에 둘러싸인 곳이니 그건 걱정이 없겠고 문제는 벌 집을 건드려야 한다는 거예요."

그게 가장 큰 문제라니까. 난 벌 싫어. 벌침은 더 싫어.

난 숲으로 들어갔다. 아니, 우리 모두 들어갔다. 그럴 수밖에 없는 이유가 벌집을 혼자 딸 수 없기 때문이었다.

"저기."

에나가 벌집을 발견하고는 손으로 가리켰다.

"제법 꿀이 많겠어요."

아울러 수많은 벌들도. 으~ 겁난다. 에나가 발견한 벌집은 제법 큰 고목 나무에 벌들이 집을 만든 것이었다. 이름하여 목청. 꿀 중에서는 석청보다 더 좋다는 꿀인데 그거야 꿀 먹는 사람이나 생각할 문제지 우리 같은 처지의 사람은 그저 벌집이 작으면 최고인 것이다. 벌도 작을 테니.

"자, 그럼 시작하죠."

다리온은 나뭇가지를 주워 와서 불을 피우더니 그 위에 생나뭇잎을 올렸다.

"이러면 연기가 많이 나죠. 페디, 바람 좀 부탁해. 그리고 나머지 사람들은 대기해 주세요. 연기가 벌집으로 가면 벌들이 연기를 피해 멀리 도망갈 겁니다. 그때 재빨리 벌집을 떼어오면 됩니다."

다리온은 전에 벌집을 따본 모양이었다. 그렇다면 다리온을 믿고…

잠시 후…

"으앗! 따거! 다리온! 벌들이 멀리 도망간다면서요?"

"그, 글쎄요. 이거 책에서 보던 것과는 다르네요. 저게 아마 애벌레 때문인 모양입니다."

으휴… 죽다 살았다. 다리온 말대로 벌집을 따러 갔는데 연기에도 불구하고 벌들이 공격한 것이었다. 그래서 곧바로 도망쳐 한참을 뛰어온 것이다. 그럼에도 불구하고 한 열 군데는 쏘인 것 같다. 으… 따거… 아파라… 흑. 그런데 억울해. 정말 억울해. 왜 나만 쏘인 거지?

"난 드래곤이라 벌에 안 쏘여. 이브린은 나와 같이 있고 내가 생명을 이어주기 때문에 내 기운이 이브린에게도 나타나거든. 그래서 안 쏘인 거지."

음… 그래? 그럼 다른 사람은… 물어봐야겠다.

에나.

"웅~ 전 어렸을 때부터 벌레에게 물리지 않았어요. 왜 그런지 모르지만."

죠세프.

"저요? 그야 검기를 몸에다 응용하는 거죠. 그렇게 하면 몸에 마나의 막이 생기기 때문에 벌레가 물지 못해요."

다리온.

"글쎄요, 제가 무슨 특별한 사람도 아니고 능력이 있는 것도 아니라 에나와 죠세프 같지는 않지만 재수는 좋았습니다. 벌에 쏘이지 않았거든요."

왜 나만 벌에 쏘이냐고!

"란셀."

죠세프가 날 불렀다.

"왜?"

"저 벌집은 너무 커서 벌들을 잘 쫓을 수가 없으니 작은 벌집을 떼도록 하죠."

난 죠세프가 말하는 벌집을 보았다. 그리고 죠세프에게 물어보았다.

"죠세프, 너 혹시 시골에서 산 적이 있니?"

"아, 아뇨, 하지만 지금까지 여행을 했으니까……."

그랬군, 그랬어. 그러고 보니 그렇게 숲길을 헤매면서도 벌집을 건드리기는커녕 한 번도 못 보았구나. 그래서 저런 거군.

"죠세프, 저건 말벌이야."

내가 분노를 삭이고 있을 때—벌에 쏘였는데 말벌집을 떼자는 말을 들어봐라. 음… 참아야 하느니라——예나가 죠세프에게 말했다.

"말벌?"

"그래, 말벌 몰라?"

"아하, 말벌집이 저렇게 생겼군."

이제 알았니? 알면서 그랬으면 넌 죽었어.

"아닙니다, 죠세프, 예나. 저건 말벌집이 아닙니다. 저건 장수말벌집입니다."

크으윽… 날 죽여라, 죽여…….

"흑흑. 미안해, 여왕아."

그때였다. 페디가 흐느끼면서 오고 있었다.

"뭐야? 너도 벌에 쏘였니?"

난 '설마 드래곤이 벌에 쏘여?' 하는 생각으로 물었다.

"아뇨, 전 벌에 안 쏘여요."

그럼 그렇지.

"하지만 미안해서요."

"누구한테?"

"여왕벌요."

그러면서 페디는 나뭇잎에 싼 무언가를 내밀었다.

"이… 게 뭐냐?"

"로열젤리요."

띠잉~ 뭐? 그럼…….

"페디, 너 설마… 넌 얼마든지 이걸 가지고 올 수 있었다는 소리야?"

"그럼요. 전 벌에 안 쏘이고 꿀에 대해서는 잘 아니까요."

"그런데 왜 아까는 그냥 있었어?"

"그거야 아까도 말했지만 로열젤리를 가져오면 여왕벌이 불쌍하잖아요. 여왕벌 먹이인데. 하지만 로열젤리 때문에 다른 벌들까지 다칠까 봐 그냥 가져온 거죠 뭐."

크으아아악! 나 말리지 마! 그래, 오늘 한번 드래곤탕 먹어보자. 말리지 말라니까!!

"그러니까 문제는 약수였죠. 베로나의 병의 치료약은 이끼의 일종인 토키얀에서 추출한 베로나의 부활이란 물질로 만든다고 말했었습니다. 그런데 토키얀은 습기가 많고 햇빛이 들지 않는 곳에서 잘 자랍니다. 지하 수로는 토키얀의 최적의 생장 조건이라고 할 수 있죠. 그런데 토키얀이 물속에 있다 보니 토키얀에서 베로나의 부활을 만드는 물질이 녹아내린 겁니다. 정제하지 않은 베로나의 부활이 흘러 들어갔다고 할까요? 그런데 그 물질에 그렇게 많은 효능이 있다는 것은 지금 처음 알았습니다. 하긴 베로나의 부활이란 것이 말이 정제지 베로나의 병을 고치는 물질만 추출해서 농축시킨 것이고 다른 물질은 버렸으니 그외의 효능은 알 수가 없었던 거죠."

난 여기서 말을 끝냈다.

"그럼 여기 사람들은 이미 베로나의 병에 걸렸단 말이군요. 그리고 약수 덕분에 죽지 않고 정상 활동을 했던 것이고요."

"그렇지. 예나 말이 맞아. 그나저나 아깝군. 토키얀에 그런 신비한 효능이 있을 줄이야……."

토키얀이란 이끼의 효능에 대해서 난 새삼 대단하다고 느꼈다. 마도 시대에는 그냥 생각없이 버렸을 텐데 만약 지금 발견된 효능을 알았다면 정말 유용하게 썼을 것이다. 하지만 그때의 사람들은 베로나의 병도 거의 치료했기에 토키얀을 소홀히 했고, 또 마구잡이로 채취했기에 거의 멸종했었다. 다행히 이 돌라멜 마을에만 남아 있었던 것이다. 기적처럼. 그리고 아마 그 남은 토키얀은 이 돌라멜 마을의 돈을 벌어줄 것이다. 토키얀에 대해서는 마을 사람들에게 말했으니 잘 이용할 것이다.

"하하. 그런데 우리, 꿀만 잔뜩이에요. 이거 팔면 돈 좀 벌겠는데요."

죠세프가 커다란 통을 들고 즐겁게 말했다. 당연한 이야기였다, 그 커다란 목청을 얻었으니…….

우린 페디가 가져온 로열젤리가 부족해 다시 한 번 숲으로 갔었다. 그런데 처음 우리가 떼려고 했던 그 벌집에 벌이 없었던 것이다. 알고 보니 죠세프가 발견했던 말벌집의 말벌들이 공격을 한 것이다. 그래서 벌과 애벌레들은 모두 죽고 꿀만 잔뜩 남았던 것이다. 로열젤리와 함께.

그때 로열젤리를 가지고 온 우린 마을 사람들에게 로열젤리 탄 물을 눈에 넣으라고 부탁했었다(여기서도 페디의 도움이 컸다). 그리고 다리온이 우려한 대로 눈은 붉게 물들었다. 베로나의 병에 걸린 것이다.

사실 나도 짐작을 못했던 일이었다. 그런데 사람들이 내가 알던 증상과는 달라서 잠시 어리둥절해야만 했다. 하지만 난 우연치 않게도 마시려고 받아논 약수에 이끼가 들어가 있는 것을 발견했다. 보통 때 같았으면 보자마자 버렸을 테지만 마침 일이 일인지라 자세히 확인해 보고 이 이끼가 토키얀이란 것을 알았다.

그 후론 일사천리였다. 약을 만들어 치료를 하고 지금 우린 돌라멜을 떠나고 있었던 것이다.

"그런데 다리온, 한 가지 묻고 싶은데, 그때 그렇게 검사를 주장했던 것은 다리온이 이미 사람들이 베로나의 병에 걸렸다는 것을 짐작해서였나요?"

"글쎄요… 제가 란셀 같은 지식을 가진 것도 아닌데 그런 걸 짐작이나 하겠습니까? 다만 뭔가 불안해서였고 왜 불안했냐 하면… 그저 남자의 직감이라고 해둡시다. 하하하."

좋다고요. 하하하. 그런데 다리온, 원래 여자의 직감이 아닌가요? 설마 다리온이 여자… 일 리는 없고… 생김새가 확실히 남자니. 그러면 양성? 맞나요? 예? 예? 예? 아니, 그런 말 좀 했다고 삐쳐서 말을 안 하면 어떻게 해요. 말 좀 하자니까요~

제8장
초록여우

"이상하다……?"

앞서 가던 아르티닌이 중얼거렸다.

"왜 그래?"

"이봐, 란셀. 좀 이상하지 않아?"

"뭐가?"

난 아르티닌이 말하는 것이 무엇인지 모르겠다. 길을 잃었나? 아니 잖아. 아니면 길을 잘못 들었나? …흠, 둘 다 같은 말인가? 그것도 아 니면 뭔가가 나타나기라도 했나? 그것도 아니고. 아무튼 우린 지금 제 길로 잘 가고 있었다. 그런데 아르틴닌은 뭐가 이상하다는 거지?

"여기에 와본 것 같아서. 이상하게 눈에 익네?"

"그래? 가끔 그럴 때가 있어. 처음 왔으면서도 전에 한번 와본 것 같 은 기분이 드는 경우. 나도 몇 번 그런 경우가 있었거든. 아니면 정말

네가 한 번 왔었다거나."

"그러면 데자뷰 현상인가 보군요."

옆에서 다리온이 내 말을 거들었다.

"아닙니다, 다리온. 데자뷰 현상이 아녜요. 란셀, 넌 알잖아, 내 기억력을. 설마 내가 한 번 왔던 곳을 까먹겠어?"

그건 그랬다. 오죽하면 드래곤을 망각없는 생물이라고 할까. 하지만 예전에 기억상실증에 걸렸던 드래곤도 있다던데 치매 걸린 드래곤이라고 없겠어?

"어? 란셀, 그 눈빛은 뭐지? 설마 너, 내가 치매 걸렸다고 생각하는 것은 아니겠지?"

딩동댕. 정답입니다. 식당 개 3년에 빵을 굽고 란셀 일행 몇 개월에 드래곤 눈치 생기다. 이건 역사에 기록을 해야 해.

"어? 설마 내가 눈치 생겼다고 역사에 기록해 두자고 생각한 것도 아니겠지?"

흠… 이건 눈치 정도가 아니라 아르티닌의 다리온화군.

"저… 그런데 란셀, 아울, 다리온."

나.

"왜?"

아울.

"엉?"

다리온.

"예?"

"아울이 그렇게 느낀 것이 당연할지도 몰라요. 아까 온 길부터 여기까지 멜보 나무 외에는 없거든요. 잘 아시겠지만 멜보 나무는 지역에

관계없이 자라는 형태가 일정하잖아요."

우리 셋 이구동성.

"진작 좀 말하지."

예나의 말대로 사방이 전부 멜보 나무였다. 이런이런, 이럴 수가. 내가, 아니, 자칭 현자라고 말하는 다리온조차 멜보 나무를 못 알아보다니……. 그런데 이상했다. 멜보 나무는 야생에서는 이렇게 집단으로 자라지 않는 나무였다. 그렇다면 이렇게 집단으로 자란 것은 사람이 키웠다는 소리였다. 하지만 누가 산속에다 이런 짓을? 게다가 이건 바둑판 모양으로 규칙적으로 심어져 있었다. 이런 지형이면 차라리 죽음의 미로를 통과하는 게 낫겠다는 생각이 들었다. 최소한 죽음의 미로는 함정이 있으니 변화라도 있지.

멜보 나무는 무슨 조화 속인지 예나가 말한 대로 자라는 지역과 환경에 상관없이 모양이 똑같았다. 곧게 뻗은 줄기에 사방으로 난 가지. 나무 자체만 보더라도 완전 대칭형인 나무로 보통 나무는 가지의 자란 상태나 줄기의 상태 등으로 동서남북을 구분할 수가 있지만 멜보 나무는 그것이 불가능했다. 물론 다 자라지 않은 멜보 나무와 다 자란 멜보 나무는 크기에서 차이가 나지만 멜보 나무가 워낙 성장이 빠르고 어느 정도 성장하면 더 이상 자라지 않기 때문에 그런 크기는 무의미한 것이었다. 물론 다 자란 후 크기도 같았다. 그래서 멜보 나무를 이렇게 줄을 맞춰서 집단으로 심으면 나침반과 지도 없이는 방향을 못 잡아 빠져나오기 힘든 죽음의 숲이 되는 것이었다.

그 특성으로 한때 귀족들이 다투어 심기도 했지만 그걸 심은 귀족이 그 안에서 빠져나오지 못해 죽은 뒤론 찾는 사람이 없는 악명 높은 나무였다. 그래서 붙은 별명이 유령나무. 그런데 그런 나무를 이렇게 산에다 심어놨다? 산속에서 길을 잃고 싶어 환장한 사람이 아니면 뭔가 피치 못할 사정이 있는 사람 둘 중 하나의 짓이 분명한데… 아니, 이 정도 규모의 숲이면 한 사람으로는 불가능하니 집단인가?

아무튼 그런 두 가지 이유 중에 하나가 확실했다. …할 것이다. …할 것 같은데. …하지 않을까? …하면 안 될까?

이유야 어떻든 누군지 참으로 위험한 짓을 했다. 우리같이 이렇게 멜보 나무 숲으로 들어온 사람들이 얼마든지 있을 수가 있기 때문이다. 그나마 다행히 우리에게는 지도와 나침반이 있었다.

"저, 그런데……."

갑자기 아르티닌이 더듬거렸다.

"왜 그래?"

"아, 그게 말야… 나침반이 고장났어."

"그래? …뭐, 뭣?!"

"아, 글쎄… 그게 아까 아침 먹을 때 나침반을 잠시 불 위에 떨어뜨렸잖아. 그때 자침이 열을 받아 자력을 잃은 것 같아."

"말도 안 돼! 곧 꺼냈잖아! 그런 짧은 시간에, 그것도 그런 유리 상자 안에 있는 자침이 어째서 자력을 잃었단 말야?"

"그, 글쎄 모르지. 세상엔 말로 설명이 안 되는 일이 워낙 많잖아."

그게 지금 상황에 맞는 표현이냐?

"많든 적든 말도 안 되는 소리잖아."

"그건 그렇지만… 궁금하면 나침반 자침에게 물어봐."

하아… 이젠 어쩌지? 이 멜보 나무는 워낙 잎이 넓어서 햇빛을 가리기 때문에 해의 위치도 살피기 불가능했다.

"란셀, 걱정하지 마십시오."

다리온이 내 어깨를 두드리며 말했다.

"방법이 있으니까요."

"정말요?"

듣던 중 반가운 소리.

"이럴 땐 직감을 이용해야 합니다. 특히 여자는 직감이 뛰어나니까 예나 씨와 이브린 씨에게 부탁하면 될 겁니다."

듣던 중 힘 빠지는 소리.

"이쪽."

"이쪽요."

"이쪽이라니까."

"이쪽이 맞다니까요."

벌써 한 시간째 예나와 이브린은 서로의 직감을 이용해 길을 가리키고 있었다. 직감을 이용하는 것이라 약간의 자그마한 문제가 있긴 한데 그것은 서로 반대 방향을 주장하는 것이었다. 젠장! 자그마하긴 뭐가 자그마해.

"저… 다리온, 우리 여기서 나갈 수 있겠죠? 그렇죠?"

"그, 그렇겠죠. 설마 여기서 길 잃고 헤매다 죽겠습니까?"

다리온, 전 설마란 녀석이 가장 무섭단 말입니다. 흑.

난 뒤를 돌아보았다. 으… 끔찍한 숲. 비록 본격적으로 헤맨 것도 아니지만 정말 아찔한 숲이었다. 덕분에 이 무더운 여름 기온이 서늘하게 느껴지긴 했다. 피서 온 셈 치지 뭐.

나, 아니, 우린 계속 우리에게 드래곤이 같이 있다는 것을 잊는다. 물론 아르티닌은 아니고 페디. 지금도 페디에게 부탁하니 금방 빠져나왔다. 아, 내가 페디보고 계속 박쥐라고 놀렸더니 정말 페디와 박쥐가 헷갈리는 건가……? 이러면 안 되는데…….

"그런데 왜 저런 숲을 조성했을까요?"

다리온도 나와 같이 숲을 보다가 물어왔다. 하지만 그걸 왜 나에게 묻지?

"저기로 가면 마을이 나와요. 아마 그 마을에서 숲을 조성한 모양이에요. 거기서 물어보면 알 수도 있을 것 같은데요."

애구~ 고맙다, 페디야.

마을은 가까웠다. 그런데 마을이 좀 묘했다. 삼면이 산으로 둘러싸이고 한쪽만 터져 있었다. 그것까지는 이상할 것이 없었다. 그런데 그 산이 높이 20길드의 산이란 것이었다. 세상에, 아무리 산이 낮아도 20길드라니. 언덕도 그것보단 높을 것이다. 분명 그 산은 사람이 쌓은 산이었다. 아마 토성 쌓는 방법을 썼을 것이다, 생긴 모양이 영락없는 토성 모양인 것을 보면. 하지만 토성이라고 못하고 산이라고 하는 이유는 나무도 심어져 있어서 토성으로서의 면모가 전혀 없기 때문이었다.

"마을에 무슨 일이 있나 보군요."

다리온이 그렇게 중얼거렸다. 나도 다리온과 같은 생각이었다.

"확실히 일이 있어요. 저기 있는 멜보 나무 숲, 저 성 같은 인공 산. 대체 뭘 막으려고 하는 걸까요?"

"모르긴 몰라도 군인이나 산적, 용병 따위는 아닐 겁니다. 하지만 전투력이 없다면 사람을 막는 것일지도 모르겠군요. 멜보 나무 숲은 본능과 감각이 발달한 산짐승에게는 무용지물이고 다만 이성이 본능을 누르는 사람이나 유사 인종 외에는 쓸모가 없을 테니까요."

"그렇겠죠."

다리온도 감이 안 잡히는 모양. 에이, 마을에 들어가서 물어보면 알 겠지. 설마 사람들이 우리에게 돌 던지며 나가라고 하겠어? 앗! 설마라 니… 난 정말 설마가 싫은데. 설마 무서워.

"하핫! 우리 마을에 오신 것을 환영합니다. 전 아까 들으셨다시피 세인트 가든이고 여기는 제 아내인 아프로나, 내 아들 지스오, 딸 아이 로나, 여긴 우리 집 강아지 큐로."

"아, 예, 전 란셀이라고 합니다. 이쪽은 에나, 죠세프 라만, 아울 트 린, 다리온 겔레스, 이브린 퀘르센입니다. 그리고 이쪽은……."

"호오, 재미있는 애완 동물이군요. 박쥐라… 그런데 좀 특이하게 생 겼군요."

"아… 예… 흠흠, 페디라고 합니다."

페디는 고개를 휙 돌렸다. 내 귀에 조그마하게 '흥' 하는 소리가 들 린 것을 보면 많이 삐친 모양이었다.

"예, 그렇군요. 하하. 오늘은 정말 좋은 날입니다. 이렇게 제 집에 손님이 다 오시고. 이렇게 손님 맞을 날이 있으리라곤 상상도 못했답 니다. 하하하핫!"

자신을 마을 촌장이라고 소개한 세인트는 우릴 자신의 집으로 초대 했다. 마을에 여관이 없기 때문에 묵도록 배려해 준 것이었는데 무척 이나 친절하고 호탕한 사람이었다. 아니, 촌장만이 아니라 다른 마을 사람들도 무척 친절한 사람들이었다. 그래서 더 이상했다. 요즘 같은 세상에 처음 보는 사람을 묵게 해주는 것이 쉬운 일은 아니었다. 아무 리 시골 인심이 좋아도 먼저 우리가 먹을 음식의 양도 만만찮기 때문 이다. 하지만 우린 이런 환대를 받고 있지 않은가? 야~ 제대로 된 고기 요리야, 너 참 오랜만이다.

"저, 한 가지 묻겠습니다."

난 저녁을 먹고 차를 마시며 담소하는 도중에 눈치를 살펴 세인트에게 물어보았다.

"저⋯⋯."

"응? 무엇이 궁금하신가요? 하하핫."

"아예, 이 부근에 산적이 많은 모양이죠? 아니면 질 나쁜 용병단이라도 있거나."

"아뇨, 그런 일 없는데요? 설마 이런 작은 마을에 산적이 뭐 뺏을 게 있다고 오겠습니까? 그리고 용병단이 여기 있으면 굶어 죽죠. 여기서 뭐 할 일이 있겠습니까? 그런데 왜 그러십니까?"

세인트는 오히려 날 이상하게 보며 물었다.

"아, 그게… 좋습니다. 실례가 안 된다면 직설적으로 물어보죠. 저희가 여기 올 때 하마터면 길을 잃을 뻔했습니다. 멜보 나무 숲 때문이었습니다. 그리고 이 마을에 와서 보니 마을의 세 방향이 산으로 인해 마치 성을 두른 듯하더군요. 멜보 나무가 저런 식으로 자라려면 사람의 손이 가야 하고 산도 인공 산 같았습니다. 그렇다면 그것도 사람의 손이 간 것이지요. 그래서 저희는 처음 마을에 들어설 때 걱정했습니다. 돌 맞고 쫓겨나는 것은 아닌가 하고 말입니다. 그런데 이렇게 환대를 받으니 멜보 나무와 인공 산이 있는 이유가 더 궁금해집니다."

세인트는 내 말을 듣더니 순간 얼굴이 굳어졌다. 헉! 내가 실수한 건가?

"그렇군요. 하긴 그곳을 빠져나오신 분들이니 말을 안 한 제 잘못입니다."

세인트는 차를 한 모금 마시더니 말을 계속했다.

"제가 아까 말한 것 기억하십니까? 손님을 우리 집에 모실 날이 있을 줄은 몰랐다고 한 말 말입니다. 바로 멜보 나무 숲 때문입니다. 그 숲으로 인해 아무도 이 마을에는 못 들어옵니다. 물론 지도나 나침반을 가지고 있다면 모르지만 의외로 지도라면 몰라도 나침반은 안 가지고 다니는 여행객들이 꽤 많지 않습니까? 우리도 몇 명만이 길을 알고 나침반과 지도가 있어야 나갈 수가 있습니다. 그 사람들이 마을에 필요한 물품을 사 오는 것입니다. 이젠 제가 한 말의 의미를 아시겠죠? 후훗, 맞습니다. 멜보 나무를 심은 사람들은 우리 마을 사람들이죠. 멜보 나무 숲을 나가는 그 몇 명이 바로 멜보 나무를 심은 사람들이지요."

"그런데 어째서 저렇게 위험한 짓을 했습니까? 자칫하다가 여행자가 잘못 들어가면, 그리고 아이들이 놀다가 들어가면 어쩌려고요."

친절히 우릴 맞은 세인트에게는 미안하지만 난 그렇게 물을 수밖에 없었다. 페다가 아니었다면 우린 꼼짝없이 멜보 나무 숲에서 계속 헤맸을 것이다. 그런데 세인트는 가볍게 미소만 짓네?

"아이들이야 우리가 항상 지키죠. 만일을 위한 교육도 시키고요. 그리고 여행자의 경우는 숲 입구 이곳저곳에 푯말을 세워뒀습니다. 설마 푯말을 못 보신 것은 아니겠죠?"

표, 푯말? 그런 게 있었나? 기억이 안 나는데…….

"아… 예… 푯말. 음… 그래, 푯말. 보긴 봤죠."

에라, 모르겠다. 설마 확인하지도 않을 텐데 대충 넘기자.

"예, 그러실 겁니다. 푯말을 보았으면 일반적인 사람은 들어오지 않습니다. 무슨 일이 있다고 생각해서죠. 여행자들에게 멜보 나무는 상식이 아닙니까? 사고가 반드시 있는 곳을 말할 때 '멜보 나무 있는 곳'이란 속담도 있고요. 하지만 여러분들은 모험심 강한 분들이기에 들어오셨겠죠."

"아… 예… 그렇죠. 하하하. 모험심이라… 하하하."

무, 무슨 소릴. 사정을 알았으면 멀리 피해갔을 텐데.

"그런데 어째서 저런 숲을 만들어놓은 겁니까? 그리고 저 뒤의 인공 산도 말입니다. 저 인공 산은 자연에서도 존재하지 않을 정도로 험한 것 같습니다만."

다리온이 내 대신 물었다.

"흐음… 그건… 뭐, 좋습니다. 기왕 말이 나온 거니 사실대로 말하죠."

세인트는 잠시 머뭇거리더니 입을 열었다.

"여러분들은 혹시 초록여우를 아십니까?"

초록여우? 난 순간 흠칫했다. 초록여우라니. 마도 시대에나 있던, 지금은 전설이 된 이야기가 왜 여기서 나오지?

"방금 초록여우라고 하셨나요?"

난 세인트의 말을 믿을 수가 없어서 다시 물어보았다.

"예, 초록여우. 저희는 초록여우를 막기 위해 멜보 나무 숲을 만들고 인공 산을 만든 것입니다. 여러분이 안 가보셔서 그렇지 저 인공 산도 미로 구조로 되어 있습니다. 그리고 다리온이라고 하셨나요? 당신의 생각처럼 무척 험합니다."

세인트의 말이 끝났을 때 죠세프가 내 어깨를 두드렸다.

"란셀, 초록여우가 뭔가요? 대체 얼마나 무서운 여우이기에 저러죠?"

무서운 여우라… 하긴 무섭긴 엄청나게 무섭지. 초록여우는 간단하게 정의하자면 독덩어리였다. 아니, 세균덩어리인가? 아무튼 초록여우의 영향을 받으면 이틀 정도 잠복기를 거쳐 사흘간 심한 고열에 시달리게 되는데 그 열로 인한 사망률이 80%에 이르렀다. 그리고 고열을 이겨내도 중독 현상에 의한 사망률도 20%에 육박했다. 한마디로 사망률이 100%에 가까운 무서운 질병? 독? 그것이었다.

살아남는 사람은 0.01%도 안 되는데 그나마 살아난 사람도 백치가 되었다. 그래서 굳이 따지자면 독을 지닌 세균이나 독과 세균의 특징을 모두 지닌 물질이라고도 할 수 있는데 어떤 학자들은 극독을 매개로 실처럼 이어진 세균 군들이 엉겨 있는 형태라고도 했다. 물론 어느 것이 정답인지는 나도 모른다. 마도 시대의 학자들도 그것은 마찬가지였을 것이다. 치사율이 100% 가까이에 이르는 독과 세균덩어리를 연구하는 학자는 별로 없었기 때문이다.

"그런데 왜 초록여우라고 부르죠?"

내 설명을 들은 죠세프… 옆의 예나가 물었다.

"그거? 그 덩어리 모양이 마치 여우와 비슷해서지. 어느 정도로 비슷한가 하면 내가 방금 실처럼 이어진 세균 군이라고 했지? 세균이 그렇게 연결돼서인지 그러잖아도 여우와 닮았는데 거기에 또 마치 털이 난 것 같아서 영락없이 여우의 생김새라 그렇게 불렸어. 게다가 그것만이 아냐. 발로 뛰고, 걷고, 귀가 쫑긋거리는 것이 마치 살아 있는 동물과 흡사하지. 세포로 이루어진 생명체도 아니면서 말야."

"그래요? 그렇군요. 그런데 란셀, 또 이상한 게 있어요."

"뭔데?"

"란셀이 전에 말하기는 마도 시대의 학자나 마법사는 호기심이 많고 탐구열과 연구열이 높다고 했잖아요. 연구를 못하느니 죽겠다라고 했다는 사람 이야기를 란셀이 해주었잖아요. 그런데 초록여우를 많이 연구 안 했다는 것이 이해가 안 가요."

예나는 역시 예리했다.

"물론 그랬지. 적어도 마도 시대 멸망기 전까지는 말야. 초록여우는 마도 시대 후반에 나타났어. 처음엔 누군가 악질적인 마법사가 만든 키메라나 그 비슷한 것이라고 생각했지만 그건 아니었지. 아무튼 초록여우가 나타난 초기에는 학자와 마법사들의 호기심을 불러와 탐구열을 불타게 했긴 했지. 아까 내가 말한 것이 바로 그때 얻어진 것들이야. 하지만 마도 시대는 그때 이미 타락했지. 어떤 시대든 간에 그 말기조차 넘어서 멸망기에 들어서면 타락하는 것은 당연한 이치야. 마도 시대도 예외는 아니었어. 마도 시대가 막을 내린 이유는 많이 있지만 타락도 그중 하나였어. 학자들이나 마법사들은 더 이상 연구를 안 했어. 선조들이 이루어놓은 성과를 짜깁기해서 돈만 벌었지. 돈의 맛에 너무 길들여진 그들은 오로지 돈이 되는 일만 했어. 그러니 사망률이 100%에 이르는 초록여우를 연구할 리가 없었지. 위험하니까. 게다가 초록여우는 많지도 않았거든. 그러니 돈도 안 되고 목숨이 위태로울 수도 있는 그런 걸 누가 연구하겠어. 결국 초록여우를 연구하는 사람은 정신병자 취급까지 받을 정도였지. 사실 초록여우를 잡거나 막을 방법은 있어. 그리고 초록여우의 약점도 알았지. 그 짧은 기간의 연구로 올린 성과야. 하지만 거기까지야. 박멸할 방법은 찾지 못했어. 아니, 초록여우를 박멸하기는커녕 초록여우에 의해 병에 걸리고 중독된 사람을 치료할 방법도 못 찾았지. 만일 초록여우의 연구가 계속돼서 박멸할 수 있었거나 초록여우에 의한 환자를 치료할 수 있었다면 초록여우의 전설은 없었을 거야."

"초록여우의 전설요?"

이번엔 죠세프가 흥미를 나타냈다.

"그래, 초록여우의 전설. 죠세프는 못 들었던 모양이군. 하긴 그것도 이젠 잊혀져 가고 있는 전설이니까. 죠세프가 특별히 고전을 좋아해서 공부하지 않은 이상 모를 수도 있을 거야. 게다가 초록여우의 전설은 대륙의 중북부에나 있는 전설이니까 더 모를 거야."

"그렇군요. 어쩐지 카샤니안의 전설 모음 전집에서 읽은 기억이 없었어요."

"당연하지. 카샤니안엔 없는 전설이니까. 그런데 여기서 전설이 아닌 실제 일어난 일로 듣게 될 줄이야……."

"그런데 대체 초록여우의 전설의 내용이 뭐냐?"

이번엔 아르티닌이 물어왔다. 호오, 이거 예외인걸? 아르티닌이 몰라? 드래곤들은 대부분 아는 전설이던데. 역시 고작(?) 1,500살의 어린(?) 드래곤인가?

"간단해. 어떤 전쟁—어떤 전쟁인지 나도 모른다. 그리고 궁금하다. 전설에서도 무조건 어떤 전쟁이라니… 쩝—중에 한 마을이 학살을 당했다는 거야. 그런데 그 학살당한 사람들이 너무 억울해 죽은 영혼들이 저승도 못 가고 있는데 그 영혼들에게 악마가 다가와 유혹했다고 하지. 한이 맺힌 영혼들은 악마의 유혹에 쉽게 넘어가고, 악마는 그렇게 넘어온 영혼을 뭉쳐 무시무시한 죽음을 부르는 생물을 만들어냈다고 해. 그것이 바로 초록여우지. 그 초록여우가 나타나는 지역은 언제나 죽음의 땅이 되었다는군. 이것이 초록여우의 전설 줄거리야."

"에이, 너무 상투적인 줄거리네요."

"그런가? 하지만 예나, 그것이 그저 생겨난 전설이 아니라 사실이라면?"

"예?"

"내가 한 이야기가 워낙 오래된 이야기라 전설로 되었지만 실제로 있었던 이야기거든. 내 스승인 카나이드도 그렇게 오래된 이야기가 사라지지 않고 이어오는 것이 신기하다고 하셨지."

"아니 그것이 전설이 아니라 실제로 있었던 일이었단 말이요?"

내 이야기에 가장 많은 관심을 보인 사람은 세인트였다. 하긴 당장 초록여우 때문에 걱정하는 사람이니까.

"하하, 그 이야기는 초록여우에 의한 환자가 처음 나타난 때가 전쟁 중이었다는 것을 의미하는 것이지요. 전설이란 뼈만 빼고 나머지는 지은 이야기니까. 우린 전설을 들을 때 그 뼈를 보아야 합니다."

"그, 그렇군요. 역시 배운 사람은 뭐가 달라도 다르군. 나 같은 산골 무지렁이와는 달라."

"하하, 별말씀을."

솔직히 기분이 나쁘진 않은데?

"그런데 한 가지 질문이 있는데… 방금 제가 정확히 들었는지 모르겠소이다만……."

갑자기 질문을 하는 세인트였다. 그런데 뭔가 불길한 예감이…

"초록여우를 잡거나 막을 방법이 있다고요?"

"예? 물론 있긴 하지만……."

에고, 요놈의 입. 감히 주인을 곤경에 빠뜨리다니.

"그 방법이 저 멜보 나무 숲보다 효과적인가요?"

"그, 그렇죠. 사실 저 멜보 나무 숲은 아무런 소용이 없으니까요. 초록여우는 비록 생김새와 하는 짓이 생명체 같지만 사실 근본적으로 생물은 아니거든요. 멜보 나무 숲의 가장 큰 효과라면 감각을 지닌 동물이 그 감각의 함정에 빠지게 하는 것이지요. 그래서 본능보다 이성을, 그리고 다른 오감 중에서 눈에 크게 의존하는 인간에게 가장 큰 효과를 내고요."

"허어… 그런가요? 그럼 우린 쓸데없는 짓을 한 것이로군. 저 숲 덕분에 우리 마을 사람들도 맘대로 못 나가는데."

"그, 그런 셈이죠."

음… 아직 불길한 예감은 안 가셨다. 조심조심. 아니, 내 입을 더 조심.

"허어… 이런 낭패가."

그때 세인트가 갑자기 불쌍한 표정을 지었다. 음… 더 불안해.

"그러면 여러분께는 죄송하지만……."

최대한 불행한 표정을 짓는 세인트. 이, 이봐요, 세인트. 이 사람들 착한 사람들이라고요. 제발 그런 표정 하지 말아요.

"초록여우를 잡거나 막을 방법을 아신다니 제발 우리 마을을 도와주시기 바랍니다. 우리 마을을 위해 초록여우를 잡아주십시오."

딸꾹, 딸꾹, 따따따딸꾹. 이, 이런 예상은 한 말이지만…….

"예, 좋습니다."

죠세프가 세인트에게 소리쳤다.

"사람은 사람답게 살아야죠. 아무리 무서운 녀석이라고 해도 그놈 때문에 이렇게 갇혀 지내다시피 하는 것이 말이 됩니까? 도와드리겠습니다!"

그러더니 날 보았다. 앗! 갑자기 눈이… 눈이 안 보인다. 사람들이 날 쳐다보는 것이 안 보여. 죠세프, 이 슬라임 같은 녀석! 그렇게 함부로 약속을 하다니. 방법이야 있지. 하지만 그게 쉬운가? 게다가 초록여우가 얼마나 무서운데 자칫하다가 중독되면 책임질 겨? 으… 내 입만 조심할 것이 아니라 죠세프도 조심해야 하는 것을 잊었었다.

역시 대중의 힘이란 무서운 것이다. 세인트는 죠세프의 확답을 듣자마자 당장 나가서 마을 사람들에게 그것을 알렸다. 게다가 당장 명색만 제자요, 사실은 웬수덩어리인 죠세프를 비롯하여 속을 알 수 없는 다리온, 왕소금 여인 예나, 덜떨어진 드래곤 아르티닌, 대책없이 겁없는 여인 이브린이 날 지그시 쳐다보는데… 자고로 멀리 있는 질병보다 가까이 있는 구타가 더 무섭고 위험한 법. 결국 난 초록여우를 잡아야 했다. 에고에고, 우짤꼬. 어찌 잡나. 어찌 잡나…….

"초록여우는 길레토란 식물에 모여드는 습성이 있습니다. 초록여우는 말했다시피 생명체는 아닙니다. 따라서 세균과 독의 조합체인 그들은 결국 세균은 죽고 독은 산화해 버리거나 사라집니다. 그런데 길레토란 식물은 어째서 그런진 모르지만 초록여우의 생명을 이어줍니다. 길레토가 초록여우의 몸을 이루는 세균을 죽지 않게 하고 독도 유지시켜 줍니다. 그래서 초록여우가 있는 곳에는 반드시 길레토가 있습니다. 초록여우의 전설이 다른 곳에는 없고 대륙 중북부에만 있는 이유가 길레토의 서식지가 대륙 중북부이기 때문이죠."

"그런데 질문있어요."

내 말이 끝나자 예나가 질문을 던졌다.

"란셀은 분명 초록여우는 생명체가 아니라고 했어요."

"사실이니까."

"하지만 세균도 사실은 생물체의 한 종류가 아닌가요?"

"세균 자체만 놓고 보면 생명체이긴 하지. 그렇게 따지면 초록여우는 생명체야. 하지만 지금 내가 말하고자 하는 생명체는 그런 세균이 뭉쳐진 것이 아니라 뼈가 있고 살이 있고 많은 세포가 모여 하나의 육체를 가지고 정신에는 영혼을 담은 조화로운 존재를 말하는 거야."

"그렇군요. 그러면 또 하나 질문요. 란셀의 말대로 하면 초록여우는 분명 생물이 아니에요. 그런데 생물도 아닌 초록여우가 무슨 삶의 집착이 있어서 일부러 길레토까지 찾아가요? 아니, 그럴 두뇌도 없잖아요."

"그건 나도 몰라. 하지만 한 가지, 이건 말할 수 있어. 사실 세균은 생명의 가장 기초적인 단계라고 할 수 있지. 물론 제대로 된 생명체라고 말할 수는 없겠지만 말야. 하지만 아무튼 살아 있는 존재는 단 한 가지 공통된 목적이 있지. 바로 자손. 어떤 식으로든 자신의 형질을 가진 존재를 계속 이어가게 하는 것이지. 그리고 초록여우도 아마 그래서 길레토를 찾았을 거야."

예나는, 아니, 우리 일행은 내 설명에 고개를 끄덕였다. 나와 같이 다니며 별일을 다 겪으니 내 모호한 말도 이해를 하는 모양이었다. 하지만 마을 사람들은… 에이, 입 아파. 잘려면 집에 가서 잘 것이지.

"어쨌든 길레토만 찾으면 되는 건가?"

아르티닌이 일어날 준비를 하면서 물어왔다.

"아니."

내 대답에 아르티닌은 놀라는 눈치였다.

"어? 아니라고? 어째서?"

"어째서라니. 너, 내 말을 안 들었지? 난 분명 길레토가 대륙 중북부에 자생한다고 했어. 그 말을 잘 생각해 봐. 이곳은 대륙 중북부야. 따라서 이곳 사람들은 길레토가 어디 있는지 알 거야."

다리온이 내 말에 감탄하는 표정이었다. 앗! 그런데… 방금 생각났다. 길레토가 비록 멸종 위기는 아니더라도 그렇게 많지는 않고 그나마 사람 눈에 안 띄는 숲 속에서 산다는 사실이. 이, 이거 난처하네. 지금 아르티닌을 비롯해서 다른 사람들 모두 마을 사람들에게 길레토의 행방에 대해서 묻고 있는데 마을 사람들 표정을 보니 왜 자신들이 그런 것을 알 거라 생각하냐는 표정이군. 하긴 알았다면 내가 길레토 이야기를 했을 때 반응을 보였겠지. 음… 이럴 땐 살금살금…….

"란셀!"

"아! 예, 예나? 아, 하하하. 도망을 치려는 것이 아니라 길레토를 찾으려고 나가려던 참인데… 하하하."

길레토란 식물은 구근으로 자라는 식물이었다. 봄에 녹색의 싹을 틔우는데 처음엔 그저 배추처럼 보인다. 하지만 여름이 되면 잎이 더 풍성해지고 붉게 변해서 커다란 장미꽃이 떨어져 있는 것처럼 보이는 식물이었다. 하지만 향기는 그다지 좋지 않다고 한다. 식초처럼 시큼한 냄새가 나는데 의외로 그 향기가 많은 곤충을 유혹하였다. 그 곤충들이 바로 길레토의 양분이 되었다. 물론 길레토의 향에 무슨 마취 성분이나 살충 성분이 있는 것은 아니었다. 다만 길레토의 향기에 이끌려 몰려든 곤충이 서로 잡아먹고 죽이는 과정에서 나오는 부산물, 그러니까 곤충의 잔해를 양분으로 한다는 것이다.

곤충의 부산물이 나오면 얼마나 나온다고 그걸 양분으로 삼다니, 참 대단한 식물인지 아니면 바보 같은 식물인지. 하지만 충분한 양분이 되긴 하니까 그런 방법을 쓰겠지? 세상에는 참 희한한 것들도 많다는 것을 새삼 느끼게 하는 식물이었다. 아무튼 그 길레토의 구근에 엉겨 사는 녀석이 바로 초록여우였다. 아마 길레토의 구근이 초록여우에 필요한 어떤 작용을 하는 모양이었다. 참고로 길레토 구근은 독이나 다른 이상한 성분이 없다고 하였다. 아마 알 수 없는 물질이 있을 거라고 생각하는 위대한 마도의사 란셀, 바로 나였다.

"란셀, 그렇게 이상하고 느끼하게 웃지 말고 길레토나 찾아봐요. 란셀 말대로라면 길레토가 부근에 있어야 하니까."

"하지만 예나, 그러다 초록여우라도 만나면 어쩌려고?"

"참나, 란셀이 잡거나 막는 방법을 안다면서요?"

그러게 말 한번 잘못하면 평생 고생이라니까. 내가 못살어.

난 한숨이 절로 나왔다. 내 눈앞에 쌓여 있는 풀들. 내가 알려준 길레토의 모습을 가지고 사람들이 캐 온 풀들이었다. 그런데 이게 웬 잡초들인지, 아마 마을 사람들이 길레토를 찾으러 가긴 갔지만 언제 초록여우를 만날지 겁나 대충 아무 풀이나 뽑아온 모양이었다. 하지만 그래도 그렇지 양심도 없나? 대충 비스므리는 해야 할 것 아냐? 구근이야 땅속에 있는 것이니 못 봤다고 쳐도 저 기다란 풀이며 고사리는 모양이 애초에 틀린 거잖아. 아쭈? 저건 또 누가 가져온 거냐? 누군지 자기 집 뒤뜰에 있는 장미꽃을 꺾어 왔군.

하지만 내가 정말 한숨을 쉬는 이유는 따로 있었다. 난 분명 채취해 오란 말을 한 적이 없었다. 분명 살펴보고 있는 곳을 알려달라고 했다. 그런데 이렇게 뽑아 오고 끊어 오고 뜯어 왔다. 그런데… 바로 저기 있는 길레토. 정말 누구였는지 길레토를 발견했다. 그리고 뽑아 왔다. 하지만 길레토는 저렇게 뽑으면 얼마 못 가서 죽는 식물이었다. 보통 구근 식물은 그 구근의 생명력이 강하지만 길레토는 절대 그렇지 않고 오히려 구근부터 먼저 죽어버리는 별종이었다. 지금 내 눈앞에 있는 길레토는 확실히 죽어 있었다. 문제는 초록여우는 살아 있는 길레토만 찾고 죽은 길레토 근처에는 얼씬도 하지 않는다는 것이었다. 그러니 내가 한숨을 안 쉬게 됐냐고.

"이건 누가 뽑아온 겁니까?"

난 길레토를 들고 사람들에게 물었다.

"······."

아무도 안 나왔다.

"그러지 말고 나오세요. 누가 혼내기라도 하나요?"

혼낼 거다. 씩씩.

"저······."

누군가 조용히 손을 들었다.

"제가 뽑아 왔는데요······."

예나였다. 아··· 다른 사람도 아니고 예나라니. 이 마을 사람들처럼 경험이 없는 것도 아니고 내가 뽑지 말라고 했으면 분명 알아들었을 텐데 뽑아 오다니. 할 말 없다. 아아, 다리에 힘 빠진다. 하지만 뭔 말을 하랴. 어찌 혼내랴, 용돈 주는 사람한테.

"그, 그러니? 하아··· 다, 다음부턴 뽑지 마. 알았지? 여러분도 아셨죠?"

또 다른 길레토를 발견한 것은 이틀 후였다. 이틀 동안 내가 괴로워하는 모습을 보여 예나에게 미안한 맘이 들도록 만든 덕에 빨리 찾은 것이다. 왜냐하면 날밤새워 찾았으니까. 역시 예나는 착하다니까. 하하핫!

"참, 란셀은 이틀 동안 방 안에서 뒹굴거렸으니까 나중에 용돈없어요."

예나가 착하다는 말 취소.

길레토는 멜보 나무 숲의 근처에 있었다.

"이런 곳에 길레토가 있다니. 예나, 어떻게 찾은 거야?"

"그야 간단하죠. 벌레들이 여기로 모이더라고요. 그래서 와봤더니 이렇게 있네요."

간단하긴 간단하군. 그런 방법이 있었군. 하긴 시력 좋은 예나니까 가능한 방법이었겠지?

"그런데 이젠 어쩔 거죠?"

이브린이 길레토의 향기를 맡더니―생긴 모습은 장미와 흡사하다니까―얼굴을 찡그리며 물었다.

"기다려야지."

"예?"

"초록여우가 올 때까지 기다려야지."

모두들 놀란 표정들이었다.

"란셀, 그게 무슨 소리예요?"

아이고, 귀청이야. 예나 목소리가 이렇게 큰 줄 지금 알았네.

"예나, 진정합시다. 아마 란셀이 생각이 있어서 저런 말을 했을 겁니다."

어이구, 고마워요, 다리온.

"아무리 못 미더워도 한 번은 믿어줘야 하는 법입니다."

그런데 다리온, 고맙다고 한 말 취소해도 되죠?

"길레토는 연약한 식물이야."

모두들 내 말에 어리둥절한 표정이었다. 길레토 약한 것과 초록여우가 무슨 상관이냐는 표정들이었다.

"길레토와 초록여우는 공생 관계지. 초록여우는 길레토에게서 살아가는… 간단히 힘이라고 하지. 힘을 얻지."

"그렇다면 란셀의 말은 길레토도 초록여우에게서 얻는 것이 있다는 말이군요?"

"맞습니다, 다리온. 길리토는 독도 없고 가시도 없습니다. 키가 크지도 않죠. 덕분에 어떤 동물이든 손쉽게 먹을 수 있죠. 냄새가 나긴 하지만 뭐 그리 심한 건 아니니까 무시하고요. 하지만 어떤 생물이든 살기 위해 존재하고 능력을 씁니다. 길레토도 마찬가지입니다. 초록여우를 도움으로써 보호받는 겁니다. 초록여우의 몸을 이루는 세균은 동물에게만 효과가 있지만 세균을 뺀 나머지 독은 식물에게도 해가 됩니다. 초록여우의 독을 접한 식물은 그대로 말라 죽습니다."

난 길레토를 가리켰다.

"이 길레토도 마찬가지입니다. 초록여우의 독에 닿으면 죽습니다. 다른 식물보다 더 빨리 죽는답니다. 스스로는 초록여우의 독을 유지시키면서도 말이죠. 그래서 초록여우는 언제나 조심을 합니다."

"그렇다면 초록여우는 스스로가 살기 위해서라도 길레토를 보호해야 하고 그러자면 길레토가 있는 곳에서는 독을 못 쓰겠군요."

"맞습니다, 다리온."

이거였다, 초록여우를 잡는 방법은, 그리고 초록여우의 약점. 초록여우는 살기 위해 길레토를 찾을 것이고 또 살기 위해 길레토 주변에서는 독을 못 쓰지. 그때 잡는다. 하하핫! 난 천재야. 뭐, 배운 것이긴 하지만 그걸 기억하는 것이 얼마나… 흠흠, 램퍼에 기억되어 있긴 하지만 그걸 적재적소에 뽑아 쓰는 것도 능력이지 뭐.

"하지만 초록여우가 세균만 쓰면 어떻게 해요?"

죠세프가 걱정스럽게 물었다.

"걱정없어. 초록여우는 의지를 가지고 세균을 쓰고 독을 쓰는 것이 아냐. 초록여우 자신이 독과 세균덩어리라서 사람들이 영향을 받는 것이지. 결론은 독과 세균을 따로 쓰는 능력은 없고 같이 쓴다는 거야. 상대와 장소를 가리는 것도 아니지. 다만 길레토의 경우는 생존을 위한 예외 경우지."

"거참, 복잡하군요."

죠세프의 결론이었다. 내 결론이기도 하고. 에잉, 골치 아픈 녀석. 생물도 아닌 것이 생물처럼 행동해서 사람 헷갈리게 하고 있어.

아무튼 우린 잠복 근무(?)를 하기로 했다. 우선 첫날은 나와 죠세프와 예나가, 다음날은 다리온과 아르티닌과 이브린이, 나머지 날들은 마을 사람들이 지키기로 했다.

"반드시 명심하세요. 길레토에서 세 걸음 이상 떨어지지 마세요. 그 안에만 있다면 초록여우가 와도 안전할 겁니다."

난 마을 사람들에게 주의를 주었다. 이걸로 우선 내가 할 일은 끝. 나머지는 다 운명일 수밖에 없는 일이었다.

"란셀, 추워요."

"여름이야."

"그래도 여긴 북쪽에다 산이잖아요. 밤이 되면 추운 게 당연해요."

"그래도 여름이야. 안 추워. 이 날씨가 추운 날씨냐?"

"춥진 않아도 쌀쌀하잖아요."

사실 예나의 말대로 좀 쌀쌀하긴 했다. 하지만 불을 피우면 그 화기에 길레토가 죽을 텐데 불을 어떻게 피워. 아, 다른 사람들에게도 일러주어야겠군. 음… 까먹지 말자. 까먹지 말자. 까먹지 말자. 까먹지… 응? 그런데 뭘 까먹지 말아야 하는 거지? 아, 그래, 길레토에서 세 걸음 이상 벗어나면 안 된다고 다른 사람들에게 일러주는 걸 까먹지 말아야 하지? 에고, 졸려. 하지만 앉아서 자려니 잠이 안 오네.

밤하늘에 별이 반짝였다. 그중에 유난히 밝았던 별이 흔들린다. 설마? 앗! 유성! 빨리 소원을 빌어야지. 우선 돈 많이 벌게 해주고 보석도 많이 갖게……

"란셀."

"우웅… 뭐, 뭐야?"

난 눈을 떴다.

어? 유성은? 없네? 그리고 별자리도 다르잖아. 설마 꿈? 에이, 좋았는데. 그나저나 꿈에 별을 보면 길몽이잖아. 그런데 길몽을 꾸는데 깨우는 인간은 뭐야? 대체 무슨 일 때문에 날…….

"란셀, 저걸 봐요."

죠세프가 무언가를 가리켰다. 거기엔 어떤 자그마한 동물이 서 있었다. 달빛에 드러난 동물의 모습은 여우? 그리고 저 색은 내가 색맹이 아닌 정상이라면 분명… 초록? 이, 이런, 왜 하필 오늘이야? 내일도 있고 그 다음날도 있는데.

"어쩌죠, 란셀?"

어쩌긴, 잡아야지. 흑. 엘렌디아 여신이여, 절 굽어살피시고… 흑흑.

"어떻게요? 우린 여기서 세 걸음 이상……."

"아냐."

지금 죠세프는 길레토 옆에 있었다. 그걸 본 초록여우는 감히 날 공격하지 못할 것이 틀림없었다. 만약 내가 균이나 독에 중독되면 내 일행이 당장 길레토를 없앨 것이고 그렇게 되면 자신은 살아갈 힘의 원천을 잃는 것이 된다. 그렇기 때문에 난 이렇게 나설 수 있었던 것이다. 그런데 여기서 내가 나서는 이유. 그건 죠세프가 더 강하기 때문이었다. 생물이 아니면서도 생존 본능이 강한 초록여우는 자신의 힘이 되는 길레토에 강한 힘을 가진 존재가 있으면 불안해하는 것이다. 만약 약한 존재. 가령 나 같은—젠장—사람이 있으면 그만큼 안정한다는 소리였다. 생각해 보니 기분 나쁘군. 날 기분 나쁘게 만든 저 초록여우를 잡고야 말리라.

"이리 와라. 귀여운… 음… 거 뭐냐… 아무튼아."

이런다고 올 녀석은 아니지만 결국 생김새가 여우니 난 우선은 그렇게 해야 했다. 그러고 보니 여우가 이렇게 하면 오던가? 모르겠다, 여우를 실제로 본 적이 없으니. 하, 고놈의 여우. 눈만 초롱초롱 빛내며 날 보고 있네? 모르는 사람이 보면 정말 여우로 알겠다.

"가만있거라……."

난 조용히 다가가 급히 초록여우를 덮쳤다. 그리고.

"그럼 그렇지. 내가 운동 신경이 있어야 말이지."

그래도 핑계거리가 있어서 다행이었다. 초록여우 녀석, 내 조금 앞에서 얄밉게 눈을 반짝이고 있었다.

"란셀, 초록여우 잡는 방법이 그것이에요?"

죠세프가 날 보고 황당하다는 표정이었다.

"그럼 다른 방법이라도 있어?"

"그거야… 마법을 쓴다든가 마법약을 쓴다든가 마법 도구를 쓴다든가……."

그런 방법이 있으면 나야 좋지. 없으니 문제지. 없으니 이런 방법밖에는…

"꼼짝 마랏!"

쾅!

에고, 재빠른 녀석.

"그, 그런데… 란셀!"

죠세프가 외쳤다.

"지금 초록여우를 그냥 잡으려 하고 있잖아요."

하아… 그리고 보니 내가 말을 안 했군. 하지만 사실을 말하다간 시간 다 지나겠지?

"난 괜찮아. 난 좀 특별하잖아. 그런 내가 봉사해야지."

"란셀……."

에구, 죠세프가 감동한 모양이군. 이거 양심에 좀 찔리는데.

"꺅꺅."

어쭈, 이 녀석 봐라. 웃어?

돌멩이를 던져 볼까? 아서라, 혹시라도 화나면 나만 손해지.

"자, 그래. 웃어라, 웃어. 그리고 나한테 잡혀라. 응?"

도리도리.

허참, 내 말을 알아듣는 눈치군. 그렇다면 초록여우는 단순한 세균과 독 덩어리가 아니라 지능을 가진 생물 비스므리한 것이라는 소린데… 에이, 하지만 정말 지능이 있겠어? 뇌도 없을 텐데. 초록여우를 연구했던 마도 시대의 학자들도 지능이 있다고는 안 했는데.

"란셀."

죠세프가 다시 날 불렀다.

"왜?"

"아무리 란셀의 몸이 특별하고 봉사를 하는 셈 치고 한다고 해도 그렇지 맨손으로 잡는 것은 위험하지 않을까요?"

"이거 안 보여?"

난 내 손에 들고 있는 그물을 보여주었다. 하긴 그물이 얇긴 하군. 예나가 길레토를 찾을 때 나도 방 안에서 뒹굴거리기만 한 것은 아니었다. 난 그동안 이 그물을 만들었었다. 거미줄을 모아 잔다코란 액체에 넣으면 끈적하고 걸쭉한 액체가 되는데 그 액체에 바늘을 살짝 찔렀다가 빼면 실처럼 길게 딸려 올라온다. 그것에 라프린이란 약물을 뿌리며 얼레에 감으면 한 뭉치의 긴 실 꾸러미가 되는데, 그 실로 그물을 짠 다음 그 그물을 슈얌이란 약물에 담갔다 빼면 초록여우 잡이용 그물이 완성되는 것이었다. 다행히도 약물을 만드는 데 필요한 재료는 전 대륙에 걸쳐 산에 많이 서식하고 있는 식물들에서 뽑을 수 있어서 쉽게 구할 수 있었다.

"아, 그물이 있었군요. 그거 매우 가느다란데 괜찮겠어요?"

"이래 보여도 생각보다는 질겨. 그리고 이 그물을 만들 때 세 가지 약품을 사용하는데 그 약품의 성질이 섞이면서 초록여우를 마비시키는 효과를 내지."

"그래요? 초록여우를 마비시킬 정도면 상당히 위험한 물건이군요."

"꼭 그렇지도 않아. 초록여우만 마비시키니까. 그리고 생각보다 질긴 거지, 사실은 상당히 약해서 어린애라도 끊어버릴 수 있는 그물이라서 위험할 이유는 없어."

응? 그런데 초록여우도 고개를 끄덕인다, 마치 알아듣기라도 한 것 처럼.

"자, 이리 와라."

난 그물을 던질 준비를 했는데 초록여우가 급히 움직였다. 아까와는 전혀 다른 움직임이었다. 도저히 내 실력으로는 초록여우의 속도를 따라잡지 못할 정도의 움직임. 정말 내 말을 알아듣기라도 한 건가?

"란셀, 내가 잡죠."

그때였다. 죠세프가 내 곁으로 오려고 했다.

"앗! 안 돼. 오지 마! 거기 있어!"

내가 외치는 소리에 죠세프는 순간 멈칫했다.

"왜, 왜요?"

"거기서 움직이면… 그래, 위험하잖아. 너 죽고 싶어서 그러냐? 초록여우가 얼마나 무서운 녀석인지 말해 주었잖아."

"아, 그렇죠. 하지만……."

하지만은 뭐가 하지만이야.

"그냥 거기 있어. 저런 느림보 세균덩어리는 나 혼자서도 충분히 잡을 수 있어."

"제가 볼 때는 느림보 같지 않은데."

"아니, 사실이야. 난 지금 저 녀석을 가지고 노는 거라고."

두 번 가지고 놀다가는 사망하겠지만.

"알았어요, 알았어. 그럼 여기에서 길레토만 지키고 있으면 된다, 이거죠?"

"그래."

휴우, 살았다. 뭘 째려보냐? 이 초록색 균덩어리야.

"캬악—"

어쭈? 이젠 소리까지 질러? 꼭 날 비웃는 듯한 울음소리인데? 좋아, 오늘 너 죽고 나 살아보자.

"얏!"

난 초록여우를 향해 몸을 날렸다. 내 생각에 분명 초록여우의 행동양식은 동물과 같기 때문에 머리가 향해 있는 방향으로 달려갈 것이었다. 그렇다면 난 그것을 이용해서 그 쪽으로 그물을 던진다. 캬하~ 멋진 방법이다. 저 녀석이 공중에서 재주넘기만 안 했어도.

"너, 날 놀리냐?"

끄덕끄덕.

음… 그래, 널 반드시 잡아야 할 이유가 생겼어. 초록여우, 넌 아느냐? 남자가 한을 품으면 한여름에도 눈이 내린다는 것을?

"받아랏!"

난 초록여우를 향해 바닥에 있던 돌을 집어 던졌다. 나는 초록여우보다 느리고 그물은 가벼워 빠르게 던질 수가 없으니 가장 좋은 방법은 돌을 던지는 것이었다. 얼마나 효과가 있을지는 모르지만 지금까지 초록여우의 행동을 보니 마치 진짜 여우 같아서 해보는 짓이었다. 밑져야 내 팔 며칠 아픈 것이니까.

"깨갱!"

어? 맞았다? 그리고 비명까지? 이거 혹시… 진짜 여우? 모를 일이잖아, 어쩌다 돌연변이로 털이 초록색인 여우가 태어났을지. 아니면 사람이 기르는 여우인데 털을 초록색으로 염색을 시켰거나. 음… 이건 좀 말이 안 되는군. 정신 나간 사람이 아니면 이 마을에서 여우 털을 염색시키는 짓은 안 할 테니.

"란셀, 잡은 건가요?"

뒤에서 죠세프의 묻는 소리가 들렸다.

"모르겠어."

내 솔직한 생각이었다. 지금 초록여우는 몸을 웅크리고 깨갱거렸다. 누가 봐도 돌에 맞아 너무 아파 못 움직이는 것으로 보이는 모습. 그런데 음… 뭔가 꾀병 부리는 것 같은 느낌이…….

"란셀, 지금이 기회잖아요. 빨리 그물을 던지세요."

"그래야지. 절호의 기회인데. 그런데 뭔가 이상해. 저 녀석이 꾀부리는 것은 아닐까?"

그때였다. 언제 아팠냐는 듯 초록여우가 벌떡 일어났다. 그리고 입을 쫙 벌리고 하품을 하는 모습이 계획 망쳐서 기분 잡쳤다는 듯한 모습이었다.

"저… 저…….."

죠세프는 기가 막혔는지 말을 못했고.

"저게 사람을 놀리려고 해?"

난 화가 났다. 내가 오늘 저놈을 못 잡으면 사람이 아니… 앗! 아니지, 혹시 모르니까… 내가 오늘 저놈을 못 잡으면 다신 여우 고기 안 먹어! 흠흠.

"너, 오늘 죽었어."

"깨앵~"

녀석도 내 기세를 알았는지 고개를 숙이고, 몸을 둥글게 말고, 꼬리도 몸을 따라 말고, 귀는 내리고… 뭐, 뭐얏! 저거 잠자는 자세잖아!

"너, 오늘 혼난다니까!"

"까웅~"

아예 못 듣는 척하는데? 설마 이 그물에 대해 모르지는 않을 텐데… 모르나?

"야, 초록세균."

"카악—"

호오, 세균이란 말은 또 싫어하는군.

"어이, 세균. 이 그물은 널 꼼짝 못하게 잡는 도구라고. 알기나 해?"

끄덕끄덕.

"안다고? 그런데 안 무서워?"

끄덕끄덕.

"안 무섭다? 설마 이 그물이 안 무섭다는 거야?"

도리도리.

음… 그럼……

"너, 그럼 내가 안 무서운 거냐?"

끄덕끄덕.

음… 후우… 으으… 카아아아악! 나 정말 화났어! 너 이제 죽었다!

"너 이 녀석, 각오햇! 죠세프, 내가 신호하면 그 길레토 당장 박살 내 버렷!"

"예? 길레토요?"

"그래! 검을 쓰든 마법을 쓰든, 아니면 힘을 쓰든 아주 가루로 만들어 버려!"

내 말이 확실히 위협은 된 모양이었다. 초록여우는 눈을 크게 뜨더니 벌떡 일어났다.

"그래, 이젠 겁이 좀 나냐?"

"캐앵—"

끄덕… 끄덕…….

"좋아. 그럼 나한테 곱게 잡혀라. 그럼 길레토는 무사할 거야."

물론 길레토만.

"끼잉."

초록여우는 고개를 숙이고 고민하는 듯했다. 홍, 그래 봐야 답은 한 가지야. 크하하핫! 나의 완벽한 승리다. 하하핫.

"그립~ 그립, 어디 있니? 그립~"

그때였다. 어떤 소녀의 목소리가 들리고 순간 초록여우는 쓰러지더니 깨갱거렸다. 조금 전에 본 그 꾀병 바로 그 모습으로.

"그립!"

우리가 어이없어 초록여우를 본 순간 어떤 어린 소녀가 뛰어들었다. 그리고 초록여우를 안았다.

"그립, 어떻게 된 거니? 왜 이래? 너, 아프니? 갑자기 이러는 걸 보니 너 다쳤구나. 누구야, 너를 아프게 한 나쁜 사람이? 대체 누구니? 내가 혼내줄게."

한 열… 세 살, 네 살? 그 정도 되어 보이는 소녀는 빠른 속도로 말을 내뱉었다. 소녀의 말이 끝나자 초록여우는 눈을 힘겹게 뜨더니 소녀 발치에 있는 큰 짱돌을 보고 다시 날 바라보았다. 그런 다음에…

"깨앵깨앵—"

"어멋! 이런 큰 돌을… 아저씨!"

소녀가 갑자기 날 불렀다.

"으, 웅? 나, 나? 왜?"

"아저씨가 우리 그립에게 이런 바윗덩이를 던졌어요?"

"아, 아니 그, 그게……."

소녀는 날 다시 째려보더니 울먹이기 시작했다.

"너무해, 너무해. 우리 귀여운 그립한테 이런 야만적인 짓을 하다니. 어떻게 그럴 수 있죠? 그리고 아저씨가 암만 나쁜 사람이라도 그래요. 어떻게 이런 작은 동물에게 돌을 던질 생각을 하죠? 흑, 우리 그립이 저런 돌을 맞고 얼마나 아팠을까. 아저씨는 우리 그립이 아파하는 것 안 보여요?"

마, 말도 안 돼! 야, 꾀병이란 말야! 얘가 얼마나 팔팔했다고. 봐, 지금 나한테 혀 내미는 거. 그리고 내가 던진 돌은 그 큰 돌이 아니란 말야. 그 옆에 있는 작은 돌이라고. 억울해. 흑.

"그리고 아저씨는 동물 보호도 몰라요? 감성이 안 되면 이성적으로라도 생각해야 하잖아요."

어이, 꼬마야. 저 녀석은 동물이 아니란 말야. 정말 억울해. 끄윽끄윽. 흑. 그런데 너, 정말 똑똑하게 말 잘한다? 난 평생 가야 쓸까 말까 한 말을 저런 어린애가 쓰다니. 감성이랑 이성이 뭐? 어렵다…….

"아저씨!"

"어… 왜에?"

"다신 이런 짓 하지 말아요? 그럼 나쁜 사람이란 말예요."

에고, 기죽어.

"아, 알았어……."

이거 어쩌다 이렇게 된 거지? 내가 뭘 어쨌다고.

"앗! 란셀."

그때였다. 죠세프가 나를 불렀다.

"왜?"

"초록여우를 저대로 두면 저 소녀가 위험하잖아요."

엇! 정말.

"꼬마야."

내가 움직이기도 전에 예나와 죠세프가 뛰쳐나왔다.

"그거 놔. 위험해."

"안 돼!"

나도 소리쳤다. 예나와 죠세프가 길레토 옆에서 떨어지다니. 내가 여태껏 초록여우와 그렇게 상대한 이유가 바로 죠세프가 길레토 옆에 있어서였다. 길레토 옆에 있는 죠세프는 내 가장 큰 방패이자 무기였다. 그런데 지금 그 방패와 무기가 없어진 것이었다. 이런.

"뭐가요?"

"어… 그게……."

하지만 소녀는 아무 일 없다는 듯이 죠세프를 물끄러미 쳐다보았다. 그리고 죠세프도 그런 소녀를 보며 할 말을 찾지 못한 듯했고.

"그런데 오빠, 정말 멋지고 잘생겼다. 저기 있는 아저씨와는 비교가 안 돼. 꼭 왕자님이랑 하인 같아."

"아하하하하. 그러니? 너, 상당히 똑똑하고 사람 볼 줄 아는구나."

어이, 죠세프. 애 똑똑한 건 알겠는데 사람 볼 줄 안다는 건 또 뭐야? 좋아, 초록여우 대신 죠세프, 너 이따가 죽었어.

"에이, 오빠도~ 내가 사람 잘 보는 게 아니라 누구나 다 그렇게 생각할 거야."

소녀는 아예 얼굴이 발그레해져서 말했다.

"하하하, 그러니? 그런데 넌 이름이 뭐니? 오빠는 죠세프라고 한단다. 그리고 저기 있는 아.저.씨.는 란셀이라고 하고."

음… 왜일까? 아저씨란 말을 강조하네. 그러고 보니 전에 한번 이런 일이 있었지? 챠릭이라는 용족 아이한테 난 형이라고 부르게 하고 죠세프는 아저씨라고 하게 한 적이. 그걸 지금 복수하다니… 죠세프도 의외로 치사한 구석이 있군.

"난 아린젤, 여긴 아까 들었겠지만 내 친구 그립이고요. 반가워요. 멋진 죠세프 오빠."

"캬웅."

"응. 오빠도 아린젤 만나서 반가워. 그런데 그 여우 말야. 그 여우는……."

"잠깐."

난 죠세프를 말렸다. 지금 우리의 상황. 이상했다. 우선 저 초록여우는 정말 세균과 독으로 이루어진 초록여우였다. 그리고 저 뒤로는 길레토가 있었다. 우리와 길레토와의 거리는 20길도 정도? 초록여우를 상대하면서 길레토에서 벗어나지 말아야 할 허용 범위인 세 걸음을 이미 초과해도 한참을 초과한 상태였다. 방금 죠세프가 뛰어오는 바람에 우린 초록여우에게 무방비 상태로 놓인 것이었다. 하지만 지금 우린 아무 일도 없었다. 아니, 그것만이 아니었다. 이 아린젤이란 소녀가 초록여우에게 그립이란 이름까지 붙이고 거의 애완 동물이나 다름없이 지내고 있었다. 그것은 꽤 오래 친하게 지냈다는 뜻이었다. 하지만 저 소녀는 무사했다. 오히려 지금 내 기를 죽일 정도로 씩씩하였다.

"아린젤이라고 했니? 너, 혹시 이 음… 그립을 언제 어떻게 만났는지 말해 주겠니?"

대답해라, 죠세프만 쳐다보지 말고.

"음……."

"아린젤, 말해 주겠니?"

"알았어요, 오빠."

흑. 갑자기 듣고 싶지 않아.

"그러니까 제가 열 살 때였어요. 어머나, 그러고 보니 벌써 4년 전이네? 전 다른 때와 다름없이 마을 근처 산 밑에서 놀고 있었어요. 저기 보이시죠? 우리 마을을 둘러싼 작은 산. 마을 어른들 말로는 사람이 만든 산이라고 해요. 거기서 놀다가 잠깐 잠이 들었어요. 그런데 뭔가가 제 뺨을 핥더라고요. 보니까 얘였어요."

아린젤은 말을 하면서 그립을 살짝 쓰다듬었고 그립은 '까웅' 하며 아린젤의 손을 핥았다.

"그래서 친하게 지냈구나."

죠세프는 몸을 숙이며 아린젤의 머리를 쓰다듬었다.

"예, 오빠."

"그런데."

난 여기서 한 가지 짚고 넘어가지 않으면 안 됐다.

"아린젤, 혹시 그때도 초록여우에 대한 이야기가 있었니?"

내 말에 아린젤은 몸을 흠칫 떨었다.

"있었어요. 하, 하지만 그립은 색깔만 초록색일 뿐이라고요. 어른들이 말하는 그런 초록여우가 아니란 말예요."

미안하지만 바로 그 초록여우란다, 아린젤.

"그래, 아린젤 말이 맞을 거야. 하아… 그래, 맞을 거야. 란셀."

날 쳐다보지 말아라, 죠세프. 그렇다고 저 그립이 진짜 여우가 되는 것은 아니니까. 그리고 아린젤을 보다가 좀 이상한 걸 발견했거든. 이젠 초록여우가 문제가 아냐. 이거 골치 좀 아프겠어.

아린젤의 집은 공교롭게도 촌장인 세인트 가든의 옆집이었다. 정확히 하자면 세인트의 아내인 아프로나는 아린젤의 이모였다.

"아린젤, 또 숲으로 놀러 간 거니?"

아프리아라고 소개받은 아린젤의 어머니는 아린젤이 들어오자마자 화를 냈다.

"리아, 그만 해. 애만 무사하면 된 거잖아."

우리와 같이 아린젤의 집으로 온 아프로나가 아린젤을 안으며 말했다.

"언닌 몰라서 그래. 재는 항상 거길 가잖아. 그 숲은 어른들도 못 가는 곳이야. 그런 곳을… 아무리 지금까지 길을 안 잃었어도 항상 그럴 수는 없을 거 아냐."

"그건 그렇지만……."

아프로나는 말끝을 흐렸다.

"죄송합니다. 손님들께 추한 꼴을 보였군요. 그리고 우리 아이를 데려와 주신 것 감사드립니다."

아프리아는 우리에게 사과했다. 그럴 필요는 없는데.

"아, 괜찮습니다. 저희도 중간에서 만난걸요. 그건 그렇고 아린젤에 대해 묻고 싶은 것이 있습니다."

내 말에 아프리아는 날 쳐다보았다. 하긴 남의 딸에 대해 묻고 싶다니 당연한 거지.

"아아, 별 내용… 이군요. 흠흠. 저 혹시 아린젤이 어렸을 때 병을 앓거나 하지 않았습니까?"

아프리아의 눈이 크게 떠졌다.

"어, 어떻게 아셨나요? 예, 어렸을 때 몸이 무척 허약해 많이 아프긴 했지만… 지금은 다 괜찮은데… 혹시 의사인가요?"

비슷합니다요. 하지만 그렇게 대답은 못하고.

"하하, 아닙니다. 그저 여행자입니다. 여행을 하다 보니 보고 들은 것이 많아서요. 전에 아린젤과 비슷한 아이를 본 적이 있어서 그럽니다. 그 아이도 병을 앓았는데 그것이 아린젤의 경우와 비슷해서요. 괜찮으시다면 아린젤의 이야기를 듣고 싶습니다. 어떻게 아팠고 어떤 증세가 있었는지 말입니다. 만일 제가 본 아이와 같은 병이라면 완치된 것이 아닐 가능성이 매우 큽니다. 다행히 저는 치료법을 배웠지요."

흠, 본의는 아닌데 어째 협박 같아졌군. '딸 살리고 싶으면 말해라' 라는 말로. 음… 그런데 양심에 찔리는군. 실제론 치료법을 모르는데… 엘렌디아 여신님, 선의의 거짓말은 해도 되죠?

"저… 그게 사실인가요? 정말 그런 아이가 있었나요?"

"예, 정말입니다. 마나스 신께 맹세합니다."

"란셀, 왜 꼭 그런 맹세는 마나스 신을 들먹입니까? 엘렌디아 여신도 계신데."

다리온이 옆에서 불평을 터뜨렸다. 하아, 이래서 믿는 신이 다르면 골치 아파. 그냥 넘어가 주지 말야.

"다리온, 이런 일에는 마나스 신이 제격입니다. 마나스 신이야말로 능력이 좋잖아요. 저… 아프리아라고 하셨나요? 이제 아린젤에 대해 말해 주시겠습니까?"

내가 다시 부탁하자 아프리아는 머뭇거리며 아린젤에 대해 말하기 시작했다.

"이 아이는 어릴 때, 그러니까 세 살 때 심한 열병을 앓았습니다. 그 후로 계속 미열이 나고 온몸에 부스럼이 났었답니다. 그래서 다른 아이들과 어울리지 못하고 혼자 놀았었지요. 지금 저 아이가 저렇게 정상으로 된 것은 일 년 남짓 전이랍니다."

음… 아프리아가 말한 증세로 마도 시대의 질병과 맞추어보면 세 가지 병이 있는데… 몰리발열증, 코를종염, 안티오닌증후군. 이렇게 세 가지였다. 문제는 그 셋 중에 어떤 병이냐가 문제였다. 증세는 거의 비슷하지만 치료하는 방법은 완전히 다르기 때문에 잘못 치료하면 오히려 환자가 더 위험해지기 때문이다.

"음… 조금 더 자세히 말해 주시지 않겠습니까? 그 정도로는 긴가민가하네요."

난 아프리아에게 더 자세한 설명을 요구했다.

"제가 아는 것은 그것이 다예요. 그때 전 아린젤의 아파하는 모습만 눈에 들어왔으니까요. 더 자세한 것은 아린젤을 진찰했던 이프턴 씨에게 물어보시면 될 거예요. 이프턴 씨는 우리 마을의 의사 선생님이시죠."

"그렇습니까? 그럼 이프턴 씨는 어디에 계십니까?"

"아마 집에 계실 거예요. 저기 창밖으로 보이는 빨간 지붕의 집이 이프턴 씨의 집입니다."

우린 이프턴이란 사람의 집으로 가기 위해 아프리아의 집을 나섰다. 하지만 나서자마자 촌장인 세인트를 만났다.

"오, 여기들 계셨군. 그래, 초록여우는 나타나지 않은 모양이군요."

"아, 예, 그렇죠 뭐……"

사람이 친절하니 거짓말하는 게 미안하군.

"하긴 그럴 겁니다. 우리도 그 긴 세월 동안 별로 못 보았으니까. 그

놈은……."

"아, 잠깐."

난 세인트의 말을 우선 막았다. 그러고 보니 중요한 것을 안 물어보았었다.

"그런데 초록여우는 언제 나타났었습니까? 그리고 본 사람은 누구누구죠? 그리고 또 어떻게 전설에 나오는 초록여우라고 확신을 한 겁니까?"

처음부터 물어봤어야 했는데 나도 참 멍청했다.

"…초록여우를 처음 발견한 것은 20여 년 전입니다. 전 촌장님께서 맨 먼저 보셨지요. 저도 봤답니다. 그때 나와 내 친구들은 촌장님을 따라 도시에서 장사를 하고 오던 길인데 그때 보게 된 거죠. 처음엔 희한한 여우도 다 있다고 생각했는데 촌장님의 얼굴이 하얗게 질리면서 급히 피하게 하셨죠. 그리고 우리에게 초록여우가 어떤 재앙의 의미인지 말해 주셨고 마을 전체 회의를 거쳐 방법을 강구했습니다. 그래서 오면서 보신 멜보 나무 숲을 만들고 인공 산을 만든 것입니다."

결국 쓸모없는 짓이긴 했지만. 쯧쯧. 그 돈으로 밥을 사 먹었으면 마을 사람들 몸무게가 5크린씩은 더 나가겠다. 뭐냐, 마을 사람들 전체가 빼빼 말라가지고. 보통 사람들 몸무게는 대부분 크린 단위로 재는데 이건 핀 단위로 재게 생겼으니…….

"그런데 그 전 촌장님이란 분은 어떻게 초록여우라는 것을 알았습니까?"

이번엔 다리온이 내가 생각 못한 것을 물었다. 그러자 세인트는 심각한 얼굴로 말했다.

"그분은 특별한 분이십니다. 그분이 이 마을의 촌장을 한 기간은 단

1년입니다. 원래 대륙 이곳저곳을 여행하시던 분인데 우연히 우리 마을에 오게 되었습니다. 그런데 그때 우리 마을엔 이상한 병이 돌고 있었습니다. 그 병이… 그 병이… 기억이 안 나는군요. 아무튼 그 병을 고쳐 주신 그분은 마을에서 신임을 얻게 되셨죠. 그래서 우리들은 그 사람에게 잠시만 마을을 맡아달라고 부탁한 거였습니다. 그때 전 촌장은 죽은 상태였고 다른 사람들도 병의 후유증으로 다른 일을 할 수가 없어서였습니다. 어쩔 수 없이 그분이 임시로 촌장을 맡았던 겁니다."

누군지 대단하군. 사람들에게 그렇게 인심을 얻다니. 부럽군.

"그런데 그분은 어떤 사람이기에 초록여우에 대해 알았을까요? 대륙을 여행하는 사람은 많습니다. 하지만 초록여우를 알아볼 수 있는 사람은 거의 없는데 말입니다."

그래요, 다리온. 내가 그걸 생각하고 있었다고… 흠흠. 뭐, 생각한 것은 아니지만.

"그분은 좀 전에 말했듯이 특별한 분입니다. 그분의 스승님은 드래곤이시고 그분이 하시는 일은 대륙 곳곳을 돌아다니며 과거 마도 시대에 있었고 지금도 이어진 마법에 의한 병이나 마물이나 마계의 식물에 의한 중독 등 그런 것을 전문적으로 고치는 분이셨습니다."

응? 이거, 어디선가 많이 들어본 듯한…….

"뭐, 뭐라고 하셨습니까? 마도 시대에 있었던 병 말입니까?"

"예, 그렇습니다만."

다리온이 왜 저리 놀라지? 꼭 화내는 것 같잖아. 그러지 말아요, 세인트 겁먹잖아요. 그런데 정말이지, 세인트가 말한 사람 많이 들어본 사람 같은데… 누구지? 다리온? 죠세프?

"란셀."

"예?"

"무슨 생각 안 드십니까?"

"글쎄요."

다리온이 무슨 뜻으로 저런 말을 하는 거지? 뜬금없이 무슨 생각 안 드나니?

"아, 아닙니다. 저… 세인트 촌장님, 그 당시 이 마을에 돌던 병의 증상이 어떠했습니까?"

"글쎄요… 오래전 일이라……."

"기억 안 나십니까? 아닐 겁니다. 마을에 병이 돈 일을 어떻게 잊겠습니까?"

"글쎄요."

다리온은 그런 세인트를 보며 한숨을 쉬었다. 그리고 다시 입을 열었다.

"혹시 크게 한번 열병을 앓고 그 후에 계속 미열이 지속되면서 온몸에 부스럼이 생기지 않았습니까?"

응? 그 증세는……?

그 증세는 분명 아린젤의 증상이었다. 그런데 전에 이 마을에 돌던 병이 아린젤이 앓던 병이라고? 그럴 리가! 그렇다면 아리젤이 그렇게 힘들고 외롭게 지냈다는 것이 말이 안 되잖아.

"어… 맞습니다. 한 사흘 심하게 열이 나다가 내렸습니다. 하지만 아주 내리지는 않고 미열이 지속되면서 온몸에 부스럼이 났습니다. 그리고… 미열인 상태로 보름 정도 있다가 사람들이 죽어 나갔습니다. 맞습니다! 기억납니다! 확실히 말이지요. 그때 저도 사람들 죽어가는 것을 보며 죽음만 기다리고 있었는데 그때 그분이 살려주신 겁니다."

자, 잠깐. 그러고 보니…

"세인트 촌장님."

악! 다리온, 말하지 마세요. 생각 얽혀요.

"몇 가지 더 묻겠습니다."

다리온……

"그 사람 말입니다. 나이가 젊지 않았습니까?"

"전 촌장님요? 아, 그렇군요. 나이가 젊긴 하셨는데… 몇 세시더라… 아, 그러고 보니 그분이 자신이 나이가 많다고 하셨습니다. 다만 늙지를 않으신다고……."

"그런가요? 아마 그 전 촌장이란 사람이 여기 있는 란셀 씨의 나이 또래였죠?"

"아, 지금 보니 그렇군요."

"그리고 그 사람 이름이……."

다리온이 말하다 말고 세인트를 지그시 바라보았다. 빨리 기억하라는 압력인 모양이다. 세인트도 그것을 느꼈는지 뭔가 열심히 생각하더니 갑자기 날 바라보았다.

"그분의 이름은 란… 셀… 란셀… 란셀 네르반이라고 하셨습니다. 예, 확실합니다. 란셀 네르반. 아아… 란셀 네르반… 란셀… 네르… 반… 아… 촌장님, 촌장님이셨군요… 촌장님!"

어? 왜 날 보고 촌장님이라고 부르지?

"촌장님이셨어요. 그때 홀연히 떠나시더니 다시 오셨군요. 정말 오랜 세월이 흘렀습니다. 하마터면 기억 못할 뻔했습니다."

어라? 이 양반, 왜 내 손은 잡고 난리야?

"어쩐지 낯설지 않은 반가운 기분이 드는 손님이라고 생각했는데 촌장님이셨을 줄이야."

어? 어? 이, 이봐요, 눈물까지 흘리면 어떡해요?

"란셀 아저씨?"

이건 또 뭐야? 아프리아? 지금 30대인 아프리아가 날 아저씨라고 부른 거 맞아? 나 잘못 들은 것 아냐?

"닮았다고 생각했는데 정말 란셀 아저씨가 맞군요."

아프리아가 내 손을 잡고 눈물을 글썽이며 말하는 소리가 들렸다. 젠장, 잘못 들은 것이 아니었다. 대체 이게 어찌 돌아가는 거지? 난 이 사람들 모르고 이 마을에 온 적도 없단 말야!

"란셀."

이번엔 다리온이 내 손을 잡았다. 다행히도 세인트는 이미 내 손을 놓은 상태였다. 대신 마을 사람들을 데리러 저만치 뛰어가고 있었지만. 그나저나 오늘 내 손 많이 잡히는 날이네.

"란셀, 대체 무슨 생각을 하시는 겁니까?"

"아, 그… 저……."

"쓸데없는 소리 그만 하고 어서 달아납시다."

그러더니 내 손을 잡고 냅다 뛰기 시작했다.

"우왁! 팔 떨어져요, 다리온."

"시끄러워요. 뛰기나 하세요."

우… 다리온 무서워…….

나와 다리온은 우선 세인트의 집으로 가서 짐을 최대한 빨리 꾸린 다음 무작정 뛰었다. 덕분에 죠세프 등도 영문도 모르는 채 같이 짐 챙기고 뛸 수밖에 없었다.

"다행이군요. 세인트 씨나 다른 사람들이 우리만큼 급하게 움직이지 않아서. 갑시다."

엇! 저긴 멜보 나무 숲인데……

다리온은 지금 멜보 나무 숲으로 뛰고 있었다.

"압니다."

"멜보 나무 숲으로 들어가면 길 잃잖아요."

"걱정없습니다. 페다가 있잖습니까?"

맞는 말이긴 하지만…

"란셀, 알고 있지요, 초록여우의 세 가지 재앙을?"

다리온은 뛰어가면서 말했다. 초록여우의 세 가지 재앙이라면… 먼저 세균에 의한 병, 독에 의한 중독. 그리고… 설마…….

"시간의 왜곡? 설마요. 제가 배울 때도 초록여우를 두려워한 나머지 나온 미신적인 이야기로 배웠는데… 그건 어디까지나 전설이라고…….."

"하지만 그것이 미신도 전설도 아닌 실제라는 것은 지금 뼈저리게 느끼지 않나요?"

확실히 그렇군. 하지만 뼈저리게 느낀다기보다 정신이 없는 게 개꿈 꾸는 기분이었다.

"하지만 정확한 사정을 알아본 다음에…….."

"그건 숲에 들어가서 말하도록 하죠."

우린 지금 멜보 나무 숲 안에서 헉헉거리고 있었다.

"헉헉, 뭔가 이상하게 돌아가는 것은 확실한데 왜 이렇게 서두르죠?"

난 다리온에게 따지듯 물었다. 우리가 그렇게 뛰어올 때 우릴 쫓아

오는 마을 사람들은 없었다. 그렇다면 이렇게 숨이 턱에 찰 정도로 뛰지 않아도 되는 것 아니었나?

"란셀, 아까 세인트 촌장님이 말했던 사람 기억나나요?"

"그 전 촌장요? 그게 나라면서요? 난 촌장을 한 기억은 없지만."

"그런데 듣고 있던 그때는 어땠나요? 바로 란셀 자신을 말한다는 것을 알았나요?"

"아니, 그건… 이름도 말 안 했고……."

"그래요? 하지만 세상에 드래곤을 스승으로 모시고 마도 시대에나 있었던 병을 치료하러 다니는 사람이 몇이나 될까요?"

당연히 나 외에는… 어? 정말? 내가 그때는 왜 나라는 사실을 몰랐지?

"어쩌면 시간의 뒤틀림 속의 중심에 있다는 것은 자기 자신을 잃어버리는 것이나 마찬가지일지도 모르겠군요."

"나 자신을 잃어버린다고요? 기분 좋은 소리는 아니군요. 대체 뭐가 뭔지 모르겠어요. 다리온의 생각 좀 말해 주세요."

다리온은 잠시 숨을 고르더니 말하기 시작했다.

"제가 생각한 것은 이렇습니다. 아마 이 마을은 란셀이 미래에 왔었던… 아니, 갈 마을이라는 겁니다. 그리고 그 마을에 병이 돌았겠죠. 병의 증상을 들었지요? 뭔가 하고 비슷하지 않습니까?"

"글쎄요, 초록여우가 생각나긴 합니다만."

"맞습니다. 마을에서 나타난 증상. 초록여우의 영향을 받아 생기는 증상과 같았습니다. 심한 고열 후의 미열, 그리고 온몸에 나는 부스럼, 그 후로의 사망. 저 마을은 이미 초록여우의 영향을 받았던 겁니다."

"그럼 아린젤은요? 만약 이 마을에 그런 일이 있었으면 그 아이는 치료의 대상이었을 겁니다. 그렇게 외롭게 지내지 않았을 겁니다."

다리온은 내 말에 고개를 저었다.

"아니죠. 그건 란셀만의 생각입니다. 그 사람들은 비록 자신들이 앓았던 병의 증상을 생각했었어도 아린젤과 연계해서 생각하지 못한 겁니다. 란셀의 경우처럼요."

난 힘이 빠졌다. 아까는 그저 달리느라 몰랐는데 지금 생각하니… 딴생각은 안 들었다. 세상에 별 희한한 일도 다 있다.

"잠깐만요."

그때였다. 예나가 다리온에게 물었다.

"그렇다면 마을 사람들을 미래의 란셀이 치료한 것이란 말이죠? 그럼 아린젤은요? 아린젤이 태어났을 때 란셀은 떠났을 때인데 아린젤은 어떻게 된 거죠? 아까 들을 때 아린젤을 치료했다는 말을 듣지 못했어요. 그리고 세인트가 말했잖아요. 초록여우를 막기 위해 이 멜보 나무 숲을 만들었다고요. 그건 그들이 치료법을 모른다는 말이죠. 따라서 아린젤은 치료가 안 되었고요. 그런데 지금 아린젤은 정상이잖아요."

맞다. 예나가 잘 짚었군. 하나만 빼고.

"아냐, 내가 볼 때 아린젤은 뭔가 병이 있었어. 젠장, 아린젤의 병이 어쩐지 낯익다 했더니 내가 미래에서 치료한 병이라고, 아니, 치료할 병인가? 헷갈리는군."

"당연할 겁니다. 지금의 란셀은 미래와 과거가 공존하는 상태니까요."

"하지만 난 나라고요. 지금까지 다리온이나 다른 사람과 같이 다니는 란셀 네르반이라고요. 미래의 내가 아니라고요."

난 다리온의 말에 힘이 빠져 주저앉으며 대답했다.

"게다가 말이죠, 난 아까 아린젤의 증상을 듣고 전혀 엉뚱한 병들을 생각했다니까요. 그런 내가 초록여우의 증세를 알고 치료를 해요? 게다가 난 초록여우의 치료법은 모른다고요."

"하지만 란셀이 분명 말했잖아요. 초록여우를……."

"잡거나 막을 방법을 안다고 했지. 분명히 그렇게 말했어. 에나, 기억해 봐."

"그럼……."

후우… 내 지식은 모두 마도 시대의 실험과 탐구의 성과물인데 그때 못한 걸 지금 할 수는 없잖아. 난 내가 만들었던 그물을 들어 보였다.

"내가 초록여우를 막거나 잡을 줄 안다고 한 것은 길레토에 대한 것과 이 그물이야. 초록여우를 잡을 수 있는 유일한 무기지. 치료법? 거듭 말하지만 난 몰라."

이건 내 진심이었다. 그렇다고 지금까지 내가 거짓말을 한 건 아니고.

"어쩌면……."

다리온이 내 앞에 앉으며 말했다.

"어쩌면 란셀이 치료법을 알고 있었는지도 모르죠."

피식.

난 다리온의 말에 실소할 수밖에 없었다.

"말도 안 되는 소립니다."

하지만 다리온의 표정은 진지했다.

"란셀, 전 미래를 말하는 것입니다. 저 마을에서 초록여우의 병을 치료한 란셀은 미래의 란셀입니다. 그렇다면 이런 것이 아닐까요? 지금의 란셀은 초록여우를 막거나 잡을 방법만 알지만 미래의 란셀은 초록여우의 병을 치료할 만큼의 실력이 있다는 것. 그것이 아닐까요?"

하하하. 설마… 내가 날 이런 식으로 평가를 하는 게 말도 안 되는 일이지만……

"설마요… 차라리 이브린이 드래곤이 되고서나 가능한 일이겠죠."

"아니, 란셀. 왜 거기에 날 집어넣어요? 이거 은근히 기분 나쁘네?"

흠흠. 따지긴… 이브린 말은 그냥 씹자.

"그나저나 아린젤이 걱정이군요. 아직 병이 다 나은 것 같지도 않은데… 다리온의 말이 맞아도 그건 미래의 나일 테니 지금의 난 아무것도 못해요."

솔직히 아린젤은 걱정이 된다. 겉보기엔 병이 나았지만 아직 병이 남아 있었다. 난 초록여우에 영향을 받아 병에 걸린 사람은 대부분 죽거나 기적적으로 산 사람도 백치가 되는 것만 생각했지 아린젤의 경우가 있다는 것은 생각도 못한, 아니, 배운 적도 없는 일이었다.

"글쎄요. 이미 죽었을 아이를 걱정할 필요가 있을까요?"

"예? 누가 죽어요?"

난 놀라서 다리온에게 반문했다.

"아린젤 말입니다."

"하지만……."

"하지만이 아닙니다. 그 아이는……."

"죽었죠."

갑자기 엉뚱한 곳에서 소리가 들렸다. 우린 그쪽으로 고개를 돌렸다. 거기에는 초록여우가 있었다.

"뭐, 뭐야, 설마 저 녀석이 말을……?"

믿기지 않는 일이지만 소리가 난 곳에는 초록여우 외에는 없었다.

"예, 접니다. 당신들이 말하는 초록여우인 제가 말했습니다."

이건 또 뭐야?!

"놀라신 모양입니다. 우선 란셀의 의문에 대한 답을 말하죠. 아린젤은 이미 죽었습니다. 란셀이 떠난 후 저로 인해 병에 걸린 아이죠. 하지만 죽은 아이가 어떻게 살아 움직이고 있는지 궁금하시겠죠? 그건 제가 그 아이를 시간의 그물에서 비껴가게 해서입니다. 간단히 말하자면 아린젤의 시간은 멈추어 있다는 소리입니다. 다만 갑자기 멈추면 그 강한 충격을 받게 되기 때문에 몇 년을 두고 서서히 멈춘 것입니다."

"넌… 누구지?"

저건 내가 알던, 내가 배웠던 초록여우가 아니었다.

"후훗, 당연히 나올 질문이군요. 사실 제 이름은 없답니다. 다만 사람들이 초록여우라고 이름을 붙였죠. 전 시간의 뒤틀린 공간에서 태어난 존재. 그래서 시간의 구애를 받지 않는 존재. 그리고 생물도 비생물도 아닌 존재. 대충 이렇게 소개할 수 있습니다. 참고로 여러분이 알고 있는 제가 가지고 다니는 세 가지 재앙 중 중독과 질병은 제 몸을 이루는 독과 세균에 의한 것이지만 마지막 뒤틀린 시간의 재앙은 제 탓은 아닙니다. 다만 그 뒤틀린 시간의 재앙에 제가 있을 뿐이죠."

"그럼 이 상황은 뭐야? 아린젤은? 그리고……."

난 어이가 없었다. 대체 저 말을 믿어야 하나 말아야 하나.

"제가 다 말하겠습니다. 그럼 처음부터 이야기를 할까요? 시간은 물처럼 흐르는 것 같지만 실제로는 그렇지 않습니다. 오히려 뒤틀려 있다고 보아야 합니다. 이런 이야기를 못 들으셨나요? 한순간이지만 과거나 미래로 갔었던 사람의 이야기를요. 그건 그 사람이 우연히 그 뒤틀린 시간으로 들어와서 벌어진 일입니다. 그런데 그런 뒤틀린 시간의 공간대가 바로 제가 사는 곳입니다. 정확히 말하자면 뒤틀린 시간과 시간이 만나는 정지된 시간대이지요. 생각해 보시죠. 과연 단순한 독과 세균덩어리가 이렇게 형체를 이루고 존재할 수 있다고 생각되나요?"

"그렇다면… 네 몸의 형체도 정지된 건가?"

"그렇다고 볼 수 있습니다. 제게 단 일 초의 시간은 죽음을 가져오는 시간이죠. 순식간에 흘러내릴 테니까."

난 다시 한 번 초록여우에게 질문을 해야 했다.

"그럼 넌 혹시 우연히 만들어진 존재?"

"예, 오래전에… 그러니까 마도 시대 때 한 실험실에서 지독한 세균덩어리와 극독이 혼합된 일이 있었습니다. 그 세균과 독은 혼합되어 흘러내리는 동안 여러 다양한 형태를 이루었습니다. 그중의 하나가 바로 저입니다. 그런데 공교롭게도 그 물질들이 뒤틀린 시간대를 통과했습니다. 그 시간 안에서 전 무한하며 정지된 시간의 영역을 지나게 되었고 그 결과로 몸의 형체는 더 이상 시간 흐름의 영향을 받지 않게 되었습니다."

"그래도 이상하군. 넌 뇌가 없을 것 아냐? 그런데 어떻게 지능을 가지고 있지?"

초록여우는 내 질문에 난감한지 앞발로 목을 긁었다.

"글쎄요. 그것까지는 저도 모르겠군요. 그저 자연의 신비한 힘이라고 해두죠."

잠시 목을 긁던 초록여우는 다시 말을 계속했다.

"그럼 제 소개는 다 끝났군요. 그럼 여러분이 궁금해하는 것을 말해

볼까요? 짐작하시겠지만 이 마을의 시간은 뒤틀렸답니다. 제게는 과거지만 그 여러분이 보기에는 미래의 일이죠. 그리고 뒤틀린 시간 속에 살던 제 영향을 받아 이곳 사람들은 병에 걸렸습니다. 그리고 그때 당신이 왔었죠. 란셀 네르반, 당신이. 그리고는 아주 쉽게 사람들을 치료했어요. 보고 있는 제가 어이가 없을 정도였다면 믿겠습니까? 사람들이 죽는 것은 바라지 않았지만 제 몸을 누구보다 잘 알고 그 영향으로 생기는 병의 위력을 잘 아는데 조금 자존심이 상할 정도였죠. 그 후의 일은 들어서 알 겁니다. 마을 사람들의 부탁으로 잠시 마을이 안정을 찾기 전까지 촌장을 맡았죠."

"그럼 아린젤은?"

"지금의 란셀은 성질이 급하군요. 내가 본 란셀과는 달라요. 그때는 정말 모든 이에 대해 침착하게 생각하는 신중한 성격이었는데… 아니었나? 아, 그랬답니다. 다른 일은 몰라도 환자를 치료하고 병세에 대해 생각할 때, 그리고 환자를 생각할 때는 정말 신중한 사람이었죠. 그 누가 보더라도 존경할 만큼. 그래서 마을 사람들이 촌장을 맡아달라고 했던 겁니다. 같은 사람인데 어쩜 이렇게 다를까요?"

내가? 삼백여 년간 드래곤과 살며 형성된 성격이 지금의 성격인데 뭐가 어째?

"이상한 소리 말고."

"란셀, 당신의 이야기인데 이상한 소리라뇨. 좋아요. 원하는 대답을 해드리죠. 그 대신 말을 자르진 말아주세요. 우선 이 멜보 나무 숲은 란셀 당신이 조성한 겁니다."

"말도 안 돼. 이런 멜보 나무 숲 따위야 네게는 아무런 장애가 안 된다는 것을 아는데?"

"물론 그렇지요. 하지만 이 멜보 나무 숲의 용도가 날 막으려는 것이 아니라 사람들의 출입을 막기 위한 것이라면요?"

응? 그건 말 된다? 잠깐! 그렇다면…….

"란셀, 당신은 뒤틀린 시간대에 갇힌 마을로 사람들이 못 들어가게 이 숲을 만든 겁니다. 인공 산의 경우는 마을 사람들이 후에 만든 것이지만요."

"그럼 저 마을은 항상 뒤틀린 시간대에 있는 건가? 그런데 이상하군. 네가 말한 뒤틀린 시간은 정지된 시간의 공간인데 어떻게 세월이 지난 것 같아?"

내 말이 끝나자 초록여우는 날 물끄러미 쳐다보며 입을 열었다.

"역시 세월의 힘인가요? 다르군요, 지식 면에서. 그때의 란셀은 단 한 번 와본 것만으로도 다 알던데 지금의 란셀은……."

음… 저거 칭찬으로 들어야 해, 욕으로 들어야 해?

"뒤틀린 시간은 찰나입니다. 하지만 그 시간은 과거와 현재, 미래에 모두 존재합니다. 왜 뒤틀어진 시간이라고 했는지 아시겠죠? 이미 저 마을에도 시간은 지나갔습니다."

아니, 너무 복잡해.

"뭐, 시간이 지나면 아실 겁니다."

초록여우는 다시 목을 긁적이며 말했다.

"마지막으로 아린젤의 경우는 저와 같이 있기 때문에 존재가 가능한 겁니다. 현재의, 아니, 미래의 아린젤은 죽었지만 뒤틀린 정지된 시간 속에는 아린젤의 한순간이 있고 그로 인해 아린젤은 살아서 존재하는 것입니다."

"두 가지만 묻자. 왜 내가 이렇게 복잡한 일을 당해야 하지? 그리고 우린 네 영향을 안 받는 건가? 아, 그리고 또 하나. 마을 사람이 너를 본 것은 무엇이지?"

내 질문을 들은 초록여우는 천천히 일어나며 마을 쪽으로 걸어가기 시작했다.

"우선 아까도 말했다시피 전 뒤틀린 시간 속에 존재합니다. 따라서 저와 만났다는 자체는 이미 뒤틀린 시간의 영향을 받았다는 것이죠. 아마 그 영향 때문일 겁니다. 어쩌면 당신의 일행들도 같은 일을 당할지도 모르겠군요. 어쩌면 말입니다. 그리고 이건 마지막 질문에 대한 대답입니다만… 제가 있었으니 병이 돈 것이 아닙니까? 그건 당연한 것이지요. 그리고 이건 두 번째 질문의 답인데 지금 나와 당신 일행의 시간이 같다고 보시나요? 비록 우리가 이렇게 마주 보고 말을 했지만 당신들과 나의 시간이 같아야 할 이유는 없지요."

그러면서 초록여우는 몸을 세우고 머리를 돌려 우리를 보며 말했다.

"어서 가세요. 이제 저 마을은 시간의 바다와 함께 잊어버리시고요. 어차피 미래에 다시 보게 될 마을이니까요."

그 말을 끝으로 초록여우는 곧장 마을로 걸어갔다.

"란셀, 죠세프, 아울, 우리도 이만 가죠."

초록여우가 가는 것과 같이 다리온도 우리를 채근했다. 하긴 다리온이 아니더라도 더 이상 여기 있고 싶진 않았다. 아아, 뭐가 그리 복잡하냐. 머리가 터질 것 같아.

"아, 그리고……."

우리가 페디의 안내로 멜보 나무 숲을 빠져나갈 때 멀리서 희미하게 초록여우의 말이 다시 들려왔다.

"시간에 대해 너무 알려고 하지 마세요. 시간이란 존재하면서도 존

재하지 않고 순리적인 듯하면서도 그렇지 않은 것. 신조차도 참견할
수 없는 것입니다."

"젠장, 고놈의 여우, 끝까지 사람 머리 복잡하게 하네."

난 결국 푸념할 수밖에 없었다.

"아, 그렇군."

갑자기 죠세프가 손뼉을 치며 말했다.

"초록여우의 말이 사실이면 초록여우를 잡는 그물은 무용지물이군
요. 마도 시대에 초록여우의 연구가 없었다더니……."

"아닐 겁니다."

내가 죠세프에게 말하기 전에 먼저 다리온이 입을 열었다.

"그 그물이면 분명히 초록여우를 잡았을 겁니다. 다만 그 본질은 못
잡았을 테죠. 그리고 마도 시대에 초록여우의 연구를 안 한 것은 사실
안 한 것이 아니라 못한 것이 아닐까요? 어쩌면 그 시대의 마법사나 학
자들도 뒤틀린 시간을 경험했을 테니까요."

다리온이 말도 일리는 있었다.

"하하핫, 그건 그렇고 축하한다."

갑자기 뒤에서 아르티닌이 뜬금없는 소리를 했다.

"축하라니, 뭘?"

"초록여우 이야기 못 들었어? 초록여우는 분명 미래의 널 이야기했
는데 지식도 많고 신중하다고 했잖아. 그러니 현재의 너와 비교하면
하늘과 땅 차이로 네가 성장할 거란 말이 되지. 특히 초록여우가 말했
잖아. 초록여우의 영향으로 인한 병을 간단히 치료했다고. 그리고 또
말하기를 아까 그 복잡한 이야기를 넌 이해하고 있었다고 했어. 그러
니 정말 축하할 일이지."

하하. 그런가? 내가 성장했다라… 나쁜 말은 아니군. 흠하하하! 자꾸 어깨에 힘이 들어가는군.

"하지만 아울, 미래의 란셀이 한 말은 지금 초록여우가 한 말을 기억했다가 써먹은 것이 아닐까요?"

"아, 그렇군요. 정말 그럴지도 모르겠군요. 하하하."

웃어라, 웃어. 솔직히 난 웃을 기분은 아니었다. 초록여우의 말을 듣고 내가 지식적으로나 인격적(?)으로 성장한 것은 좋았지만 내가 뒤틀린 시간 속의 주인공이란 사실은 기분이 묘하다고 할까 아니면 불쾌하다고 할까… 아무튼 이상한 기분이었다. 게다가 다리온의 말을 들으니 맥이 빠졌다. 너무해요, 다리온.

"란셀, 빨리 갑시다. 설마 저 마을에 정이 든 겁니까?"

"알았어요. 간다고요, 가. 다리온도 생각 외로 성격 급하네."

난 숲을 빠져나가며 다시 한 번 멜보 나무 숲을 바라보았다. 한번 이런 생각을 해보았다. 저 멜보 나무 숲은 사실은 미래의 내가 과거, 그러니까 지금의 나를 마을로 못 들어오게 하기 위해 조성한 것이 아닌가 하고…….

제+장
돌팔이 의사 란셀

우린 오멜로바란 도시에 들어섰다. 인구 5만의 제법 규모있는 중소 도시. 요즘 계속 산골 마을만 지나치던 우리에게 도시는 그 번잡함조차도 친근함으로 다가왔다.

"정말 멋지다."

난 죠세프를 돌아보며 말했다.

"역시 사람은 이런 곳에서 살아야 해."

"그만 감탄하고 여기서 물건 좀 사야겠어요. 지금까지의 작은 마을에서는 제대로 구할 수 있는 물건이 없었지만 여기는 있겠죠."

예나의 말이 아니더라도 우리가 여기까지 일부러 빙 돌아온 이유는 물건 때문이었다. 신발도 다 떨어지고 옷도 낡고 비상 식량도 바닥이고. 각설이 행색이 안 되려면 물건 보충을 해야 했다. 아무튼 오랜만의 쇼핑이니 기분 좀 내볼까?

"자, 그럼 쓸데없이 기분 내지 말고 여기 적힌 물건대로만 사도록 하세요. 기왕이면 튼튼하고 싼 것으로 사도록 하세요."

예나는 그렇게 말하더니 우리에게 종이 한 장을 내밀었다.

〈신발 6켤레.
여행용 옷 6벌.
양초 12개.
부싯돌 17개.
마른 쑥 2봉지.
여행용 식량 세트 60개.〉

대충 이런 식이었다. 음… 쓸데없는 건 없지만…

"저… 예나, 꼭 이럴 필요는 없잖아? 너무 아끼는 것 같은데……."

"흥, 땅을 파면 돈이 나오나요? 우리가 돈이 있는 건 알아요. 하지만 아껴야 잘 살죠. 쓸데없는 것 사느라 돈 쓸 필요가 있나요? 그리고 물건을 산다고 쳐요. 그럼 그 물건은 누가 다 들죠? 란셀이요?"

이, 이게 아닌데…

"그, 그래? 정 그렇다면 살 것만 사지 뭐."

역시 예나의 말대로 하는 것이 현명할 것 같다. '아껴야 잘 산다'. 정말 명언이다.

"별다른 의견 없죠?"

당연히 없었다. 여기서 누가 짐꾼이 되고 싶은 사람이 있을까.

"없군요. 그럼 물건이나 사러 가죠."

물건은 모두 샀다. 남은 것은 의약품과 신발뿐이었다. 잡화점 주인 말을 들어보니 여행용 신발을 사려면 포제의 신발이란 가게에서 사는 것이 좋다고 했다. 다른 가게에서는 여행용은 거의 없고 있어도 구색 맞추기식의 열악한 신발이라나? 하지만 포제의 신발이란 가게는 여행자용 신발을 전문으로 취급한다고 했다. 그래서 우린 포제의 신발을 찾아 나섰고 시내 중심가에 위치한 그 가게를 찾아온 것이었다.

끼익—

나무 문을 여니 기름을 안 친 듯 끽끽대는 소리가 났다.

"어서 오십쇼."

문소리가 초인종을 대신하는 걸까? 어느 구석에 있었는지 주인으로 보이는 사람이 뛰어나왔다.

"무얼 도와드릴까요?"

"저기, 여행하는 데 좋은 신발 없나요?"

가게 주인의 질문에 난 재빨리 대답했다.

"여행용 신발이요? 그걸 찾으신다면 잘 오신 겁니다. 저희 가게로 말하자면 여행용 신발을 전문적으로 취급하는 전통있는 가게로……."

"아아, 됐으니까 신발이나 빨리 보여줘요."

난 가게 주인의 말을 끊었다. 더 듣다가는 한도 끝도 없을 것 같았기 때문이다.

"아, 예예, 저… 이 신발들은 어떤가요? 이건 남성용이고 이건 여성용인데 신기술로 만든 신제품이죠."

우린 주인이 보여주는 신발을 보았다. 겉모양은 단순했다. 그냥 신발이구나 하는 생각만 드는 그런 신발이었다. 아무리 봐도 신기술은 없는 것 같은데.

"좋은 신발이군요. 신기술로 만들었다고 하더니 정말인 것 같습니다."

신발을 보던 다리온이 감탄을 했다.

"응? 어째서 그렇죠? 제가 볼 때는 그저 평범한 신발인데요. 흠… 게다가 새것 같지도 않아요."

"아닙니다."

다리온은 나를 돌아보며 말했다.

"자, 보세요. 이 신발은 우선 가죽을 보면 정성껏 무두질한 가죽에 기름을 먹여 방수 처리를 한 겁니다. 그리고 이음 부분이 안 보이죠? 이건 통가죽으로 만들었다는 뜻입니다."

"하지만 통가죽 신발은 예전부터 있어온 것이잖아요."

"하지만 란셀, 보세요. 이건 사람 발의 모양을 따라 만든 것입니다. 기존의 통가죽 신발은 대충 모양만 만들어 신발에 발을 맞추어야 했지만 이건 신발을 발에 맞춘 것이지요. 발에 신발을 맞추는 것은 당연한 논리지만 사실 매우 힘든 일이랍니다."

"그, 그런가요?"

이런 신발은 대충 신으면 그만이지 다리온도 별걸 다 따지는군.

"혹시 속으로 신발이야 대충 신으면 그만인지 별걸 다 따진다고 생각하고 있는 건 아니지요?"

"예? 아, 아닙니다, 아니고말고요. 절대, 저~얼대 아닙니다. 마나스 신께 맹세합니다."

으… 그렇게 예리하게 찌르다니, 역시 다리온 앞에서 아무 생각도 말아야 해. 그런데 다리온은 왜 저렇게 날 쳐다보는 거야?

"그런데 란셀, 알렌디아 여신이 아니라 마나스 신입니까?"

"아. 하. 하. 하. 어, 어차피 신 아닙니까, 신. 그러지 말고 신에 대해 계속 말해 주시죠. 이 신이 왜 좋은 건가요?"

"…뭔가 이상하군요. 하지만 넘어가기로 하죠. 어쨌든 이 신발은 이음새가 없는 만큼 튼튼합니다. 여행 중 신발이 틀어지는 불상사는 안 일어난다고 보시면 됩니다. 그리고 또 가죽 자체가 매우 부드럽습니다. 새 신발은 가죽이 뻣뻣해서 오래 신으면 물집이 잡히고 발이 아프지만 이런 신발은 그럴 일이 없습니다. 물론 그렇게 만드느라 가죽이 좀 낡아 보이는 듯하지만 오히려 이런 신발이 더 멋있게 보이는 법이죠. 번쩍거리는 새 신을 신고 여행하는 사람은 아무리 좋게 봐도 풋내기일 뿐이니까요."

흠… 그런가? 그렇군. 신발에도 그런 뜻이… 하지만 진짜 중요한 것은 따로 있지.

"이거 얼마인가요?"

"언제나 느끼는 것이지만 란셀이나 예나는 어디 가도 손해는 안 볼 것 같습니다."

신발 가게 주인이 우리의 신발을 포장하고 있을 때 다리온이 한 말이었다. 하지만 물건 값 깎는 게 어때서? 그게 다 사람 살아가는 이치인데. 다만 나와 예나가 동시에 깎는 바람에 좀 많이 깎은 것은 인정해. 하지만 그 덕분에 이득 보는 건 누군데.

"자, 다 쌌습니다. 참, 그리고 어디 가서 신발 산 가격 말하면 절대로 안 됩니다."

예, 예, 그러죠 뭐. 우리도 여기 다시 올 일이 없을 테니.

"그런데 여기 병원이 어디 있죠? 약을 좀 사야 하는데."

예나가 신발을 받으며 물었다.

"약을 사시려면 저기 시장 반대 편에 있는 약국에서 사세요. 거기가 제일 크기 때문에 없는 약이 없죠."

"어머, 여긴 약국도 따로 있나 봐요?"

예나가 감탄하는 것도 무리는 아니었다. 보통 이런 중소 도시는 병원과 약국이 같이 있는 경우가 일반적이었다. 그리고 도시보다 작은 마을의 경우 간단한 상처에 바르는 연고라든지 소화제 같은 경우는 일반 잡화점에서도 파는 것이다. 병원도 벌어야 먹고 사니까 작은 도시나 마을에서는 수지타산이 맞지 않기 때문이다. 그러고 보면 우리가 다닌 도시들은 병원이 있을 정도로 큰 도시들이었다. 여기도 도시는 중소의 규모지만 뭔가 있는 도시인 모양이다.

듣기로는 5만의 인구라고 들었는데 어쩌면 유동 인구는 더 많은 그런 도시일지도 모르지. 그런데… 어째 신발 가게 주인의 안색이 어둡다?

"여긴 병원이 없답니다."

난 가게 주인의 말을 듣고 놀랐다. 이런 도시에 병원이 없어?

"그럴 리가요. 이런 도시에 병원이 없다는 게 말이 돼요? 그럼 의사들은 어디서 환자를 보죠?"

가게 주인은 내 말을 듣고는 고개를 저으며 말했다.

"이런, 말을 잘못했군. 손님들, 병원은 있습니다. 하지만 의사가 없지요. 의사 없는 병원 보셨습니까? 여기 있습니다, 여기 오멜로바에."

이건 또 무슨 말이야? 의사가 없다니. 이런 돈벌이 잘될 도시에 의사가 없어? 이런 말도 안 되게 시장 경제 구조를 무시한 현실이 있나.

"못 믿겠다는 표정이시군요. 하지만 내 말은 사실이랍니다. 못 믿겠으면 한번 병원을 찾아보시구려."

상대방이 저렇게 나오면 믿어줘야 한다. 믿어줘야 하고말고.

"이 도시 사람들이 의사를 싫어하나요?"

이브린이 물었다.

"아니지요. 우리들은 의사가 오길 정말 고대하고 있습니다. 하지만… 후우……."

가게 주인은 더 이상 말을 잇지 않고 한숨만 쉬었다. 대체 무슨 안 좋은 일이라도 있나?

"그렇게 의사가 필요하다면 어째서 의사를 초빙하지 않는 겁니까?"

그렇지, 죠세프. 그거 내가 하려던 말이야. 응? 정말이야, 정말이라니까. 믿어줘~

"했었지요. 하지만 후우… 우리 도시가 터가 안 좋은 건지 이상하게 의사들이 자꾸 죽어 나가더군요. 병든 사람조차 안 죽는데 건강하던 의사들이 죽는다 이겁니다. 그러니 어떤 의사가 여기에 오겠습니까?"

거, 것봐, 죠세프. 초빙하지 않는 데는 이유가 있잖아. 초빙을 안 하는 게 아니라 못하는 거라니까. 뻔한 사실을 왜 질문해?

"란셀, 전 이상한 일이라는 생각이 드는군요. 란셀은 안 그렇나요?"

다, 다리온, 전 다리온의 말이 무섭다는 생각이 드는군요. 다리온은 안 그런가요?

"그래요? 의사들이 죽어 나간다고요?"

예나가 그렇게 되물으며 날 보았다. 응? 날 왜 봐? 이거 갑자기 불안한 예감이… 어? 예나가 입을 열려고 하네? 아, 안 돼. 막아야 해! 너무 불안해.

"호호호, 그리고 보니 란셀도 의사잖아요. 조심해야겠네요."

크윽! 한발 늦었다. 예나가 저런 말을 할 줄이야…….

"의사?"

날 바라보는 가게 주인의 눈빛이 대번에 달라졌다. 음, 이거 앞으로 생길 일이 눈에 선한데. 이제 어쩌지?

끝이 안 보였다… 는 좀 과장이겠지만 정말 모여도 너무 많이 모였다. 이거 여관에서 나설 수조차 없을 것 같았다. 의사가 왔다는 말 한마디에 이렇게 많은 사람들이 몰려들다니… 암만 의사가 없었다지만 이런 도시에 아프고 병든 사람이 이렇게 많았던가? 하아~ 난 절로 한숨이 나왔다. 그리고 예나를 째려보았다. 당장 고개를 움츠리는 예나. 하긴 나 말고도 다른 사람에게 계속 눈총을 받았으니 저럴 만도 하지만.

"예나."

"예, 예!"

"어쩌면 좋지?"

"그, 글쎄요……."

하긴 예나라고 별 도리가 있나.

"그건 그렇고 죠세프도 아니고 예나, 네가 이런 실수를 하다니… 세상 참 오래 살고 볼 일이야."

"아니, 란셀. 왜 거기서 제가 나옵니까?"

음… 죠세프, 그건 말이지… 몰라서 묻나. 대답하기 귀찮으니 얼버무리자.

"그런 게 있어. 아무튼 우리 이거 생각 좀 해보자, 이 난관을 어떻게 극복해야 할지."

결국 우린 머리를 맞대고 생각을 해보았는데, 그 결론은 다리온이 간단히 내버렸다.

"길은 한 가지죠. 란셀 씨가 환자를 고쳐야죠."

"예? 무, 무슨 소릴. 아니, 다리온, 지금 사람을 죽이자는 겁니까, 살리자는 겁니까? 어떻게 그런 말을 하시나요? 대체 이 도시를 죽음의 도시로 만드실 생각인가요?"

난 다리온에게 항의를 했다.

"그것도 맞는 말이군요."

응? 그런데 이거 어째 기분이 좀 나쁘다?

"하지만 저 많은 사람들을 뚫고 나갈 방법이 있나요? 물론 저희야 공간 이동으로 갈 수 있지만 우리 중에 그것이 불가능한 사람이 있지요. 그것도 가장 먼저 빠져나가야 할 사람이."

나다. 흑흑.

"그리고 혹시 아나요? 저 중에 마병에 걸린 사람이 있을지. 그 사람들을 고쳐 주고 다른 사람들은 고칠 수 없는 병이라고 하면 될 것 아닙니까?"

"그런데 다리온, 그건 사기가 아닌가요? 그리고 고칠 수 없는 병이 감기나 소화불량 같은 병이면 어쩌죠?"

"그거야 어쩔 수 없는 일이죠. 우리가 살려면 그 정도야……. 그리고 병에 관해서는 우기면 됩니다. 우기는 데 이길 수 있는 사람은 없죠."

대, 대체 누구냐? 다리온을 이렇게 타락시킨 사람이?

결국 난 환자들을 돌보게 되었다. 그렇다면 우선 내 손에 걸릴 환자들을 위해 묵념.

"저… 저 감기 아닌가요? 전 그렇게 생각했는데……."

내 앞의 환자가 그렇게 물어보았다. 그런데 여름에도 감기가 걸리…겠지?

"아. 하. 하. 하. 하. 영감님 표정이 너무 굳어 있어서 농담 좀 한 겁니다. 얼굴 펴세요. 병은 찡그린 얼굴에 매력을 느낀다고 합니다. 웃으면서 살면 병이 도망쳐요. 예나, 이분 감기약 좀 드려."

"얼마나요?"

이, 이런, 나한테 그걸 걸 물으면 어떻게 해.

"노인 분이니까 그에 맞게 정량을 드려. 자, 다음 분."

예나의 눈초리에 뒤가 좀 따갑지만…….

"서, 선생님, 저 설사하는데 아주까리 기름을 먹어도 됩니까?"

아, 안 되는 건가?

"앗! 실례. 실수했습니다. 워낙에 사람이 많다 보니……."

"아, 예."

"그럼 다리온, 여기 배탈난 환자 약 좀 주세요."

"라, 란셀, 그런… 대체 무슨 약을 말이죠?"

"항상 쓰던 거요."

"……."

"에… 그러니까… 점심을 먹고 나자 두드러기가 났다는 거죠? 식중독이군요."

이건 자신있다. 전에 지났던 마을에서 식중독 때문에 고생한 적이 있었지. 알고 보니 식중독이 아니었지만. 그때 식중독에 좋은 약도 얻어냈었다.

"자, 이 약을 드세요. 그리고 하루 동안 아무것도 드시지 말고요."

음, 이 뿌듯함.

"란셀, 다음 환자 받으셔야죠."

알았어, 알았다니까. 해야, 빨리 좀 떨어져라.

드디어 밤이었다. 우린 여관방에 모였다.

"휴, 힘든 하루였습니다."

다리온이 먼저 입을 열었다.

"정말요. 전 란셀이 가짜란 것이 들킬까 봐 얼마나 조마조마했다고요."

어이, 예나, 넌 그런 말 할 자격 없어.

"그런데 예나, 페디는 어디 있는 거야?"

하필 이럴 때 어디론가 간 페디가 야속했다.

"저… 그게……."

"란셀, 페디는 제가 좀 일을 시켰습니다."

"다리온이요?"

"예, 어차피 드래곤의 마법이 강하고 치유 마법도 강하다고 해도 외상에나 적용되는 겁니다. 병균에 의한 병이라면 치유 마법이 크게 도움은 안 되니까요. 그래서 이 도시에 이상한 점도 있고 해서 제가 뭘 좀 시켰죠."

그건 그랬다. 외상과 병균에 의한 거라… 하. 지. 만.

"다리온, 그런데 아까 외상을 입은 사람들도 많이 왔었는데요?"

"언제나 생각 밖이란 것이 있는 겁니다."

음… 난 언제나 다리온 같은 말발을 가질까?

"그런데 이상한 일이라니, 그게 뭐죠? 설마 또 제 탓을 할 그런 일은 아니죠?"

"언제나 그렇죠. 아닐지도 모르고. 그래서 페디를 보낸 겁니다."

나원 참, 드래곤 데리고 이런 잔심부름만 시키는 사람은 아마 세상에서 다리온이 유일할 거야. 그런데 정말 무슨 일이지? 다른 사람이면 몰라도 다리온이 저러면 불안해.

"란셀."

다리온이 갑자기 진지한 어조로 날 불렀다.

"예?"

"이상하지 않습니까?"

"뭐가요?"

"이 도시에 그 많은 사람들 중 의사만이 죽었다는 것이요."

"하긴 좀 이상하긴 합니다만."

하지만 다르게 생각하면 의사야말로 갖은 병이란 병은 다 만나면서 온갖 스트레스를 다 받아 면역이 떨어진 사람들이었다. 그러니 꼭 이상할 것도 없… 지는 않군. 누구보다 먼저 병에 알 테니 그만큼 치료도 빠를 테니까.

페디가 돌아온 것은 그 다음날 밤이었다.

"별다르게 이상한 건 없던데요."

페디가 처음 한 말이었다. 페디는 의사들이 있던 병원과 그들의 무덤 등을 찾아 돌아다녔던 것이었다.

"아무것도?"

"예, 아무것도."

"이상하군."

다리온은 뭔가 혼잣말을 중얼거리더니 내게 고개를 돌렸다.

"그렇다면 결국 전문가가 나서야 한다는 말이군요."

그렇겠지. 그런데 왜 날 보고 말을 하지? 뭐, 나야 상관없지만 환자들이 가만히 있을까?

"내일은 페다가 치료를 할 겁니다. 외상을 입은 사람만 고쳐 준다고 했거든요."

역시 주도면밀한 다리온이군.

"어? 이상하다? 전 하루 종일 다리온 곁에 있었는데 그런 말을 하는 것은 못 들었는데요?"

예나가 이상하다는 듯이 물었다.

"아, 그거 말입니까? 아까 제가 붙인 큰 종이 보셨죠? 거기에 써놨습니다."

흠… 종이에 써놨다라… 근데 그걸 사람들이 보긴 봤을까?

내 눈앞에는 깔끔하지만 을씨년스런 기운이 감도는 건물이 있었다.

"사람이 안 살아서 그럴 겁니다. 의사가 살던 집이자 병원인데 의사가 죽고 난 후 사람의 왕래가 없었다고 하더군요. 그 이유가 의사가 죽을 정도니 뭔가 안 좋은 것이 있다고 생각해서라고 합니다. 이 도시, 보기엔 발전한 것 같지만 사람들이 미신을 많이 믿고 있습니다."

"별 시답잖은 미신이군요."

내 말에 다리온은 날 보며 웃었다.

"그 시답잖은 미신이 사람을 죽음으로 이끄는 법이죠."

우리—다리온, 죠세프, 예나, 나—는 병원 안으로 들어갔다.

"의외인데요? 먼지가 없어요."

죠세프는 병원 안을 둘러보며 말했다.

"예, 버려진 병원이라 하기엔 상당히 깔끔하네요."

예나도 거들었다.

"사흘에 한 번 의사 식구들이 와서 청소를 한다고 합니다. 물론 청소만 하고 금방 간다고 하지만 말입니다. 그래서 이렇게 을씨년스럽죠, 사람이 거의 없다시피 해서. 의사 식구들도 워낙 정이 들었던 곳이라 청소만이라도 하는 모양입니다만."

다리온의 설명이 더 이어지지는 않았지만 그 뒷말은 짐작이 갔다. 의사 식구들도 도시 사람들과 같은 생각인 모양이었다. 에이, 그런 말도 안 되는 미신이나 믿다니.

"자칫하면 죽을 수도 있어 그냥 오기도 어려웠을 텐데 청소까지 하다니 얼마나 정이 들었는지 짐작이 갑니다."

"예?"

"생각해 보세요. 미신을 많이 믿는 사람들입니다. 그런 사람들이 보기에 여긴 흉가입니다. 그런데 흉가에 드나드는 사람들은 어떤 사람들일까요? 모르긴 몰라도 악마든 사람이라는 오명도 뒤집어쓸걸요? 적어도 이 도시에서는 말입니다."

역시 언제나 느끼는 거지만 남의 마음 짐작하는 일은 어렵군.

"그런데 페디 말대로 별다른 건 없군요."

다리온이 주위를 둘러보더니 죠세프와 같은 말을 했다.

"예, 별다른 건 없는데… 이게 무슨 냄새죠?"

예나가 여러 곳을 기웃거리며 말했다.

"사방에 냄새가 배어 있는데 무슨 냄새인지 모르겠어요."

나도 냄새를 맡아봤지만 아무런 냄새도… 자, 잠깐, 아주 희미하게 뭔가 냄새가 나긴 나는데?

"아하."

죠세프가 손뼉을 쳤다.

"여긴 병원이잖아요. 그렇다면 메날 향일 거예요."

"메날 향?"

"예, 메날 향."

아니, 메날이라니 그건 또 뭐야?

"아, 란셀은 모르겠네요. 메날은 10여 년 전에 만들어진 약이거든요."

그래? 이건 가끔가다 촌놈 되는 기분이야.

"그런 약이 있어? 메날이 대체 뭔데?"

"메날이란 병원에서 소독약으로 쓰는 약이에요. 아마 요즘 병원에서는 다 이걸 쓰는 것으로 알고 있어요."

"그래? 뭐, 그렇다면 별로 특별한 냄새도 아니군."

"그게 아닐 텐데요."

다리온이 내 말을 부정하고 나섰다.

"란셀 씨가 메날에 대해 몰라서 그런 말을 하시는데 메날은 굉장히 휘발성이 강한 약품입니다. 그릇 하나 가득 메날을 담아도 한 시간 정도면 다 날아가죠. 깨끗하게 말입니다. 그래서 메날을 저장할 때는 반드시 밀봉을 하고 쓸 만큼만 따로 덜어서 뚜껑 있는 용기에 보관을 해야 합니다. 뭐, 뚜껑이 있어봐야 밀봉을 안 하면 다 날아갑니다만. 그래서 많이 덜어 쓰질 않죠. 그런데 이 병원은 이용 안 한 지 꽤 된 것 같습니다만……."

난 다리온의 말하는 뜻을 알았다. 메날은 휘발성이 강한 물질이고 시간이 오래 지났으니 예나의 후각이 아무리 좋아도 그 냄새를 맡을 수 없다는 뜻이었다.

"음, 그렇군요. 그럼 두 가지 중 한 가지인데……."

"전 한 가지입니다만."

다리온은 아예 답을 생각한 모양이었다. 하긴, 나도 두 가지 중 한 가지는 아닐 거라고 생각하고 있었다. 먼저 하나는 다른 사람이 들어와서 메날을 썼다는 것이고 다른 하나는 여기서 쓰인 메날이 불량품이거나 뭔가 문제가 있는 약품이라는 것이었다.

그런데 여기 사람들 생각하는 방식을 보든 행동을 보든 여기 와서 메날을 쓸 이유는 없었다. 다른 건 다 그만두고 단 한 가지만 생각해도 여기서 약을 쓰다 걸리면 그땐 정말 죽음이니까. 그래서 남은 결론은 메날에 문제가 있다는 것이었다. 아마 다리온도 나와 같은 생각일 것이다.

"뭐가 잘못되었을까요?"

"글쎄요. 만들 때 잘못 만들지 않았을까요?"

우린 병원을 뒤지기 시작했다. 물론 메날을 찾기 위해서였다.

"메날은 햇빛이 들어오지 않는 지하실에 보관합니다만 이 건물의 경우 지하실이 없습니다. 그렇다면 어디 구석진 골방이나 창고에 보관했을 겁니다. 만일 있다면요."

다리온의 말이 아니더라도 난 메날이 없을까 봐 걱정이었다. 메날은 휘발성이 강하다. 그것은 불이 잘 붙는다는 것을 뜻하기도 했다 그렇다면 상식있는 사람이라면 이렇게 병원을 비우게 될 땐 안전을 위해 먼저 치웠을 것이다. 난 이 병원 사람들이 상식이 없는 사람들이기를 바랬다.

그리고 잠시 후 우린 다시 모였다.

"구석구석 다 뒤졌지만 메날은 없었어요."

"메날만이 아니라 다른 약품도 거의 없던걸요."

죠세프와 에나의 보고였다. 그리고 그건 다른 사람들도 마찬가지였다. 지금 이 병원에 있는 약은 위장약이나 소화제, 연고 정도가 전부였다. 사람에게 해로운 약은 모두 치운 것이었다. 건물 안에 수면제 한 알 없었고 지금 남은 약 중 가장 사람에게 해로운 약은 소화제였다. 소화제도 많이 먹으면 위가 상하니까. 그래서 나온 결론.

그랬다. 이 병원 사람들은 엄청나게 상식이 많은 사람들이었다. 이 건물 안에는 여러 가구와 집기가 있었는데 아마 시간이 더 있거나 사정이 좋았다면 그것마저 잘 치웠을 것이다.

"그럼 다른 병원을 둘러볼까요?"

다리온이 의견을 냈다.

"그래야겠죠."

나도 동의했고 우린 다른 병원으로 가기 위해 일어났다. 우리가 막 병원 문을 나서려는 순간 에나가 우릴 불렀다.

"잠깐요, 페디가 없어요."

"걱정 마세요. 우리 있는 곳은 페디가 알고 쫓아올 테니까요."

에나는 다리온의 말을 듣고 잠시 생각하는 듯하더니 말했다.

"저도 그건 알아요. 페디는 엄연히 드래곤인걸요. 하지만 서로 기다려 주는 것과 능력만 믿어주는 것과는 다르다고 생각해요. 기다려 주는 것은 그만큼 생각을 해준다는 뜻이니까."

호오, 예나가 저런 생각을……

그때였다.

"주인님, 주인님."

페디가 날아왔다.

"이것 보세요. 이거 맞죠, 우리가 찾는 메날이?"

페디는 자그마한 유리병을 내놓았다. 유리병은 아직 밀봉이 된 상태였는데 투명한 액체가 꽉 차 있었다. 그리고 유리병에는 붉은색 라벨이 붙어 있었고 라벨에는 흰 글씨로 '의약품, 메날(100% 순수 메날), 조시안 연금술사회 제조'라는 글이 차례로 쓰여 있었다.

"음… 란셀, 이거 메날 맞죠?"

아니, 그걸 왜 나한테 물어보나? 난 메날이 뭔지도 몰랐던 사람인데. 난 다리온을 쳐다보았다.

"예, 메날 맞습니다. 이건 휴대용 메날입니다. 왕진 등을 가야 할 때 메날을 따로 담아갈 수 없어서 휴대하기 편하게 만든 것이죠. 그런데 페디는 이걸 어디서 발견했나요?"

"그거요? 저기 책장 밑에서 찾았어요. 책장 밑에 틈이 있는데 거기 있더라고요. 아마 급히 치우다 떨어뜨린 모양이에요."

허참, 정말 찾기도 잘 찾는군. 우리 여섯이 찾아도 못 찾은걸. 나중에 뭘 잃어버리면 페디한테… 응? 음… 여섯이라… 우리가 여섯에 페디까지 치면… 음… 우리 일행은 여기 다 있는 건데… 음… 그렇다면……

"페, 페디, 환자들은 어쩌고?"

난 놀라서 페디에게 물었다. 우린 이미 공고문에 페디가 환자들을 진료할 거라고 써놨었다. 물론 다리온이 쓰긴 했지만. 어쨌거나 페디와 이브린이 사람들을 맞기로 했었다. 그런데 지금 페디와 이브린 모두 이 자리에 있었다. 이게 어찌 된 거야?

"무슨 환자요?"

그런데 오히려 페디가 나에게 되물었다.

"환자!"

"그거야 란셀이 보던 거잖아요."

"아니, 오늘은 외상 치료만 한다고 써 붙였잖아. 안 그래요, 다리온?"

다리온도 내 말에 고개를 끄덕였다.

"맞아요. 하아, 페디가 깜빡 잊은 것 같군요."

이브린도요.

"아무튼 이거 큰일입니다. 정말 난리났습니다."

다리온이 한숨을 쉬며 걱정했다. 그런데 아무리 페디와 이브린이 환자 치료하는 것을 잊었어도 다리온이 너무 걱정하는 것 같네?

"란셀은 걱정이 안 됩니까?"

"아니, 뭐 하루 치료 늦는다고 무슨 일이 있겠어요?"

"아닙니다. 제 말뜻은……."

다리온이 정색을 하고 말했다.

"여기 사람들은 미신을 많이 믿는다고 그랬습니다. 그래서 단지 의사가 죽었다는 이유만으로 병원이 폐쇄될 지경입니다. 그렇게 어처구니없을 정도로 미신을 신봉하는 사람들이 갑자기 나타난 이방인이 흉가나 다름없이 된 빈 병원을 뒤지는 것을 보았습니다. 그렇다면 어떻게 되겠습니까?"

그야…

"게다가 란셀이 지금까지 여기 사람들을 치료한 것을 가슴에 손을 얹고 잘 생각해 보세요."

손을 얹고… 감기 환자한테 소화제 주고, 소화불량 환자한테 변비약 주고, 종기 난 사람한테 무좀약 바르라고 주고… 뭐, 사람이 긴장하다 보면 그럴 수도 있지 뭐. 갑자기 전혀 나오는 상관없는 환자를 치료하라니 긴장이 안 되겠어? 그래도 나중엔 제대로 약 줬잖아. 물론 내가 준 건 아니지만 그래도 잘 해결되고 무마됐으면 된 거지.

"찔리는 부분이 많죠?"

"글쎄요… 하지만 먼저 치료해 달라고 매달린 건 우리가 아니라 여기 사람들이 아닌가요?"

다리온은 고개를 저었다.

"아닙니다. 물론 란셀 씨 말처럼 그들이 먼저 부탁하며 매달렸지만 그건 그때죠. 지금 그런 걸 기억하는 사람은 없습니다. 혹시 모르죠. 만약 란셀 씨가 뛰어난 의술을 발휘하였다면요. 하지만 그건 불가능한 일이죠? 가능하다고 해도 이미 지난 일이고요."

음… 구구절절이 맞는 말이긴 한데… 어째 기분이……

"하지만 사람들이 우릴 못 봤으면 된 것 아닌가요?"

다리온이 말하는 상황은 사람들이 우리가 여기 있는 것을 보았을 때의 경우였다. 따라서 못 보았다면 내 의술 실력이 있든 없든 상관이 없는 일이었다.

"물론입니다. 그러니 빨리 돌아가야겠군요. 정말 들켜서 최악의 상황이 되기 전에."

결국 우린 서둘러 우리가 묵었던 여관으로 돌아왔다. 생각해 보면 물론 내가 의사는 아니지만 그래도 의료 행위를 하는데 병원에서 못하고 이런 여관에서 하는 것이 말이 안 되는 일이지만 이제는 이해가 갔다. 그리고 다행히 우리를 본 사람은 없는 것 같았다. 여관 앞에는 사람들이 잔뜩 몰려와 있었는데 공고에 써 붙인 대로 외상 입은 환자만 온 것이 아니었다. 혹시나 하고 보니 역시나 다리온이 써 붙인 공고문은 어디론가 떨어지고 없었다.

"근검 절약의 정신으로 풀을 좀 적게 썼더니 이렇게 되었군요. 하하하."

아니, 다리온. 그깟 풀 좀 아낀다고 얼마나 절약이 된다고… 에고, 저 사람들을 보니 난 오늘도 죽었다. 왜 이리 많은 거야? 그나저나 혹시 이번에도 약을 잘못 주는 건 아냐?

늦은 밤. 난 메날이란 것을 보고 있었다. 낮에 환자들에게 시달려서 무척 졸리긴 했지만.

"란셀, 졸면 어쩝니까?"

"그럼 어쩌라고요. 낮에 일했지, 지금은 또… 다리온은 피곤하지도 않나요?"

"란셀, 원래 의사란 것이 그렇습니다. 낮에 환자를 보고 밤에 공부를 해야 합니다. 자신이 본 환자에 대해 다시 의서를 보고, 아니면 연구를 해야 하기도 하고 새로운 지식을 끊임없이 습득해야 합니다. 그래야만 더 나은 의술을 펼칠 수 있기 때문입니다. 의학이란 사람의 생명을 다루는 일이라 소홀히 할 수 없으니까요."

그렇단 말야? 의사에 대해 잘 몰랐는데 그래야 한단 말이지? 난 그저 찾아오는 환자만 보는 줄로 알았더니. 내가 의사가 안 된 것이 정말 다행이군.

"흠흠, 그래요? 하지만 난 의사는 아닌데… 하암~ 그런데 다리온, 이 메날이 어떤 것이길래 이렇게 쳐다보죠? 문제가 있긴 있나요?"

"예, 있습니다. 처음부터 잘못 조제되었거나 변질된 메날이죠. 제 생각인데 아마 처음부터 잘못 만들어진 것일 겁니다."

"그렇게 생각되는 이유가 있나요?"

"정상적인 메날은 이렇게 뚜껑을 열어놓으면 벌써 공기 중으로 날아가서 이 유리병에 아무것도 남지 않았을 테니까요."

"그리고 냄새도요?"

난 메날 냄새로 어질거리는 머리를 흔들며 물어보았다.

"예, 메날이 날아가면서 메날 냄새도 같이 사라져야 하는데 사라지지 않는군요."

"그러면 문제는 바로 이 '조시안 연금술사회'에 있다는 말인데… 혹시 이런 단체 들어본 사람?"

아무도 없었다. 다들 처음 듣는 단체인가?

"란셀, 세상엔 많은 단체가 있습니다. 그리고 이런 의약품의 경우 각 병원이나 신전 등에서도 만들지만 마법사회나 연금술사회에서도 만듭니다."

나도 그건 들어서 알지만…

"제 말뜻은 그런 게 아닙니다. 메날이란 약품이 많이 쓰인다고 했는데 그렇다면 메날을 만드는 단체나 기관도 유명해져야 하는 것 아닙니까? 그런데 아무도 모른다니 말이 안 되잖습니까?"

내 질문에 대답한 사람은 죠세프였다.

"저… 란셀, 메날은 여러 곳에서 만들어요."

"뭐? 그럴 리가! 어떻게 여러 곳에서 같은 약을 만들지?"

"그게 처음 메날을 만든 사람이 의약품은 독점할 물건이 아니라면서 그 제조법을 공개했거든요. 덕분에 많은 곳에서 만드는 거죠. 사실 메날이 이렇게 많이 쓰이는 이유가 효능이 좋기도 하지만 많은 곳에서 만드는 것도 그 이유예요. 많이 만든 덕분에 싸거든요."

하아, 그렇다면 약간의 기술만 있으면 아무나 다 만든다는 뜻 아냐? 불량품이 나오는 것도 당연하겠군.

"어멋!"

그때였다. 갑자기 예나가 소리를 질렀다.

"이것 보세요."

우린 예나가 가리키는 부분을 보았다.

"이게 뭐얏!"

우린 모두 놀랄 수밖에 없었다. 지금 메날은 빛을 내고 있었다. 방금 전까지만 해도 그저 투명한 액체였을 뿐인데.

"아, 저것 때문이군요."

다리온이 하늘을 가리켰다.

"달빛?"

"예. 란셀, 보세요. 이 메날은 여기 그림자 진 곳에 두면 빛이 안 나죠? 분명 여기에 등이 있는데 말이죠. 하지만 이렇게 내놓으면 빛이 납니다. 그리고 또 방금 전만 해도 달이 구름에 가려져 있었는데 지금은 달이 나와 있습니다."

음… 그렇다고 쳐도…

"그렇다면 다리온, 여기에 형광 물질이라도 들어가 있다는 소리인가요?"

"아닙니다, 죠세프. 만일 형광 물질이 들어가 있으면 저 등불의 빛에도 빛이 나야 할 겁니다. 하지만 아니었죠? 이건 뭔가 다른 물질이 들어가 있다는 겁니다. 이게 뭔지 짐작이 가십니까, 란셀?"

흠… 달빛에 연보라색의 빛을 내는 물질이라… 그런 게 있었나?

"없습니까?"

다리온이 다시 나에게 물어보았다.

"예, 제가 아는 지식 중에는 없습니다."

"그런가요? 전 혹시나 했는데요."

"하하하, 다리온은 설마 이 메날에 마도 시대의 물질이 섞였다고 보는 것은 아니죠?"

"당연히 그렇게 봤습니다만."

"하지만 제가 아는 지식 중에 달빛에 연보랏빛 빛을 내는 물질은 없습니다. 어쩌면 지금 시대에 만들어진 것일지도 모르죠."

아니, 대체 뭐든 이상하면 다 마도 시대야?

"그보다 정말 조시안 연금술사회가 어디 있는 거지? 죠세프, 너네 고모님이 유명한 상업 도시 루미안의 시장 부인이시라며? 그렇다면 많은 물건들이 오갈 거고 그 물건을 만든 업체도 많을 것 아냐. 혹시 들은 적 없니?"

"아니, 하지만 이런 말은 들은 적이 있지. 앞으로 검색을 강화해야 할 것 같다고 하는 말. 별의별 사이비 단체가 마구잡이로 만든 물건들이 많이 생겼나? 루미안뿐만 아니라 다른 상업 도시도 그런 물건들로 골치 아파한다고 하던걸. 어쩌면 이 메날도 그런 것 중의 하나일지도 모르지."

난 죠세프와 예나의 대화를 들으면서 한 가지 생각난 것이 있었다.

"알."

"예?"

다리온이 내 말을 듣고 되물었다.

"알이라뇨?"

"알. 그래요. 확실히 마도 시대에 달빛을 받으면 연보랏빛을 내는 물질이 있긴 있었어요."

"정말입니까? 역시 그런 물질이 있었군요."

다리온이 당연하다는 듯이 말했다.

"하지만 제가 말하는 것은 의약품 재료가 아닙니다. 방금 에나와 죠세프의 말을 듣다가 생각난 것인데 죠세프의 고모란 소리를 들으니 생각이 나서요. 그때 죠세프의 고모였던… 음… 고모였던… 아, 그건 뭐 중요하지 않죠. 그때 제가 치료한 녀석이 테푸로니아프란 벌레인데 갑자기 그 생각이 나서 말입니다."

"그럼 이 안에 있는 것이 테푸로니아프의 알이란 말입니까?"

"당연히 아니죠."

"그럼 왜……?"

다리온은 의문을 품은 눈빛으로 날 바라보았다.

"아하하, 뭘 그런 눈빛으로… 그냥 같은 벌레라 생각이 난 겁니다. 흠흠. 마도 시대에 이런 벌레가 있었습니다."

여기서 물 한 잔 마시고. 그런데 왜 날 흥미진진한 눈빛으로 쳐다보는 걸까?

"풀에서 진액을 빨아먹고 사는 벌레가."

"그게 답니까?"

다리온이 맥 빠진 목소리로 물어보았다.

"예."

"혹시 그 벌레 산란기 때 피를 빨지 않나요? 아니면 독이라도 없나요?"

"아, 그게 그 벌레는 모기가 아니라서요. 그리고 독도 없어요."

"그럼 그걸 말한 이유가 뭡니까?"

흠. 내가 희한한 벌레를 말할 줄 알았나 보군. 하지만 마도 시대의 것이라고 다 희한하면 사람이 어떻게 살아가라고.

"그 벌레의 이름은 조빌모라라고 하는데, 벌레 자체는 힘도 없고 무기도 없습니다. 간단히 말해 다른 천적의 먹잇감이 되기 십상이었죠. 하지만 그런 벌레가 없어지지 않은 것은 그 알에 이상한 성분의 점액이 덮여 있어서입니다. 그 점액이 달빛만 받으면 연보라색으로 빛이 나죠. 다른 동물에게 피하란 뜻입니다. 어두운 밤이라 안 보인다고 건드리면 안 좋다는 위협용이죠. 물론 알을 보호하기 위한 것이기도 하고요. 비록 알을 둘러싼 진액에 이상한 성분이 있지만 점성이 낮아서 외부에서 오는 물리적인 힘으로부터 효과적으로 지켜주지는 못하거든요. 그래서 처음부터 위험 신호를 보내 건드리지 못하게 하는 것이죠."

"그럼 그 진액에 독 성분이 있나 보죠?"

"예, 강력한 신경 마비 독이 들어 있으니까요. 그래서 자칫 건드리면 신경이 마비되죠. 하지만 인체에는 해가 없는 것으로 알고 있습니다. 한때 그 점액의 마비 성분을 농축해 약을 만든 적이 있죠. 뭐, 의약품은 아니고요. 암살자들이 암살용으로 쓰려고요. 그 점액의 마비 독은 무색 무취에 자연 산화해서 흔적이 남지 않거든요. 아시다시피 마도 시대는 마법과 기술이 엄청나게 발달된 시기라 웬만한 독약은 다 걸리거든요. 그래서 암살용 독약을 만드는 데 성공은 했지만 그대로 사장돼 버리고 말았다는군요. 한 사람 분의 약을 만드는 데 성 하나의 값이 들어가서요. 조빌모라 알의 점액 안에 있는 마비 독이 워낙 조금이었 거든요. 그저 알을 먹으러 오는 벌레들을 마비시키는 정도로 말이죠."

"란셀의 말대로라면 결국 메날과 조빌모라라는 벌레와는 아무런 상 관이 없다는 말이군요."

"그렇죠."

역시 다리온은 똑똑해.

"참, 그런데 한 가지 궁금한데요, 그 조빌모라가 어디에 서식하고 알 은 어디에 낳나요?"

똑똑한 사람이 궁금한 것도 많은 법이지. 나도 세상의 모든 것이 다 궁금하지만. 하하.

"조빌모라는 늪지대에 서식합니다. 메탄 가스가 좀 많이 나오는 그 런 곳에 서식하는데, 그런 곳은 환경이 열악해서 천적이 상대적으로 적 기 때문이죠. 그리고 같은 곳에서 서식하는 토밀이라는 황금색 이끼에 알을 낳습니다."

"그런가요, 죠세프?"

"예?"

"혹시 메날을 만드는 법을 압니까? 아니면 재료라도……."

"약간은 압니다. 메날이 워낙 많이 쓰이는 액이라 기초 상식으로 배 웠죠. 메날은 메탄 가스가 많이 나는 늪지대에 사는 토메일이란 황금 빛 나는 이끼로… 엇!"

나도 엇! 이다. 뭐라고? 메탄 가스가 많이 나는 어디? 늪? 거기에 사 는 토메일이란 황금빛 나는 이끼? 이름만 빼고 내가 한 말과 같잖아?! 게다가 토밀, 토메일. 이름도 비슷하고.

"뭔가 느껴지지 않습니까?"

다리온이 차분히 미소를 지으며 말했다. 난 그런 다리온의 태도에 의문이 들었다.

"혹시 다리온은 이미 알고 있었던 사실이었나요?"

"알고 있었던 것이 아니라 추측이죠. 나 같은 대현자가 메날의 재료를 몰랐겠습니까? 그래서 이런 불량 메날을 보고 생각이 든 거죠. 메날을 만드는 재료가 사는 환경은 오염될 소지가 많은 곳이죠. 그렇다면 거기서 어떤 오염 물질이나 엉뚱한 것이 메날의 재료와 섞일지 모른다고 말입니다. 그래서 란셀의 말을 듣고 가능성을 보기 위해 조빌모라의 서식지를 물은 겁니다. 하핫, 그런데 제 예상이 정확하게 적중했군요. 역시 저는 어쩔 수 없는 대현자인가 봅니다."

아, 글쎄 다 좋아. 다리온은 다 좋은데 저렇게 스스로 대현자라고 칭송하지만 않았으면 좋겠어.

"아, 그런데 혹시 조빌모라의 알을 덮었던 점액의 성분을 해결할 방법이 없나요?"

"대현자가 모르는데 제가 어떻게 압니까? 흠흠, 농담이고. 아까도 말했지만 점액 안에 있는 성분은 그 양이 무척 적습니다. 사실 조빌모라의 알만 채취하는 데 몇 년이 걸리죠. 또 그렇게 채취한 마비 독도 한 사람에게 겨우 쓸까 말까 할 정도입니다. 그러니 그건 아닐 겁니다."

하지만 다리온은 조빌모라의 알을 싼 점액을 확신하는 것 같았다.

"그래도 시험은 할 수 있잖습니까? 정말 그 성분이 들었는지 아닌지."

뭐, 가능했다. 어려운 것도 아니었다. 증류수를 떨어뜨리면 되는 것이었다. 만일 다리온의 생각대로 그 마비 독이 있으면 증류수가 폭발하듯이 타오를 테고 아니면 아무 반응이 없을 것이다. 그리고 얼마나 많이 섞여 있나에 따라 폭발의 강도도 달라지겠고. 물론 그 폭발은 작은 것이기 때문에 위험하지는 않았다. 만약 위험할 정도의 폭발이라면 벌써 무기로 개발이 되었겠지.

"말도 안 돼요!"

내 설명을 들은 죠세프가 외쳤다.

"아까 분명 란셀은 암살자들이 쓰기 위해 독약으로 만들었다고 했는데 암살자가 쓸 정도의 약을 그렇게 쉽게 발견한다면 그게 무슨 암살용 독인가요? 그리고 달빛에 연보랏빛 빛이 나는데 그것도 금방 들통날 일이잖아요?"

호오~ 죠세프, 눈치 빨라졌다.

"맞는 말이야. 하지만 암살용으로 만드는 약은 정제를 한 거야. 그리고 다시 재처리 과정을 거치지. 그 재처리 과정이 달빛에 연보라색으로 빛나고 증류수에 폭발하는 특성을 없애는 거지. 그렇게 해서 완벽한 암살용 독이 되는 거다. 하지만 이 메날을 봐. 우선 이 메날에 조빌모라 알의 점액이 있다고 가정하고 말하면, 이렇게 달빛에 연보라로 빛나는 것은 재처리 과정이 없었다는 뜻이야. 그건 또 증류수에 반응한다는 뜻이지."

난 그 말을 하면서 증류수를 메날에 떨어뜨렸다.

"엉?"

그런데… 지금의 반응은 내가 알던 반응이 아니었다. 메날 액 속에서 밝게 빛나며 연소하는 저건…

"이런 현상은 한 가지로밖에 설명이 안 되는군요. 확실히 마비 독의 성분은 있는데 이것도 변질된 것입니다. 아마 토메일로 메날을 만들면서 변형이 된 거겠죠."

"저도 같은 생각입니다, 다리온. 그래서 의사만 죽었겠죠. 내가 볼 때 지금 이 독은 아주 잔잔히 흐르는 강과 같은 반응인데요. 아마 그것 때문에 특히 이 독이 든 메날을 많이 접하는 의사들이 죽었던 것이겠죠."

"그럴 겁니다. 그런데 란셀, 그러면 그 독 성분을 해독하거나 치료할 수 있는 방법이 있나요?"

"휴우……."

난 한숨부터 나왔다. 방법이라니…

"없어요. 왜 조빌모라 알의 점액질에서 만든 마비 독이 최고의 암살용 독인데요. 비록 값이 어처구니없이 비싸서 쓰이진 않았지만 해독약조차 없는 독이죠. 또 해독약이 있어도 이렇게 변형된 독에 효과를 발휘하기나 할까요?"

"하긴 그것도 맞는 말입니다. 대체 조시안 연금술사회에선 어떻게 이렇게 만든 걸까요? 후우."

다리온도 한숨을 쉬며 말했다.

"아, 잠깐!"

그때 갑자기 이브린이 소리를 쳤다.

"다리온, 어차피 이건 이미 끝난 일이잖아요."

"그렇죠."

"하지만 아직 불씨는 남은 셈이군요. 그렇다면 예방이라도 해야 하지 않나요?"

"하지만 치료법이 없다니 어쩔 수 없는 노릇이죠."

"그렇다면 제가 한번 해보죠."

그 말을 하더니 이브린은 예나를 끌고 나갔다.

"어? 대체 무슨 소리야? 아울, 넌 아냐?"

"알면 내가 신이다."

"글쎄요, 이거 신도 모를 일일 것 같아요."

다리온도 혼자 중얼거렸다.

"그럼 제가 다리온의 말을 들은 것부터 시작하죠. 이 메날이 조시안 연금술사회에서 만들었다고 했어요. 그때 생각났어요. 메날은 여러 곳에서 만든다고요. 그리고 메날은 아주 빨리 증발하죠. 그렇다면 기왕 약효가 같다면 가까운 곳에서 만든 메날을 사용하겠죠. 제가 살던 동네에서도 그랬으니까. 그렇게 본다면 조시안 연금술사회는 여기서 가까운 곳에 있을 것이라고 생각했어요. 그리고 또 한 가지, 만약 조시안 연금술사회에서 자신들이 만든 메날이 문제가 있다는 것을 알고 만들었다면 그들은 아직도 장사를 하겠지만 만약 몰랐다면 의사 이상으로 메날과 접촉할 그들은 이미 죽었을 것이라고 생각했어요. 그래서 한번 알아보았죠. 조시안 연금술사회에 대해. 그랬더니 뜻밖의 말을 들었어요. 조시안 연금술사회 건물이 화재가 나서 완전히 타버렸다는 말을요. 살아남은 사람도 멀리 떠났다고 하네요. 그리고 그 화재가 난 시점이 여기 의사들이 죽은 후라는 것도 알았어요. 그래서 생각한 건데 그들은 메날이 문제있다는 것을 몰랐지만 나중엔 알게 되었죠. 그리고 그들도 피해를 입었고요. 다만 그들은 의사들이 죽은 후에 그 사실을 안 것이에요. 왜냐하면 제가 아는 상식이 맞다면 연금술사들은 의사보다 약품 취급에 더 신중하기 때문에 그만큼 적게 피해를 당했을 거예요. 그런 생각을 한 것은 조시안 연금술사회에서 자신이 판 모든 메날을 회수한 것 때문이에요. 그들은 계약에 의사들이 죽으면 조시안 연금술사회에서 환불해 주고 회수해 간다는 계약을 했다는데 전 계약에 대해서는 잘 모르지만 그들이 말한 계약은 바보들이나 할 계약이란 것은 알아요. 게다가 그 환불해 준 돈이 실제 메날을 판 가격보다 더 많았다는 것은 그 속의 이야기가 뻔하다는 소리란 거죠. 아무튼 그걸로 조시안 연금술사회는 아무런 잘못이 없다는 것을 알 수 있었어요. 그렇다면 문제는 어떻게 그런 일이 일어났느냐는 것인데요, 정말 운이 좋았어요. 아까 조시안 연금술사회가 이 도시와 가깝다고 말했었죠? 거기서 일을 해주던 사람을 만날 수 있었어요. 그리고 그 사람에게서 토메일을 채취한 곳에 대해 알 수 있었어요. 그래서 거기에 갔더니… 란셀, 혹시 그 조빌모라가 다리 다섯 개의 날개 달린 거미 비슷하게 생기지 않았나요? 맞다고요? 그렇다면 확실하네요. 조시안 연금술사회 사람들은 조빌모라에 대해 모를 테니……."

이브린이 예나와 같이 나간 지 하루 만에 알아온 내용이었다. 그리고 알아온 것을 말해 준 것이다. 정말이지 간단하지만 생각도 못한 것이었다. 단 한 마디만이라도 여기 사람들에게 물어봤어도 답이 나오는 것을.

"아하, 우리가 가장 간단한 것을 생각하지 못했군요."

"그러게 말입니다. 하아, 가끔은 단순하게도 생각해야 하는데… 사람 사는 데는 복잡한 머리도 필요하지만 단순한 머리도 필요하다는 간단한 진리를 잊었었어요."

흠… 등 뒤로 이브린의 날카로운 시선이 느껴지지만 난 그런 시선은 이미 면역이 돼서…….

"그럼 이제 어떻게 하면 되나요?"

죠세프가 걱정스러운 듯 물었다.

"글쎄… 그나저나 조빌모라는 이미 멸종한 것으로 아는데 아직도 그렇게 살아 있단 말야?"

"예, 아주 많았어요. 그 흰 조빌모라들이 뭉쳐 있는 것을 보니 징그럽던걸요."

난 예나의 말을 듣고 우리가 해야 할 일을 알았다.

"예나, 정말 흰색이었어? 검은색이 아니고?"

"예, 이브린 언니도 봤는걸요. 그렇지?"

"맞아, 흰색이었어."

마지막으로 확인을 한 뒤 난 입을 열었다.

"그렇다면 그건 모두 없애야 해."

"하지만 란셀, 그렇게 함부로 한 생명을 멸종시킨다는 것은……."

"아닙니다, 다리온. 제가 말했었죠? 조빌모라 알의 점액질로 만든 마비 독은 성 한 채 값이라고. 또 돈이 있어도 조빌모라를 찾으러 늪으로 돌아다닌다는 것도 어려운 짓입니다. 그래서 사람들은 조빌모라를 키우기 시작했습니다. 그렇게 해도 실패를 하긴 했지만. 아무튼 그 양식한 놈들이 바로 하얀 조빌모라죠. 자연산 조빌모라는 검은색입니다. 그리고 그것들은 이미 멸종한 생물입니다. 인간의 손에 의해 양식되던 같은 종의 생물이 다시 살아가는 것은 문제를 일으킵니다. 특히 인간의 손길 없이 자연적으로 멸종했던 생물입니다. 그런 생물을 굳이 다시 부활시켜 문제를 만들 이유는 없습니다. 그나저나 어떻게 없애지? 조빌모라는 딴 건 몰라도 환경을 이겨 나가는 능력은 상당한데… 한마리라도 놓치면 다시 번성할 거야."

"아, 좋은 방법이 있어요."

이번엔 죠세프가 입을 열었다.

"아니, 좋은 방법이 아닐지도 모르죠. 란셀은 드래곤과 잘 아니까 혹시 가까운 곳에 드래곤이 있으면 부탁하면 어떨까요? 드래곤이 브레스 한 방 확 하면 간단히 끝날 텐데."

오우, 좋은 방법이야. 하지만 어쩌지? 나도 아는 드래곤만 아는데. 차라리 아르티닌에게 부탁하면 좋은데 사정이 여의치 않으니……

"좋은 방법이군."

그때였다. 말소리가 들리더니 갑자기 우리 눈앞에 한 사람이 나타났다.

"어머, 저 아저씨 우릴 늪으로 안내한 아저씨야!"

예나는 놀라서 소리쳤고 난 사정을 알 수 있었다. 드래곤이 유희를 하던 중이었던 것이다.

"드래곤? 유희 중이었군."

"아, 그런 눈으로 보지 말아라. 나도 보통 일이면 유희하던 중에 이렇게 나서지 않아. 다만 내가 특별히 우정을 쌓고 싶었던 인간이 메날로 인해 죽었다. 그 친구를 위해 뭔가를 해주고 싶었는데 그런 방법이 있었군. 그럼 잘 있거라, 인간들이여."

그는 그 말을 끝으로 사라졌다.

"대체 뭐냐?"

난 그 말밖에 안 나왔다.

"드래곤이죠. 그래도 어이없군요. 자기 말만 하고 가다니. 그래도 일이 잘 풀려서 다행인데요?"

다리온 말이 맞기는 하다. 우리가 그 드래곤을 다시 볼 일도 없는데 굳이 상대할 필요는 없지. 더구나 일도 원하는 방향으로 해결됐는데.

"그럼 일도 해결되었으니 이만 잡시다. 피곤하군요. 내일 환자를 보려면 일찍 자고 피곤을 풀어야죠."

다리온은 그 말을 하면서 기지개를 켰다.

"참, 우리 야반도주해야 해요."

갑자기 나온 이브린의 어이없는 말. 다리온도 기지개 켠 자세 그대로 멍하니 굳어 있었다.

"아까 들은 말인데 란셸이 의사가 아니란 것을 사람들이 알았어요. 아직까지는 반신반의하는 모양인데 그래서 내일 시험을 할 건가 봐요. 란셸이 진짜 의사인지 아닌지. 그래서 시험을 통과하면 큰 병원을 세워주고 아니라면 감옥에 잡아넣을 거라는 거예요."

"그런데 왜 그걸 지금 말해?"

난 화가 나서 물었다.

"그거야 조빌모라가 더 중요해서 먼저……."

으이그~ 난 아니란 말야.

우린 곧장 몰래 빠져나왔다. 다행히 마을 분위기가 분위기인지라 밖에 돌아다니는 사람은 거의 없었다. 순찰대가 있긴 하지만 그건 페디가 위에서 살펴 알려줘서 피할 수 있었다.

그리고 그로부터 사흘 후 우린 드래곤의 출현 소식을 들었다. 그리고 드래곤의 화염 브레스의 이야기도. 그걸 놓고 근처 사는 사람들이 드래곤의 분노라며 금덩이를 마차 한 대 분량이나 드래곤에게 바쳤다나 어쨌다나.

제15장
좀비벌레 에르샤누

오멜로바를 떠나서 사흘간 우린 줄기차게 길을 걸었다.

"그런데 란셀이 그런 엉뚱한 지식이 아닌 진짜 의학 지식이 있었으면 이렇지 않았을 것 아니에요."

예나가 투덜거렸다. 하지만 그게 내 잘못인가? 괜히 의사 노릇은 시켜 가지고… 그리고 또…

"하지만 내가 의학 지식만 있었으면 우린 벌써 죽었을 거야. 생각해봐, 내가 해결한 마병이 모두 몇 개인가."

"하지만 란셀의 나이가 삼백 살이 넘는데 하루에 의서 한 장씩만 봤어도 신의 수준이었을 거예요. 대체 그동안 뭘 했죠?"

이번엔 이브린이 공격하네?

"그야… 내가 알고 있는 지식이지. 그러니까……."

"그거야 란셀 머리에 이식된 램퍼에 다 있는 것이 아닌가요?"

"아니지. 아무리 그런 지식이 있어도 그건 어디까지나 저장하는 거고 내 자신에게 지식이 없으면 램퍼도 무용지물이야."

"하지만……."

"아아. 에나, 이브린, 그만 해요. 그렇게 따지면 신이나 드래곤은 전부 멍청이가 되는 거죠. 어디 의학 지식 많은 드래곤 봤어요? 신도 마찬가지죠. 그저 마법이나 신성력으로 치료하는 것이죠. 그러지 말고 지금까지 힘들게 왔으니 저기 보이는 도시에서 쉬었다 가죠."

정말 고마운 다리온이었다.

"거기서 의학책도 사고요. 란셀보다는 우리가 더 나을 테니."

…물론 다 고마운 것은 아니지만.

"좀비라고요?"

우리가 간 도시는 중소 규모의 도시였다. 그런데 도시 규모치고는 사람이 좀 많았다. 게다가 신전도 단 하나라는데 웬 신관이 그리 많은지… 그래서 식당에서 지나가는 말로 물으니 인근 마을에 좀비가 나타났다는 것이었다. 신관들이 확인한 것이니 확실하고.

"예. 글쎄, 한 마을 사람 전체가 통째로 좀비가 되었다네요. 좀비 떼가 나타난 거죠. 마을 공동 묘지에서 좀비가 기어 올라오는데, 그곳 사람들이 놀라서 여기로 도망쳐 온 겁니다. 여긴 신전도 있고 신관도 있으니까요."

식당 종업원은 뭐가 그리 흥분되는지 얼굴까지 벌게지며 우리에게 말해 주었다. 그런데 좀비라니. 요즘이 어떤 때인데 좀비가, 그것도 떼로 나타났다는 거지?

"아무튼 덕분에 갑자기 사람들이 많아졌어요. 사람이 많아져서 장사는 잘되지만 범죄가 많아졌다니까요. 제 친구만 해도 바로 어제 강도를 당했다고요. 이거 칼이라도 한 자루 사든가 해야겠어요. 더 비싸지기 전에."

종업원은 그 말을 끝으로 돌아섰다.

"란셀, 이 상황을 어떻게 보십니까?"

"글쎄요. 난리가 난 상황이군요."

그렇게 보지 말라고요. 대체 그럼 나보고 뭘 말하라고. 내가 좀비를 만든 것도 아닌데.

"그런데 왜 칼이 비싸진다고 하는 걸까요?"

죠세프가 종업원이 한 말에 의문이 들었는지 물어왔다.

"그거야 당연하지. 칼이라도 사서 안전을 보장받으려는 사람이 저 사람뿐이겠어? 자기 살던 땅에서 쫓기듯 떠나와 제대로 된 일조차 구하기 힘든 이곳에서 굶어 죽지 않으려고 강도로 변한 사람들이나 그걸 막기 위해 칼을 사야 하는 사람들이나 불쌍하군."

내 말에 다른 사람들도 동의하는 듯 고개를 끄덕였다.

"란셀, 시체를 좀비로 만드는 병은 없죠?"

에나가 질문을 했다.

"당연히 없지. 살아 있는 사람이 병에 걸리는 거지, 죽은 사람이 병에 걸리는 것 봤어?"

어림 반 푼어치도 없는 질문이었다. 내가 배운 마도 시대의 병들이 해괴한 것도 있었지만 죽은 사람에게 걸리는 병은 없었다. 있다면 마법 따위겠지.

"하.지.만. 산 사람을 좀비로 만드는 병은 있어. 좀나헤이르라는 병이."

"정말 그런 병이 있어요? 무서워라."

예나는 내 말을 듣더니 무서워했다. 음… 좀비 하나 키우고 싶다.

"걱정 마. 좀나헤이르는 마법사들이 주로 걸렸던 병이야. 그리고 이미 완전히 사라진 병이지. 지금처럼 마나가 적은 시기에는 더 더욱 없어. 좀나헤이르는 그러잖아도 허약한 마법사가 몸에 너무 많은 마나를 접해서 생기는 병이야."

"그럼 혹시 죠세프도……."

예나는 죠세프를 슬쩍 훔쳐보았다. 쯧쯧, 그러지 마. 죠세프 이마에 땀 흐르는 거 안 보이니?

"하하. 걱정 마, 예나. 좀나헤이르는 몸만 튼튼하면 절대 안 걸리는 병이야. 또 지금은 마도 시대보다 마나가 적어서 죠세프는 절대 안전해."

그때였다.

"아, 도착했다!"

좀 전의 그 종업원이 문을 향해 소리쳤다. 우린 종업원이 외치는 곳으로 고개를 돌렸다. 우리가 들른 식당은 도시 광장과 붙어 있었는데 문을 통해 광장이 그대로 보이는 곳에 위치해 있었다. 그리고 우리가 앉은 자리도 문과 바로 마주 보는 자리였다. 그래서 문밖의 상황이 똑똑히 보였는데, 거기에는 한 무리의 용병단이 있었다. 그리고 그 뒤로 몇 명의 기사와 신관들, 마법사들이 있었다. 인원은 대략 백여 명 정도? 종업원과 사람들의 행동으로 볼 때 좀비를 퇴치하러 온 사람들이 확실했다.

그때 그 사람들 중 한 사람이 광장 중앙에 가더니 소리쳤다.

"친애하는 에피르겐 여러분!"

이 도시 이름이 에피르겐인 모양이군.

"전 후슬 용병단의 단장 라이안 후슬이라고 합니다. 이번에 이 에피르겐의 부속 마을에서 일어난 좀비 사건을 해결하기 위해 왔습니다. 그리고 여기 계신 기사 분들은 케륀 왕실 직속 근위 기사단인 제1기사단과 쌍벽을 이루는 케륀 제2기사단입니다. 하지만 제1기사단의 경우 활동을 거의 하지 않는 것을 볼 때 이 제2기사단이야말로 케륀 왕국의 실질적인 최고 정예입니다. 왕실에서는 그런 기사단을 보내주신 것입니다. 그것도 열두 분이나 말입니다. 또 여기 계신 열 분의 마법사들도 왕실 직속 마법사들이십니다. 게다가 기사 분들과 마법사 분들이 계심에도 실전 경험이 많다는 이유로 절 책임자로 임명했습니다. 그건 왕실에서 여기 에피르겐을 얼마나 생각해 주는지 단적으로 보여주는 것입니다. 그래서 전 국왕 전하께 충성을 다하는 마음으로 반드시 좀비를 퇴치하겠습니다! 하모레스 2세 전하 만세. 케륀 왕국 만세."

후슬이란 용병단장의 말이 끝나자 광장은 함성으로 뒤덮였다. 여기저기에서 국왕 전하 만세라는 말이 터져 나오는데 전율이 일 정도였다. 그런데 여기가 케륀 왕국이군. 웃기는 나라에 웃기는 왕이야. 저렇게 하고 싶을까? 이건 꼭 한편의 희극을 보는 느낌이군. 뭔가 알맹이도 없어 보이고. 이거 왕이 국민들에게 으스대고 싶은데 기회 만난 김에 저런 우습지도 않은 공연을 한 거 아냐?

"저 용병단 일행 아주 크게 일을 당할 것 같군요."

옆에서 다리온이 말했다.

"정말 우습지도 않은 짓이죠. 국왕이 백성들을 위해? 그 반대입니다. 오히려 우습게 아는 겁니다. 뭐 우쭐댈 게 있다고. 그리고 책임자요? 저 기사와 마법사 표정을 보세요. 후슬이란 용병단장을 보며 짓는 표정을요. 깔보는 표정이 아닙니까? 저건 기사나 마법사가 후슬의 위에 있다는 뜻입니다. 한마디로 사람들을 기만하는 거죠. 저런 정신으로 일을 하는데 잘될 리가 없죠. 제가 볼 때 소드 마스터도 없는 그저 그런 기사에 고위 마법사도 없는 것 같은데요. 아, 그래도 신관들은 좀 낫군요. 저 난감해하는 표정을 보세요."

나보다 다리온이 하나를 더 본 모양이었다. 표정이라니. 그럼 다리온이 맞다면 처음부터 사람들을 기만한 것이군. 아니, 그럴 작정이었어. 사람들이야 어떻게 되든 자신들 위신만 세우면 그만이라는 생각인가? 그리고 그런 정신으로 일해? 정말 큰일 나겠군.

"다리온, 그렇다면 저 사람들을 도울 방법을 생각해야죠. 잘못하다가 좀비들에게 당하기라도 하면……."

"글쎄요……."

죠세프의 말에 다리온은 고개를 저었다.

"그럴 필요는 없을 것 같네요. 왜냐하면 우리가 돕는다고 해도 저 사람들이 받아들일까요? 우리의 도움을 기꺼이 받을 사람들이라면 처음부터 저러지 않습니다. 그리고 도울 수 있다고 해도 그럴 생각도 없고요. 저 사람들은 한번 크게 당해야 그나마 교만한 마음이라고 약간수그러들죠."

"그러다 사람이 죽으면요?"

"우린 그걸 보고 운명이라고 합니다."

후후, 알고 보면 은근히 사악한 면이 있다. 그에 비하면 죠세프는… 순진퉁이. 쯧쯧.

그러는 동안 밥이 나왔고 우린 늦은 점심을 먹었다. 그리고 그때 좀비 퇴치 부대(?)는 좀비를 잡으러 좀비가 있다는 마을로 떠났다. 하~

갑자기 조용해지니 좋군.

거리는 밤이 깊었지만 사람들은 잠은 안 자고 좀비를 퇴치하러 간 사람들에 대해 이야기하고 있었다. 그 바람에 우리도 식당에 나와 있었다. 시끄러워서 도저히 잠을 잘 수가 없었던 것이다.

"그 사람들 얼마나 피해를 입을까요?"

난 다리온에게 물어보았다.

"아예 그 사람들이 당할 것이라고 생각하시는군요."

"당연하잖아요. 다리온은 그렇게 생각 안 하나요?"

"하하, 저도 그렇게 생각합니다만… 참, 그나저나 다른 사람들은 어디로 갔을까요?"

다른 사람들? 다른 사람들이야 죠세프와 예나, 아르티닌과 이브린인데 청춘남녀가 가면 어딜 가겠어? 데이트지. 아르티닌과 이브린이야 언제나 닭살 커플이고, 죠세프와 예나는… 둘이서만 몰래 은근히 스리슬쩍 연애한다고 생각하겠지만 알 사람은 다 안다. 둘만 우리가 그 사실을 안다는 걸 모르지. 오죽하면 페디도 눈치를 살펴 자리를 피해주겠어? 에고, 이러니 짝 없는 다리온이랑 나만 이러고 있지 뭐야.

"글쎄요… 오늘이 보름이니 뭐 달 구경이라도 하고 있겠죠."

난 말하면서 하늘을 보았다. 눈부시도록 크고 하얀 보름달. 음… 보름달, 보름달…….

"그런데 다리온, 좀비들은 보름달에 더 강해지던가요?"

"아니죠. 웨어울프나 그렇고 좀비는 달이 없는 날에 더 강해지죠. 어둠의 기운을 가장 강하게 받는 때니까요. 보름달에는 가장 약하죠."

"그래요? 그렇다면 어쩌면 그 사람들이 좀비를 퇴치할지도 모르겠군요. 어찌 되었든 정예들만 모였으니까요."

"그래야겠죠. 그래야만 사람들이 안 다칠 테니까요. 그 사람들이야 다치든 말든 상관없지만 마을 사람들이야 무슨 죄가 있나요? 그저 땅만 파던 사람들인데요."

하아, 이중인격자도 아니면서 저런 말을⋯ 누군 다쳐도 되고 누군 안 되고. 하긴 그런 생각을 가진 사람이 훌륭한 사람이긴 하지. 다리온, 저와 똑같은 생각이시군요.

『오빠.』

응? 무슨 소리가⋯

『오빠아.』

잘못 들었나?

『오빠앗!』

아닌데?

『란. 셀. 오. 라. 버. 니.』

분명 날 부른 거지? 그런데 날 오빠라고 할 사람은 없잖아. 그럼 대체⋯ 있지, 사람이 아니지만.

"팡이?"

난 주위를 둘러보았다.

『오빠, 아래야.』

난 탁자 위를 보았다. 거기엔⋯

"너, 안 자고 있었니?"

팡이가 있었다.

『응, 달이 너무 예뻐서 깼어요.』

하아~ 대단한 능력이야. 자면서도 그런 걸 알다니.

"그럼 이제 안 잘 거니?"

『아니요. 달 구경 실컷 했으니 다시 자러 가야죠. 아함, 졸려.』

할 말 없다. 그렇게 오래 자고 또? 드래곤도 그렇게는 못하겠다.

팡이는 말을 마치고는 내 품 안에 들어왔다. 아, 그러고 보니 팡이는 내 품에 있었지. 그런데 나는 그것을 못 보고 못 느끼다니… 쩝. 아무튼 빨리 들어가라. 그러잖아도 뒤숭숭한 분위기인데 잘못하다가 스스로 말하고 움직이는 지팡이를 가진 걸 들키면 좀비를 내가 만든 것으로 오해받을지 모르니.

『참.』

들어가려던 팡이가 머리─겠지? 여의주 부분이니까─를 내밀며 말했다.

『그런데 이 동네 왜 이래요?』

너도 느꼈구나. 하긴 못 느낄 리 없지. 그래도 그렇지 엄연한 중소 도시를 동네라니.

『어떻게 사람들이 그렇게 많이 죽었죠? 단 몇 달 사이에요.』

"응? 무슨 소리야?"

『아까 나갔다 본 건데 어떤 큰 집에 불이 켜져 있더라고요. 들어가 보니 병원이었거든요. 그래서 심심하기도 하고 명색이 마도의사의 마법 지팡이인데 의학을 알아야겠다 싶어 환자 치료한 기록을 읽었거든요. 그냥 의서보다는 그게 더 공부가 될 것 같아서요.』

아서라, 난 의학에 대해선 아무것도 몰라. 그런데 네가 알게 되면 난… 흑.

『그런데 그 기록에 따르면 이 도시 주변 마을의 사람들이 몇 달 사이에 많이 죽었더라고요. 이 지역에서 죽은 사람들의 대부분이 같은 시기에 병으로 죽었다고요. 힘없이 시름시름 앓다가요. 전염병인가? 아무튼 오빠, 조심하세요. 그리고 다리온도요. 그럼 저 잘게요.』

"걱정해 줘서 고맙다, 팡."

다리온도 팡이에게 인사를 했다. 팡이는 내 품 안으로 완전히 들어갔다. 팡이가 들어가고 난 후 난 다리온을 보았다.

"뭔가 이상하네요?"

다리온도 날 응시하면서 입을 열었다.

"그러게 말입니다. 사람 살고 죽는 거야 아무도 모른다고 하지만 그래도 그렇지, 어떻게 몇 달 사이에 많은 사람들이 죽을 수 있을까요? 게다가 팡이의 말대로면 같은 병이란 소린데… 이거 뭔가 있군요."

"내일 날이 밝으면 그것부터 알아봐야겠어요."

난 일단 이렇게 말은 했지만 말을 하고 보니… 에고, 지겨운 일 떠맡았군.

"그럼 전 여기서 확실한 소식을 기다리죠."

다리온의 저 말을 들으니 그런 생각이 더 드는데?

"아, 그런데 기왕이면 미남미녀가 알아보는 것이 더 낫겠죠?"

죠세프랑 예나에게 떠넘기자.

"글쎄요, 오히려 미남미녀에게 반감을 가지고 잘 말해 주지 않을 수도 있을 겁니다. 사람 심리라는 것이 자신보다 잘난 사람한테 이유없이 거부감을 갖기도 하지 않나요? 자신이 그렇지 못하기 때문에 질투로 말입니다."

사람이란 처음 말을 잘해야 하는데… 흑. 다리온, 같이 알아보면 안 될까요?

"그리고 란셀, 오늘 밤에 잠을 설쳐서 내일 낮에는 잠을 자야 하니까

절 끌어들이지는 마세요."

결국… 내가 해야 했다. 에잇, 이런 일을 어떻게 나 혼자 다 해. 나 혼자 한다고 해도 억지로라도 돕는 게 인간 된 도리잖아. 게다가 죠세프는 명색이 내 제자인데 당연히 스승이 하는 일을 도와야지. 난 내 양심상 우리 일행이 부도덕하고 비양심적인 사람이 되게 할 수는 없어. 같이 행동해야지. 휴우, 이제야 맘이 편해지는군. 음, 밖의 소리도 많이 조용해졌고. 그래, 내일을 위해 자고 하자. 다른 사람들은… 젊은 체력이니 피곤해도 충분히 견디겠지. 다리온은… 생각보다 체력이 좋겠지. 뭐, 아니면 운명이고. 에고, 졸려~

난 소란스런 소리에 일어났다. 벌써 아침인가?
"일어났군요."
옆에서 다리온이 창을 내다보며 말했다.
"아홈~ 아침인가요?"
"아침이죠, 약간 늦은 아침이긴 하지만."
난 일어나서 세수를 먼저 했다. 내가 세수를 다 하자 다리온이 침대에 걸터앉으며 말했다.
"우선 간단히 말하죠. 지금 어제 좀비를 잡으러 갔던 사람들이 돌아왔습니다."
"벌써요? 그 마을이 가까운 모양이죠?"
"가깝기도 하지만 공간 이동으로 갔었다고 하더군요. 그들은 공간 이동 마법이 먹히거든요. 게다가 마법사도 열 명이니 그 정도 인원을 공간 이동시키기엔 충분하죠?"
…뭐, 마법을 생각 못할 수도 있지.

"그리고 완전히 왕창 깨지고 왔답니다. 다행히 죽은 사람은 없지만 반 넘게 부상당해서 왔다고 하더군요. 중상을 입은 사람은 적지만 원래 좀비의 손톱엔 독이 묻어 있어서 빨리 치료를 안 하면 위험해지기 때문에 병원에 입원시키기 위해 저렇게 소란스러운 겁니다."

난 창밖을 내다보았다. 정말 거기엔 패잔병과 같은 몰골의 사람들이 길을 가고 있었다. 다친 사람도 꽤 되고 안 다친 사람들도 지친 기색이 역력했다. 저래선 누가 다친 사람이고 누가 안 다친 사람인지 구별하기조차 곤란했다.

"어제의 당당한 모습은 없군요."

"그러게 말입니다. 저 정도까지 당할 줄은 몰랐는데요. 그것도 단 하루 만에. 한 사나흘은 싸울 거라고 생각했는데 말입니다."

정말 그랬다. 하루 만에, 저 사람들 명색이 용병에 기사들이니 약하진 않을 텐데 저렇게 당하다니… 좀비가 그렇게 센가? 사실 좀비란 녀석은 찍고 베고 쳐도 몸이 남아 있으면 끝까지 움직이기 때문에 힘든 것이지 살과 뼈가 썩어서 낡은 칼로도 베어질 만큼 약하기 때문에 그렇게 강한 존재는 아니었다. 거친 용병의 도끼와 세련된 기사의 칼이면 우습지 않게 베어 나갈 수 있었다. 그래서 내심 바라기는 '저 거만하고 교만한 인간들 좀 당해라' 라는 마음을 가졌지만 그래도 '이기겠지' 하는 생각을 했었다. 그런데 졌다? 좀비들 숫자가 엄청 많았나? 하지만 좀비들은 본능적으로 잘 뭉치는데… 뭉쳐 있으면 그 뭉쳐 있는 곳을 파이어 볼로 섬멸시키는 것도 가능했다. 그런데도 당했다? 마법사가 열 명이나 되는데?

"란셀, 저걸 봐요."

다리온이 뭔가 가리켰다. 거기엔…

"신관?"

신관까지 부상당해 있었다. 비록 경미한 부상이긴 하지만 신관이 부상을 입었다는 것은 문제가 있다는 것이나 다름없는 소리였다. 왜냐하면 신관들은 신성력을 쓰기 위해서는 신에게 기도를 해야 했다. 그렇지 않은 신관도 있지만 고위 신관에게나 해당하는 말이니 지금 저기 있는 신관들은 해당되지 않는 사항이었다. 어쨌든 그렇게 기도할 때는 전투적인 능력은 전무해질 수밖에 없을 뿐 아니라 위급한 상황에서 도망가는 것도 힘들었다. 그렇기 때문에 신관의 경우 맨 뒤 안전한 장소에 있는 것이 원칙이었다. 그런 신관이 당했다면 몰릴 대로 몰렸다는 것이었다. 특히 그들이 상대한 언데드인 좀비에게 신성력만큼 효과있는 힘도 없는 것을 보면 상상 이상으로 그들이 몰렸다는 소리였다.

"좀비가 그렇게 셌던가? 저 정도 인원이면 좀비 한 부대도 없애겠는데……."

옆에서 다리온의 중얼거리는 소리가 들렸다. 다리온도 나와 같은 생각인 모양이다. 좀비가 많아봐야 얼마나 될까? 마을 공동 묘지에 사람이 많이 묻히기도 했겠지만 좀비가 되기 위해서도 자격이 있었다. 먼저 가장 중요한 것으로 움직일 육체가 있어야 한다는 것이다. 그리고 갓 죽은 싱싱한(?) 시체면 더 좋고. 죽은 지 몇 년이 흘러 뼈마저도 삭을 정도면 좀비 후보로는 탈락인 것이다. 그렇게 따져 가다 보면 마을 공동 묘지가 아니라 국가 단위 공동 묘지라고 해도 쓸 만한 좀비는 생각보다 적다는 소리였다. 그런데 당하고 온 것이었다.

"참, 란셀, 그거 알아봐야죠."

그거? 그거라니? 그게 뭐지?

"왜, 사람들이 병으로 죽은 걸 알아본다고 하지 않았나요?"

악! 그거? 으음… 그걸 기억하고 있다니. 다리온, 건망증이나 치매 걸리고 싶진 않으세요? 흠… 그리고 싶어할 것 같지는 않군. 그럼 다른 사람을 꼬셔야 할 텐데… 그러려면 우선 모여야겠지?

"음… 가, 가야죠……. 음… 아, 그래요. 밥은 먹어야죠. 밥 먹고 합시다."

하지만 다리온은 고개를 저으며 창밖을 보았다.

"지금 밥 먹을 분위기가 아닌 것 같아요. 차라리 도시 변두리에 여관을 잡았으면 괜찮았을 텐데 하필이면 광장과 맞닿은 곳에 있는 여관을 잡아서 말입니다. 저 밖의 분위기가 그대로 여기까지 미치는데 밥 달라고 하면 칼부터 날아올 것 같군요."

설마 그럴 리가…

끼익.

"란셀, 다리온."

그때 방문을 열고 죠세프와 예나가 들어왔다. 그리고 그 뒤로 종이 꾸러미를 든 아르티닌과 이브린도 들어왔다. …너희 어제 늦게까지, 아니, 오늘 새벽까지 뭐 했어?

"아니, 란셀, 왜 그래?"

아르티닌이 말하면서 탁자 위에 종이 꾸러미를 올려놓았다.

"아… 음… 그냥. 저 사람들이 지고 온 게 충격이었나 봐."

"그래? 그게 그렇게 충격받을 일인가? 하긴, 밑에서는 광기에 사로잡힌 사람도 있으니."

아르티닌은 말하면서 종이 꾸러미를 열었다. 그 안에는 빵과 닭 구이, 소시지, 여러 가지 야채, 물병 등이 있었다.

"이게 뭐야?"

난 종이 꾸러미 안에 있는 것을 가리키며 물었다.

"란셀, 지금 장난이 아니에요."

아르티닌이 말하기 전에 죠세프가 먼저 대답했다.

"조금 전에 여관 밑에 있는 식당에 갔었거든요. 그런데 용병단이 좀비에게 지고 온 것 때문인지 어수선하더라고요. 그래서 이런 분위기면 밥을 시켜도 좀 늦겠다 싶어 미리 시키려고 했거든요. 그런데 어떤 사람이 우리와 같은 생각이었는지 밥을 달라고 했어요. 그랬더니 지금 좀비가 날뛰어서 좀비 잡으러 갔던 사람들도 다쳐서 오는 위험스런 판국에 무슨 헛소리냐며 주방장이 칼을 날리지 않겠어요. 다행히 그 밥을 시킨 사람 머리 옆으로 지나갔지만… 후우, 그걸 보고 밥을 시킬 엄두가 나야죠. 마침 그때 방에서 나온 아울도 그걸 보았어요. 그리고 아울이 말했죠. 이러다간 굶겠다고. 그러더니 주방으로 몰래 들어가서 음식을 훔쳐 왔어요. 이게 그거죠."

허… 진짜 칼을 날렸단 말야? 다리온 말대로? 음… 혹시 다리온이 주방장과 친한 사람?

"이봐, 죠세프. 내가 언제 훔쳤어?"

"몰래 들어가서 가지고 나온 게 훔친 거지, 그럼 뭐가 훔치는 건가요?"

"글쎄, 아니라니까. 그때는 어쩔 수 없는 상황이었잖아. 그래서 말 안 하고 가져오긴 했지만 돈은 두고 나왔어."

"그래요? 하지만 겨우 1루니안으로 이것들을 다 살 수 있다고 보시나요?"

"쯧쯧, 그러게 그게 경험이 없다는 거야. 생각해 봐라. 여긴 식당을 겸한 여관이야. 그리고 여관은 손님에 대한 친절을 최우선으로 하는 서비스업이야. 우리가 먹고 마시고 자면서 내는 돈에 그 서비스비도 포함되어 있지. 그런데 이 여관을 봐. 밥 달라는 사람에게 칼을 날리지 않나, 우린 몰래 들어가 음식을 가지고 나와야 하고… 마음을 졸이면서 말야. 그게 어디 서비스업에 종사하는 사람의 태도냐? 아니잖아. 그래서 난 손해 배상을 한 거야. 우리가 주어야 할 음식값에서 서비스 부재에 따른 손해 배상비를 빼니 1루니안이 남은 거지. 뭐, 불만있냐?"

"하지만 그 손해 배상비가 너무 많다고 생각 안 해요?"

"많긴 뭐가 많아? 여관 사람들이 손님인 우릴 겁줬잖아. 편안한 기분으로 휴식하고 배를 채울 공간에서 칼로 겁을 주고 위협하다니. 무슨 서비스업이 이래? 서비스 정신이 사라진 서비스업은 사기야. 이건 재판에 넘겨야 해."

그래, 싸워라, 싸워. 재미있군. 역시 재미있는 광경은 먹을 걸 먹으며 봐야 해.

"다리온, 맛있죠?"

"그러게 말입니다. 배고플 때 먹으니 더 맛있군요. 이브린 씨, 거기 빵 좀 더 줄래요?"

"예, 여기요. 예나, 거기 후추 좀."

"여기. 그리고 여기 물도 있어. 어머, 페디, 더 안 먹어도 돼?"

"예, 배불러요. 꺼억~"

그래? 역시 몸이 작으니 먹는 것도 적군. 쩝쩝, 맛있다.

"아니, 벌써?"

"우리 먹을 건요?"

뒤늦게 죠세프와 아르티닌이 외쳤지만… 이런 말이 있단다, 안 싸우는 사람이 밥을 먹는다는. 음… 이제부터 생겨날 속담이. 쩝쩝.

아침을 먹은 뒤 우린 신전으로 갔다. 다친 사람들이 신전에 있다고 해서였다. 보통의 경우에는 병원에 있어야겠지만 이번만큼은 좀비에게 당한 것이라 신전에 환자들을 두었다고 한다. 하긴 아무래도 좀비 독은 신전의 포션이 특효니까. 우리가 신전에 가는 이유는 물론 다친 사람들과 이야기를 나누기 위해서였다.

병에 걸려 죽은 사람의 이야기는 의외로 듣기 쉬웠다. 그저 지나가는 말로 '전엔 병이 돌고 지금은 좀비가 말썽이군요'. 이렇게 단 한 마디를 하니 물어보지 않은 것까지 줄줄이 늘어놓았다. 아무래도 계속되는 악몽 같은 일에 쌓인 게 많았던 모양이다.

"여러분께 라스틴 신의 자비를…… 어떻게 오셨습니까?"

우리를 보며 정중하게 말을 하는 노신관은 라스틴 신의 신관인 모양이었다. 라스틴 신의 신관도 다른 신관처럼 볼 기회가 적은데 이런 곳에서 만나다니… 그리고 보면 신관 하난 제대로 왔다는 생각이 들었다. 라스틴 신은 노동과 땅을 관장하는 신이기도 하지만 모든 생명체가 땅에서 자라고 생을 영위한다는 점에서 생명의 신으로도 불린다.

"예, 저희는 그저 지나가던 여행자들인데 우연히 이 마을에 들어왔다가 이번 사태를 보게 되었습니다. 그래서 저희가 약간이라도 도움을 드릴까 하고 이렇게 온 겁니다. 뭐 도와드릴 일 없습니까?"

우리를 대표해서 다리온이 말을 했다. 그러자 노신관은 감격한 표정을 지었다.

"오오, 고맙습니다. 그러잖아도 일손이 많이 부족하던 참인데. 그리고 대단하십니다. 정작 여기 사람들은 도울 생각을 안 하는데 그저 지나쳐 가는 여러분이 도우시겠다니. 라스틴 신의 영광이 함께하십시오."

그만 좀 감격하라고요. 우리도 어차피 알 것만 알면 당장 떠날 텐데. 정듭니다, 정들어요. 난 정들기 싫다구요.

"자, 따라오십시오."

신관은 우릴 안내했다.

"제 이름은 아멜이라고 합니다. 여러분의 성함은 어떻게 되십니까?"

아멜이 물음에 우린 우리 소개를 했다.

"호오, 그러십니까? 그런 일을 하신다고요? 그렇다면 상당한 도움이 되겠습니다."

순진한 건지 노신관은 내가 한 말을 그대로 믿었다. 별다른 말을 한 것은 아니고 내가 하는 일을 말한 것뿐이었다. 그런 내 말을 그대로 믿는 노신관. 물론 내 말이 사실이긴 하지만 정상적인 사람은 단 한 번이라도 그런 직업이 있어? 하고 의심을 하는데 전혀 의심을 안 하는 것이었다.

"자, 여깁니다."

노신관은 신전 안의 커다란 홀을 들어서며 말했다.

"원래 여긴 모든 신관과 신도들이 모여 기도를 하는 곳입니다. 하지만 지금은 어쩔 수 없이 이렇게 쓰게 되었답니다. 일이 일이니만큼 라스타 신께서도 용서해 주시겠죠."

흠… 보기보다 융통성있는 신관이군. 보통 노신관 하면 꼬장꼬장해서 규칙 준수 외에는 아무것도 생각을 못하는데.

우린 홀로 들어섰다. 홀은 꽤 컸다. 지금 백여 명의 사람들이 누워 있었지만 그러고도 빈자리는 충분히 남았다.

"저 사람들 모두가 부상당한 것은 아니지만 몸과 마음이 지쳐 있습니다. 그리고 무슨 공포를 겪었는지 진정을 못해서 그런 사람들은 저희 신관들이 전신 치료를 해주기 위해 데리고 왔습니다. 결과적으로 말하자면 좀비 퇴치하러 간 사람들 중 몸과 정신을 포함하면 모두가 부상을 당해서 온 겁니다."

정신적인 부상이라… 이거 꽤나 심각하군. 대체 무슨 일이 있었길래…….

"아, 그러고 보니 라이안 후슬이 저와 상담할 겁니다. 같이 들으시겠습니까?"

아멜 신관은 우리 귀가 솔깃할 제의를 했다.

"예, 좋습니다."

두말할 필요 없이 만장일치로 제의 수락. 우린 아멜 신관의 방으로 갔다. 방문을 열고 들어가니 후슬은 이미 와 있었다.

"아멜 신관님, 그분들은……."

"아, 이분들은 이번 일을 도와주실 분들입니다."

아멜 신관의 말에 후슬은 알았다는다는 표정을 했다.

"지독한 밤이었습니다. 우린 일부러 밤에 찾아갔었지요. 좀비는 주로 밤에 나타나니까 그때 가면 일망타진하리라는 생각에서였습니다. 하지만 예상은 완전히 빗나갔습니다. 그 좀비들은 우리가 알던 좀비가 아니었습니다. 분명 죽은 이의 눈을 한 겉모습과 행동하는 것은 좀비가 분명했습니다. 그런데 몸이 거의 썩어 있지 않았다 이겁니다. 무덤에 며칠씩 묻혀 있던 시체치고는 아주 깨끗했죠. 사지가 멀쩡한 것은 물론이고 움직이는 속도도 빨랐습니다. 게다가 그 괴력이라니……."

후슬은 거기까지 말하더니 더 이상 기억하기 싫다는 듯이 고개를 마구 흔들었다. 그러자 아멜 신관이 그에게 술을 한 잔 따라주었다.

"진정하시지요. 그리고 이 술 한 잔 마시세요. 마음이 편안해질 겁니다."

후슬은 술을 그대로 들이키더니 한숨을 쉬었다,

"휴우… 저도 산전수선 다 겪은 사람입니다. 그런 제가 그 정도에 이러겠습니까? 저만 아니라 다른 사람들도 그건 마찬가지입니다. 하지만 그 눈빛. 아아, 정말 뭐라고 해야 할지… 내 자신이 작은 벌레가 되어 거미줄에 친친 감겨 입맛을 다시는 거미의 눈을 보았을 때의 기분이랄까… 그것도 확실한 표현이 아니군요. 아무튼 그 죽어버린 눈동자가 왜 그렇게 충격을 주는지… 한번 그 눈빛을 보면 계속 그 눈빛에 대한 느낌이 떨어지지 않아 제대로 싸울 수가 없었습니다. 제가 아까 좀비의 움직임이 빨랐다고 했나요? 네, 빨랐습니다. 하지만 좀비치고는 입니다. 사람의 움직임에 비해서는 좀 느린 편이었죠. 저희처럼 훈련되고 단련된 사람에게는 우스운 속도였습니다. 하지만 그 눈빛 때문에 우린 제 실력을 내지 못하고 좀비들의 약점도 이용하지 못했습니다. 그리고 힘은… 우리보다 두 배는 센 것 같더군요."

후슬은 거기까지 말하고 다시 술잔을 내밀었다. 아멜 신관이 다시 술을 따라주려고 하자 고개를 저었다. 아마 목이 마른 모양이었다. 난 내 앞에 있던 물주전자의 물을 후슬이 들고 있는 술잔에 따라주었다.

"고맙습니다."

"고맙기는요. 그런데 한 가지 궁금한 것이 있습니다만……."

"뭡니까?"

"거미도 입맛을 다시나요?"

순간 내려가는 기온. 이, 이런, 난 너무 경직된 분위기를 좀 풀어보려고 한 말인데 이거 반대 효과를 냈네.

"아무튼……."

후슬은 날 아예 무시하고—그렇게 보였다. 젠장!—말을 계속했다.

"속도는 좀 느리지만 강한 힘을 가진 녀석들과 좀비의 눈빛에 계속 신경 쓰어 그나마 앞서는 속도를 제대로 내지 못한 우리와의 싸움은 뻔한 것이었습니다. 게다가 우리가 칼이 있다면 좀비들은 손톱과 손톱의 독이 있고 우리에게 기술이 있다면 좀비들은 많은 인원이 있었습니다."

"그러면."

아멜 신관은 후슬 앞으로 의자를 끌어가며 물어보았다.

"마법사와 신관은 어찌 된 겁니까? 그리고 기사들은요? 기사의 경우는 철갑으로 무장하지 않았습니까? 그리고 말을 탔고 말입니다."

후슬은 아멜 신관의 말에 코웃음을 쳤다.

"흥, 기사나리들 말입니까? 좀비가 아무리 강해도 우리도 강합니다. 쉽게 안 진단 말입니다. 그들만 아니었다면 우리가 이렇게 일방적으로 당하지는 않았을 겁니다. 대체 전쟁에 나가는 것도 아닌데 그런 중무장을 하고 오다니… 우리가 왔을 때 말을 끌고 온 것을 보셨습니까? 못보셨을 겁니다. 우리처럼 단련된 사람조차 좀비들의 눈빛에 당했는데 말들은 어떻겠습니까? 좀비들의 눈빛과 마주친 말들은 그대로 주저앉았습니다. 말이 좋아 주저앉은 거지 거의 쓰러졌지요. 그러니 기사들은 모두 땅에 떨어지며 뒹굴었습니다. 그런데 기사들이 입는 갑옷 무게가 보통은 아니지요. 한번 넘어지면 일어나기 힘든 그런 무장이었죠. 후우, 그 기사들을 구하느라 제대로 싸우지도 못했습니다. 게다가 그 기사들 실전 경험도 없었습니다. 그저 갑옷 입고 멋들어진 검법만 쓰는 그런 작자들이죠. 우리처럼 죽을 고비를 여러 번 넘긴 사람들이 아니었습니다. 그러니 좀비들의 눈과 마주치자 움직일 수도 없었던 거죠. 그런 기사들은 좀비들에게는 장난감이었습니다. 좀비들이 강한 힘으로 갑옷을 뜯고 주먹으로 쳐서 우그러뜨렸습니다."

후슬은 다시 한 번 물을 마시고는 심호흡을 했다. 흥분된 감정을 진정시키려는 모양이었다.

"후우, 그 기사들, 그저 겉멋 들린 검술을 연마하다 좀비가 나타났다니까 명성을 쌓으려고 온 것이었죠. 뭐, 실력이 어떻든 갑옷 입었겠다, 마법사와 신관에 용병까지 함께 가겠다, 좀비가 그리 강한 언데드가 아니란 것도 들었겠다 망설임없이 왔다가 된통 당한 거죠. 하지만 더 어처구니없는 것은 기사들이 아니었습니다. 마법사들이었죠. 우리가 좀비에게 당할 때는 별 행동을 취하지 않던 마법사들이 기사들이 당하기 시작하니 기사들을 돕는다며 마법을 날리고 치료 마법을 쓰고… 좀비가 암만 쳐봐야 갑옷이 우그러질 뿐 그 안의 사람은 별 타격을 입지 않는데도 말입니다. 오히려 기사를 구하려던 우리 용병 몇몇이 마법사들의 마법에 다쳤답니다. 아멜 신관님도 저기 있는 환자들을 보면 금방 아실 겁니다. 좀비와 싸우다 화상을 입는 사람이 어디 있습니까?"

아멜 신관은 그 소리를 듣더니 고개를 끄덕였다.

"저도 봤습니다. 화상을 입은 사람과 동상을 입은 사람을요. 그게 그런 이유에서였군요. 전 또 마법을 부리는 좀비라도 있는 줄 알았습니다."

아멜 신관의 말에 후슬은 크게 웃었다.

"하하핫! 신관님도 농담을 잘하시는군요. 어쨌든 한번 웃고 나니 기분을 좀 풀리는군요."

아멜 신관은 그런 후슬을 보며 미소를 지었다.

"그렇다면 다행이군요. 그런데 신관들은 뭘 했습니까? 설마 신관들까지 기사들만 돕지는 않았을 텐데……."

후슬은 아멜 신관의 말을 듣더니 갑자기 진지해졌다.

"그게 중요한 이야기입니다. 정말 경악할 만한 일이었습니다. 신관님들이 기도를 해서 강한 신성력을 마을 전체에 퍼지게 했습니다. 그렇게 되면 그 결과를 아멜 신관님은 아실 겁니다."

"신성력의 정화 능력으로 약한 좀비들은 부서지고 강한 좀비들도 많은 타격을 받겠지요. 한동안 잘 움직이지도 못하고요. 그리고 어느 정도 치료 효과도 있어서 살아 있는 생물의 경우 약간씩은 상처가 나을 겁니다."

"예, 저도 그렇게 알았습니다만… 우선 저희가 입은 상처는 조금 나았습니다. 그런데 문제는 좀비들도 상처가 나았다는 겁니다. 좀비가 신성력에 아무런 타격도 입지 않아도 충격적인 일인데 오히려 상처가 나았다 이겁니다. 썩어가던 살들, 우리와 싸우며 입었던 상처들. 약간씩이지만… 그게 말이 됩니까, 그게? 신관들이 놀라서 좀 더 힘을 썼지만 결과는 같았습니다. 그것을 보고 신관들은 모두 경악해 움직일 생각조차 못했습니다. 나중에 우리가 좀비들에게 밀려 도망칠 때도 그때의 충격 때문인지 잘 못 도망치더군요. 저 중에 다친 신관들은 그런 충격을 받은 상태에서 뒤처져서 당한 겁니다. 다행히 구출은 했지만 말입니다. 정말 죽은 사람이 나오지 않은 것이 기적이었습니다."

후슬의 말이 끝나자 아멜 신관의 표정은 딱딱하게 굳어 있었다. 아무래도 신관들에 대한 이야기 때문인 듯했다.

"신성력에 오히려 상처가 낫는 좀비라고요? 그게 사실입니까? 잘못 보신 것 아닙니까?"

역시…

"아닙니다. 제가 용병단 단장이 될 수 있었던 것이 바로 어떤 상황에서도 돌아가는 사정을 냉철하게 보고 신중하게 제대로 파악할 수 있었기 때문입니다. 저도 잘못 보았으면 좋겠지만 불행히도 절대 잘못본 것이 아닙니다. 그래도 못 믿으시겠다면 다른 신관들에게 물어보면 아실 겁니다."

후슬의 말에 아멜 신관은 한숨을 쉬었다.

"후우… 믿습니다. 그나저나 어떻게 그런 일이… 그럼 좀비들을 어떻게 퇴치할 방법이 없는 건가요?"

후슬은 아멜 신관의 말에 주먹을 불끈 쥐며 말했다.

"염려 마십시오. 이번에 제 부하들이 다 낫게 되면 다시 퇴치하러 가겠습니다. 그때는 우리 용병단만 가겠습니다. 다만 처치한 좀비들을 마법으로 불태울 마법사 두어 명만 더 있으면 됩니다."

정말 생긴 것만큼이나 박력이 넘치는 사람이군. 하지만 세상을 힘으로만 산다면 그거야말로 몸만 고생이지.

"그러지 말고, 어떻게 좀비 몇 명만 잡을 순 없나요? 생포… 는 이미 죽은 사람이니 불가능하군. 아무튼 후슬 단장님의 방법도 좋기는 하지만 근본적인 방법은 아닌 것 같아서 말입니다. 차라리 좀비 몇을 잡아서 왜 좀비인데도 빠르기도 하고 힘도 세고 신성력에 상처가 낫는 반응을 보이는지 알아보는 것이 나중을 위해 좋지 않겠습니까? 겨우 좀비들을 퇴치했는데 또 똑같은 녀석들이 나온다면 그것도 문제가 아닙니까?"

내 의견에 후슬과 아멜 신관은 얼굴에 감탄하는 빛이 역력했다.

"오오, 좋은 생각이십니다. 왜 그런 생각을 진작에 못했을까요?"

"마음에 드는 의견이군. 좋습니다. 당장 가서 잡아오죠."

거참, 이 용병단장 성격 한번 급하네.

"그런데 좀비 눈빛과 마주쳐도 괜찮겠나요?"

"괜찮습니다. 한번 당했으니 면역이 되었겠죠."

음… 아까 자신에 대해 냉철하고 신중하다고 한 것 같은데…

"그러지 말고 우리 모두 갑시다. 저는 대현자라 지식이 많고 란셀은 희귀한 병이나 현상을 많이 알죠. 죠세프는 마법검사고 아울은 뛰어난 검사입니다. 이브린도 상당한 실력이지요. 예나는 숲에서 길을 찾거나 뛰어난 감각으로 정찰이 가능합니다. 아멜 신관님은 신성력이 있고 후슬 단장님은 경험이 풍부하시죠. 자, 이 정도면 던전 탐험도 가능한 구성입니다. 까짓 좀비 몇 명쯤은 쉽게 잡을 수 있을 겁니다."

다리온이 낸 의견이었다. 그런데 왜 거기에 내가 껴 있지?

"하지만 다리온, 그건 좀 힘들지 않을까요? 그냥 죠세프나 아울, 여기 계신 후슬 단장님 정도면 안 되나요? 우리 같은 비전투원이 가기엔 좀 그렇잖아요. 게다가 아멜 신관님은 연세도 있으시고……."

"오, 괜찮습니다. 사람들에게 봉사하는데 그 정도쯤은 아무것도 아닙니다. 오랜만에 젊은 기분으로 돌아가 모험을 하는 것도 좋겠군요."

"하지만 아멜 신관님은 하실 일이……."

"상관없습니다. 다른 사람 시키면 됩니다. 저보다 어린 사람에게 말입니다. 설마 이 나이에 신관에서 잘리겠습니까?"

흑흑, 어떻게 신관씩이나 된 분 입에서 그런 소리가… 아멜 신관님, 미워요~

어두운 밤. 어제가 보름인 관계로 아직 달이 밝아서 어둡진 않았다. 하지만 내 기분은 어두웠다. 용병단과 기사, 마법사, 신관의 연합 부대를 낀 좀비 생포 작전이라… 대체 왜 이런 일을 해야 하지? 그리고 내가 왜 그런 의견을 냈을까? 그냥 용병단이 공격할 때 뒤에 있다가 좀비 쓰러진 걸 몇 구 들고 오면 되는 것을. 그렇게 사람이란 생각이 깊어야 하는데… 으음, 역시 즉흥적인 생각을 하는 드래곤과 오래 같이 있다 보니 물들었나 봐. 전엔 이렇지 않았는데… 드래곤 미워.

"란셀, 무슨 생각을 그렇게 해?"

뒤에서 따라오던 아르티닌이 물었다.

"드래곤 요리법."

아르티닌이 날 째려본다. 뭐, 째려보든 말든 날 잡아먹을 거야 어쩔 거야?

"그래? 그 질긴 고기를 먹겠다니… 꼭꼭 씹어 먹어라. 이빨 조심하고."

나와 아르티닌이 티격거릴 때 앞서 가던 후슬이 우릴 멈추게 했다.

"지금부터는 좀비들의 땅입니다. 조심하십시오."

음… 그리고 보니 분위기가 확 다르군. 내 기분 탓이겠지만 말야.

"압!"

그때 에나가 입을 막으며 비명을 삼켰다.

"저, 저기……."

우린 에나가 가리키는 곳을 보았다.

"말?"

후슬은 그곳으로 다가가자 우리도 뒤따라갔는데 거기에는 뼈만 남은 동물이 있었다. 발굽으로 봐서 말이란 것은 알겠는데 왜 이런

게…….

"말을 뜯어 먹었군요."

후슬이 뼈를 보더니 말했다.

"익히지 않은 생고기를 뜯어 먹은 것입니다."

"그럼 이 근처에 맹수가 있다는 말인가요?"

아멜 신관이 사방을 둘러보며 물었다. 그때 후슬과 같이 뼈를 살피던 다리온이 말했다.

"예, 맹수 비슷하다고 할까요? 신관님, 한 가지 묻겠습니다. 음식물을 섭취하는 언데드 보셨습니까?"

"물론 있지요. 특정 부위를 먹거나 피를 마시거나……."

"제 말뜻은 그런 것이 아니라… 아니, 단도직입적으로 묻겠습니다. 사람처럼 음식을 먹어 생명을 이어 나가는 좀비를 보셨습니까? 아니, 책에서 보거나 다른 사람들에게 듣기라도 하셨습니까?"

"아뇨, 그런 좀비는 없는 것으로 압니다."

아멜 신관의 대답에 다리온도 고개를 끄덕이며 말했다.

"저도 그렇습니다. 그런데 그 상식이 이번에 뒤집어지겠군요. 저기 있는 뼈에 이빨 자국이 있습니다. 그런데 그 이빨 자국, 사람의 이빨 자국입니다. 사람이 말을 뜯어 먹은 것입니다. 그리고 저기 손톱이 떨어져 있는데 좀비의 손톱입니다. 좀비치고는 깨끗하지만. 또 저기 보면 배설물이 있습니다. 그 일련의 것들을 살펴보면 좀비들이 말을 뜯어 먹었고 뒷일까지 본 겁니다. 뭔가 이상하지 않습니까?"

"그럼… 좀비가 아니라는 뜻?"

다리온의 말에 우린 어처구니가 없었다. 그럼 좀비가 아니면 뭐란 말인가? 특히 좀비와 싸운 후슬의 얼굴이 달빛에서도 울그락불그락거리는 것이 보였다.

"어쩌면요. 하지만 자세한 것은 좀비를 잡아봐야 알겠죠. 좀비가 진화를 한 것인지도 모르고 누군가 인위적으로 특별 제작한 건지도 모르니까요."

흠, 좀비가 진화했다는 건 좀 황당한 상상이군. 하지만 뭔가 이상하긴 이상해.

"어쨌든 좀비를 잡아야 하긴 하는 거죠? 그렇다면 빨리 들어가서 잡아옵시다!"

후슬은 그렇게 말하더니 성큼성큼 걸어가기 시작했다. 이봐요, 지금 무슨 토끼 잡아요? 숨어 들어가도 모자랄 판에… 것봐. 숨어 들어가지 않으니 몇 걸음 가기 전에 도망쳐 오지.

"란셀, 뭐 해요! 빨리 달아나요!"

갑작스런 죠세프의 외침. 응? 왜 도망을… 흐헉! 지금 좀비들이 코앞에 다가와 있었다. 이런, 후슬이 쫓겨오는 것을 보고도 도망을 안 갔었다니 나도 미쳐 가는군.

"같이 가~"

하지만 아직까지는 목숨이 아까운 정상적인 사고를 가졌기에 난 있는 힘을 다해 도망갔다.

"헉헉! 나아쁜 녀석들, 나만 놔두고 도망가다니……."

"그거야 란셀이 안 도망치는 걸 우리보고 어쩌라고요. 그래도 내가 알려줬으니 그나마 도망 온 것 아니에요?"

음… 왠지 뻔뻔스러워 보이는 죠세프의 말. 그 순진했던 죠세프가 어쩌다 저렇게 변했지? 누구야, 죠세프를 물들인 게? 나? 난 아니다. 난 약간, 아~주 약간만 물들였을 뿐이라고.

"아얏!"

우리가 숨을 가다듬고 있을 때 다리온이 외치는 소리가 들렸다.

"우리가 왜 도망쳤죠?"

"그야 좀비들이 떼로 덤벼드니……."

난 무심코 대답을 하다가 다리온과 같은 비명을 질렀다.

"아얏! 정말 왜 도망쳤지?"

나 정말 바보인가 봐. 도망칠 일도 없는데 숨이 목에 차도록 헐떡거리며 도망치고.

"왜 그래요, 란셀?"

"죠세프, 정말 모르겠니?"

"아니, 말을 해줘야 알죠."

"음… 그럼 말해 주지. 죠세프, 너 소드 마스터에 마법사지? 그것도 그랜드 소드 마스터를 눈앞에 둔 마법검사. 그리고 아울도 소드 마스터고. 너희 둘만 있어도 좀비쯤은 수백이 덤벼들어도 간단히 무찌를 수가 있었어. 그리고 너희 둘이 좀비를 상대하는 동안 우린 쓰러진 좀비를 잡을 수도 있었고. 안 그래?"

"아, 그렇군요. 왜 그걸 몰랐죠?"

무심히 말하는 죠세프.

"다시 가자."

아무것도 아닌 듯이 말하는 아르티닌. 저런 말은 자신들의 실력에 자신이 있을 때 하는 소린데… 그러고 보니 죠세프도 아르티닌도 숨 한번 헐떡이지 않았지? 부럽구만.

"두 분 소드 마스터셨습니까?"

후슬이 얼굴을 찌푸린 채로 물었다.

"그렇습니다만."

죠세프와 아르티닌 대신 내가 대답해 주었다. 물론 곧 후회했지만.

"그럼 어째서 처음부터 도와주지 않았던 겁니까? 힘이 있으면서 말입니다. 어째서 내 부하들이 그렇게 다치고 오도록 놔둔 겁니까? 힘이 있는 사람이라면 그 힘을 정의로운 곳에 써야 하는 것 아닙니까?"

아, 아니, 난 소드 마스터도 아닌데 왜 나한테 화를 내냐고요. 난 대신 대답한 죄밖에 없다니까요.

"그, 그거야… 아, 그렇지. 용병에, 기사에, 마법사에, 신관까지 있는데 우리가 도울 필요는 없었잖아요. 좀비가 그렇게 강할 줄 누가 알았겠어요?"

난 필사적으로 변명을 했다. 아, 글쎄, 왜 내가 변명을 해야 하냐고.

"좋습니다. 그럼 좀비를 잡으러 가죠. 소드 마스터의 실력을 가진 마법검사와 또 다른 소드 마스터라… 충분하겠군."

이번에도 후슬이 먼저 성큼성큼 걸어갔다. 그리고… 또 쫓겨오는군.

지금 우린 칼이 아닌 몽둥이로 싸우고 있었다. 혹시 죽지 않은 살아 있는 사람들일지도 모른다는 다리온의 말 때문이었는데 덕분에 꽤 어렵게 싸우고 있었다.

"다리온, 죠세프와 아울, 정말 잘 싸우는데요?"

"그러게 말입니다. 기술, 속도, 힘. 나무랄 데가 없어요. 다만 둘 다 경험이 부족한 것 같아요. 후슬 씨를 보세요. 비록 다른 건 다 떨어져도 저 임기응변, 대단해요. 역시 용병단 단장은 아무나 하는 것이 아니란 생각이 듭니다."

나와 다리온, 예나, 아멜 신관은 싸움 구경을 하고 있었다. 우린 비진투원이기 때문에 싸워봤자 오히려 짐덩이나 될 테니 이러는 쪽이 도와주는 것이었다. 다만 쓰러진 좀비를 붙잡는 것은 여유가 있는 우리가 해야 했다. 문제는 아직까지 잡을 만한 좀비가 없다는 것이지만.

퍼억!

우리 쪽으로 좀비가 날아왔다.

"좋았어."

난 떨어진 좀비를 잡으려고 했는데…

"으악!"

그 좀비가 움직이는 것이 아닌가?

"위험합니다."

뻐억!

아까 날아올 때보다 더 엄청난 소리. 아멜 신관이 내 다리 굵기만한 나무 몽둥이로 좀비의 머리를 가격한 것이었다.

"아아, 라스틴 신이시여, 제가 죄를 지었습니다."

아멜 신관은 땅에 입을 맞추며 신에게 용서를 빌었다.

"아멜 신관님, 그만 일어나세요. 겨우 좀비 하나 기절시킨 것 가지고 이러시면 어쩝니까?"

"어허, 란셀 신도님, 겨우라니요. 전 지금 폭력 행위를 저질렀습니다. 폭력을 쓴다는 것은 죄악입니다. 그러니 제가 신께 용서를 비는 것이 당연한 것입니다."

아, 글쎄, 라스틴 신이 워낙에 무폭력주의라는 것은 알지만 이건 좀 심하군. 아멜 신관은 제법 융통성있어 보이던데도 이 정도면 꽉 막힌 라스틴 신관들은… 만나기 겁난다.

"란셀, 무슨 생각을 하는 거예요! 빨리 안 도와요?"

예나가 좀비를 묶으면서 소리 질렀다.

"알았어."

난 예나를 도와 좀비를 묶었다. 그러고 보면 우리 일행도 참 대단하다는 생각을 하게 만드는 좀비들이었다. 후슬의 말로는 좀비의 눈빛을 보고는 그때 든 섬뜩한 느낌에 계속 사로잡혀 제대로 못 싸웠다고 하는데 우리 일행은 거의 그러지 않았다. 나야 원래 특이 체질이고 아르티닌은 드래곤이었다. 죠세프는 소드 마스터로 웬만해서는 정신 충격을 받지 않는다. 예나와 다리온의 경우가 특이했는데 예나야 반은 엘프이니 그렇다고 쳐도 다리온은…… 이브린만 후슬이 말한 정신적 영향을 받았는데 이브린이 누군가? 드래곤한테 싸우자고 덤비고 지금은 드래곤이랑 짝짜꿍이 맞아 드래곤을 손에서 가지고 노는—아르티닌이 불쌍해. 난 아르티닌처럼 살지는 말아야지—그런 여자였다. 좀비의 눈빛이 아무리 무섭고 인간 본연의 공포심을 자극한다고 해도 그런 공포에 휘둘릴 여자는 아니었다.

후슬의 경우는 이미 한번 겪어서인지 그의 말대로 어느 정도 면역이 된 것 같았다. 그래도 우리가 보기엔 가장 몸이 둔하고 뭔가 불안해 보였지만. 아멜 신관은 스스로 말한 것과는 달리 수양이 깊은 신관 같았다. 좀비들의 눈빛을 보고 담담히 사람의 마음속 깊이 있는 본연의 공포를 자극하는 눈빛이라고 말한 사람이 아멜 신관이었다. 정말 처음 다리온이 말한 대로 던전 탐험을 해도 될 그런 구성이었다.

"응?"

좀비를 묶던 내 눈에 뭔가가 띄었다. 좀비 귀에서 나온 짧은 잔털이 달린 긴 끈. 아니, 끈이 아니라 마치 곤충의 긴 더듬이처럼 생겼는데? 그 더듬이는 이리저리 움직이며 그 끝으로 이곳저곳을 툭툭 건드렸다.

마치 시각 장애인이 지팡이로 사물을 더듬듯이. 이건… 난 순간 좀비의 머리를 깨고 그 안을 들여다보고 싶은 욕구가 강렬히 생겨났다. 좀비, 괴력, 신성력에 대한 반응, 움직임, 더듬이, 그리고 잊었던 팡이가 병원에서 본 기록. 이 모든 것이 한순간 엮어지며 한 가지 생각이 떠올랐기 때문이다.

"에르샤누……."

"예? 뭐라고 하셨습니까?"

아멜 신관은 내가 중얼거리는 소리를 듣자 다시 되물었지만 예나나 다리온은 또냐는 눈빛으로 날 바라보았다.

"확실한 건 몰라요. 이 좀비의 머리 속을 보면 확실하겠지만."

차마 부수자는 말은 못하겠고 또 행동으로는 더욱 못하겠고.

"대체 무슨 일인데 그러십니까?"

아멜 신관은 다시 물었다.

"이 좀비의 머리 속에 뭔가 들어 있는 것 같아서 그럽니다. 만약 내 생각이 맞다면 좀비는 확실히 소탕할 수 있겠지만 그렇다고 머리를 부술 수도 없고……."

아멜 신관은 내 말을 듣더니 미소를 지어 보였다.

"머리 속을 보기만 하면 된다는 말이시군요. 그거야 간단합니다. 허허, 이제야 제가 따라온 보람을 느낍니다."

그렇게 말하더니 곧 기도 자세에 들어갔다.

"제가 섬기는 신은 라스틴 신이십니다. 그분은 노동과 땅을 관장하십니다. 노동과 땅. 이 두 가지 해당되는 사람들이 누구겠습니까? 바로 농부들입니다. 라스틴 신께서는 농부를 가장 아끼십니다. 노력하는 농부만큼 그 땀의 결실이 정직한 건 없기 때문입니다. 아, 말이 빗나갔군요. 아시다시피 농사를 지을 때 땅속에 돌이 있으면 농작물이 제대로 자라지 못합니다. 그렇기에 그런 땅속의 돌들을 꿰뚫어 봐야 합니다. 그래서 저희 라스틴 신의 신관들은 투시력을 가지고 있습니다. 하지만 신관만 투시해서야 소용이 없습니다. 신관들은 농사를 모르기 때문입니다. 그래서 농부도 같이 볼 수 있게 하는 능력이 또 있습니다. 바로 이렇게 말입니다."

그러고는 아멜 신관은 기도를 했다. 순간 좀비의 머리가 투명해지기 시작했다. 난 놀라서 그 광경을 쳐다보았는데 계속 투명해지던 머리는 이내 완전히 아무것도 없는 것처럼 투명해졌다. 완전히 드러난 뇌가 보인 것이다. 그리고 거기에 있는 벌레들까지.

머리 속에 있는 벌레는 여러 마디로 되어 있는 길고 가느다란 실 같은 벌레였다. 각 마디마다 네 쌍씩이 가느다란 다리가 길게 나 있었는데 아까 본 더듬이가 사실은 이 다리였다. 이 녀석의 몸이 모두 40개의 마디로 되어 있고 각 마디에 네 쌍 8개의 다리니 320개의 다리를 가지고 있는 것이었다. 그 다리는 말이 다리지 다리의 역할은 못했다. 하지만 그 다리는 다른 것을 움직였다.

이 벌레의 이름은 에르샤누라고 하는데, 동물의 몸에 기생하는 벌레 중의 하나였다. 지금 보이는 것은 에르샤누의 애벌레였다. 에르샤누는 길쭉한 풍뎅이, 정확히 말하자면 비단벌레와 비슷하게 생겼는데 몸 길이는 1.5리스 정도 되는 벌레였다. 생기긴 비단벌레처럼 생겼지만 단단한 등 껍질은 없고 두 쌍의 날개로 날아다니는데 썩은 시체 등을 파먹고 살았다. 색깔은 의외로 아름다워서 몸 전체는 루비처럼 반짝이는 붉은색이고 두 쌍의 날개는 다이아몬드처럼 투명한데 빛을 받으면 오색으로 반짝였다. 하지만 아무리 아름다운 벌레라도 에르샤누를 기르는 사람은 없었다.

그 이유는 에르샤누의 새끼 기르기가 원인인데 에르샤누는 알을 낳을 때 동물의 몸에 알을 낳았다. 동물의 크기에 따라 좀 다르지만 보통 동물 한 마리에 5백에서 6백 개의 알을 낳는다. 그 알들은 서로 태어나는 시기가 달랐다. 하지만 먼저 태어난 에르샤누 애벌레는 본능적으로 숙주가 된 동물의 뇌를 찾아간다. 그렇게 찾아간 에르샤누의 애벌레들은 스무 마리 정도가 되는데 뇌에 자리를 잡은 후 아까 말한 그 다리를 뇌 속에 틀어박는다. 그리고 숙주의 뇌를 잠식하는데 그때 내뿜는 독소로 인해 숙주는 서서히 죽어간다.

팡이가 말한 사람이 시름시름 앓다가 죽었다는 것이 바로 이 상태였던 것이다. 그리고 더듬이같이 생긴 다리로 신경을 장악해 숙주의 몸을 움직이는데 그 와중에 에르샤누의 애벌레들끼리 주도권을 잡기 위해 치열한 경쟁을 벌인다. 그 기간 동안 숙주는 죽은 시체가 되는 것인데 사실 그때가 에르샤누들에게도 가장 위험한 순간이긴 했다. 다른 동물이 시체를 뜯어 먹을 수도 있고 사람의 경우 화장을 할 수도 있기 때문이다. 하지만 그런 위기를 지나고 에르샤누의 애벌레들 중 주도권을 잡게 된 애벌레가 여왕이 되고 나머지들은 암컷이 된다. 늦게 태어난 애벌레들은 수컷이 되고. 그리고 여왕의 지시에 따라 어떤 놈은 심장을, 어떤 놈은 팔을, 어떤 놈은 눈을 움직이는 등 각자 역할을 맡아 시체를 움직인다. 한마디로 그들이 뇌의 역할을 하는 셈이었다. 그리고 시체는 다시 살아 움직이게 되는 것이다. 물론 에르샤누 애벌레들의 의지로.

하지만 벌레가 무슨 생각을 해서 행동을 할 리가 없었다. 그저 본능대로 움직이기 때문에 사람들 눈에는 좀비처럼 보이는 것이다. 그리고 사실 죽은 시체이기 때문에 원래 시체처럼은 아니지만 약간씩 썩어 들어가기도 했다.

여기서 후슬이 말한 좀비들의 특징이 나타나는데 근본적으로 언데드는 아니기 때문에 신관들의 신성력이 먹혀들지 않았던 것이다. 또 벌레들이 특별하고 복잡한 생각으로 움직이는 것이 아니라서 그런지 어느 정도 잠재력이 나오는데 그것이 바로 힘이 좋아진 이유였다. 게다가 고통을 느끼지 않기 때문에 더욱 가능한 일이었다. 그리고 좀비들의 움직임이 빠르긴 했지만 그건 다른 좀비에 비해서고 사실 일반 사람보다는 좀 느렸다. 그건 당연한 것이었다. 벌레가 사람을 움직이는 것인데 제대로 움직일 리는 없는 것이었다. 하지만 병든 동물이나 다친 동물을 잡아먹기에는 충분했다.

에르샤누들이 시체를 움직여 살아 있는 상태로 만드는 이유는 그렇게 영양분이 될 음식을 섭취하기 위한 것이다. 숙주에 낳는 알이 워낙 많은데 그 알들이 모두 깨어 많은 애벌레가 깨어나면 그 많은 애벌레를 먹여 살리는 데 숙주 하나는 모자랐다. 그래서 살아 있는 상태로 만들어 먹이를 먹어 영양분을 얻었다.

에르샤누의 애벌레들도 기생 벌레의 일종이라 숙주 몸의 양분을 빨아먹는다. 그리고 다른 이유는 자신들을 지키기 위해서이다. 어떤 생물이든 자신의 생명을 지키는 노력을 하는 것이 정상이다. 에르샤누의 애벌레도 다르진 않다. 그저 죽어 있는 사체는 노리는 동물이 많고 위험도가 크기 때문이다. 동물의 사체는 식물들까지 양분으로 삼으니까.

또 다른 이유는 신선도 유지였다. 숙주의 몸에서 양분을 먹는데 그 숙주가 썩어버리면 거기에 기생하는 벌레도 죽을 수밖에 없는 것이 진리였다. 특히 에르샤누의 애벌레처럼 운동 능력이 거의 없는 기생 벌레는 두말할 필요가 없는 것이다.

에르샤누의 애벌레도 다른 곤충처럼 고치를 짓는데 숙주 자체가 고치가 되었다. 에르샤누가 생산하는 특수 물질이 시체의 피부와 반응해 단단한 물질로 바뀌는 것이다. 그리고 아무리 숙주를 살아 움직이게 해도 역시 죽은 시체라 약간씩 썩는데 그 썩은 독이 피부로 이루어진 고치 껍데기 밑에 저장이 되었다. 그리고 그 두 가지로 고치 안의 자신들의 몸을 지켰던 것이다.

마도 시대에는 가끔 그런 고치에서 시체 썩은 독을 뽑아 사용하는 경우가 있었다. 하지만 그런 독을 거래한 사람은 판매자, 구매자, 생산자 모두 종신형에 처해졌다. 에르샤누의 고치를 발견한 사람은 무조건 가까운 관에 신고를 해야 하고 고치를 접수받은 곳에서는 상급 기관 사람의 입회 하에 완전 소각 등의 조치를 취해야 했다. 그 같은 경우는 에르샤누가 얼마나 위험한지 확실히 알려주는 것이었다. 왜냐하면 에르샤누의 애벌레가 생기면 약이 없고 이미 죽은 목숨이나 마찬가지이기 때문이었다. 게다가 에르샤누 한 마리당 알을 만 개 정도 낳을 정도이기 때문에 한번 퍼지면 걷잡을 수 없기 때문이기도 했다. 다행히 마도 시대 때 멸종을 시키다시피―원래 멸종했다고 하는데 지금 나타났으니 멸종은 아니지 뭐―했기 때문에 그 수는 그렇게 많지는 않을 것 같았다.

"나중에 에르샤누들은 성충이 돼서 고치 이곳저곳을 뚫고 나오게 되지."

"오오, 그런 벌레가… 라스틴 신이시여……!"

아멜 신관의 반응. 역시.

"징그럽겠군요."

다리온의 반응은 좀 예상 밖이다. 난 해결 방법을 물을 줄 알았는데.

"그런데 해결 방법은 없나요?"

하하, 내가 다리온의 말을 예상했다. 하하핫, 오늘을 기억해야지.

"저 사람들은 이미 죽었어요. 방법이라면 저들을 모두 불태워 없애고 살충제를 뿌려 에르샤누 성충을 없애야지요."

"그런데 왜 암컷이면 암컷이지 여왕이 있나요? 설마 여왕 에르샤누가 수컷들을 몽땅 차지하나요?"

예나의 질문이었다.

"그건 아니야. 다만 성충이 된 후 짝짓기를 할 때 여왕이 먼저 수컷을 선택하지. 먼저 하는 만큼 좋은 형질의 수컷을 얻을 수가 있거든."

난 말을 끝내고 죠세프 등을 보았다. 아직도 잘 싸우고 있었다.

"머리를 쳐! 강하게! 그러면 쉽게 기절한다!"

난 죠세프와 아르티닌, 이브린에게 외쳤다. 후슬은… 후슬한테는 반말을 할 수 없잖아.

"알았소. 고맙소."

젠장, 후슬만 대답했다. 미안해요, 후슬. 반말한 거 고의가 아니었다니까요.

지금 사람들이 널브러져 있었다. 모두들 기절한 상태였다.

"우선 이 사람들을 태우고 성충을 잡도록 하죠."

난 일행들과 사람들을 모았다.

"보기엔 살아 있는 것 같지만 사람으로서의 생명은 끝났습니다. 다만 에르샤누의 숙주로서의 삶을 살았던 거죠. 그러니 이 사람들을 태운다고 양심에 가책을 가질 필요는 없어요."

난 좀 쭈뼛대는 후슬을 보고 말했다.

"하하, 그런가요? 그런데 좀비랑 비슷했어. 죽은 사람이 살아서 돌아다녔으니."

"그래서 에르샤누를 좀비벌레라고도 했습니다."

우린 시체를 다 모았다. 그리고 마을 폐가에서 나무를 뜯어와 시체들과 같이 쌓았다.

"에르샤누의 수명은 5년 정도입니다. 에르샤누의 애벌레는 숙주의 몸에서 6개월을 지내게 되죠. 에르샤누는 성충이 된 후 2년마다 알을 낳습니다. 알을 낳은 후 6개월간은 알을 낳은 장소 근처의 으슥한 곳에서 잠을 잡니다. 에르샤누 애벌레가 성충이 되어 고치에서 나오는 시기에 같이 잠에서 깨어납니다. 그런 사실로 볼 때 에르샤누의 성충을 잡는 시기는 지금이 가장 적절합니다. 죠세프, 부탁해."

난 말을 마치고 물러났고 죠세프가 마법을 쓰기 시작했다.

"파이어 볼."

"참, 아멜 신관님, 저 시체에는 시체 독이 있을 테니 정화 좀 부탁합니다."

"예, 예, 그러죠."

내 때늦은 부탁에 아멜 신관은 황급히 기도를 시작했고 곧 온몸에 신성력이 어리기 시작했다. 그리고…

"정화."

아멜 신관의 한마디에 정화가 되기 시작했다. 음, 신성력 반응 한번 빠르군.

"란셀, 그럼 우린 에르샤누 성충을 해결하면 되는 겁니까?"

시체가 거의 다 탈 무렵 다리온이 나에게 물었다.

"아닙니다. 우리 가지고는 안 됩니다. 우리 중에 마법이 가능한 사람은 죠세프뿐이라서요. 다시 돌아가서 마법사들의 도움을 받아야 합니다."

우린 도시로 되돌아가기 시작했다. 에르샤누를 없애기 위해. 2보 전진을 위한 1보 후퇴란 말이 왜 지금 생각나지? 아, 그리고 또 한 가지 생각났다, 에르샤누가 지금 나타났다는 것에 대해. 대체 에르샤누가 수천 년을 사는 벌레도 아닌데 어떻게 아직까지 살아 있었을까? 지금까지 에르샤누에 대한 이야기나 기록이 없는 것을 보면 갑작스레 여기서 생겨났다는 말인데… 대체 어떻게 된 거지? 아… 머리 아파. 이놈의 벌레가 사람 잡는구나.

제16장
석화 바이러스 보베르타

우린 라스틴 신의 신전으로 다시 돌아왔다. 다행히 신전에 있던 환자들의 외상은 거의 치료되어 있었다. 다만 정신적인 문제가 있었다. 바로 기사들. 용병들이야 워낙 죽음을 목전에 두고 산 사람들이니 당연한 거고 마법사들은 육체는 약해도 정신력만큼은 뛰어났다. 또 지독한 면도 있었다. 마법을 공부하려면 독하게 마음먹지 않으면 힘들기 때문일 것이다. 그리고 신관들은 워낙 정신 수양을 하기 때문에 웬만한 정신적인 충격에도 금방 회복이 되었다. 하지만 기사들은 정신적 수양도 않고 그저 검술만 익혀서인지 아직도 멍한 눈빛이었다.

그런데 왜 기사 이야기를 하느냐? 아멜 신관이 돌아와서 사건의 경과를 이야기했다. 그리고 에르샤누 성충을 없애기 위해 마법사들과 같이 가자고 했다. 마법사들은 물론 찬성이었다. 그 호기심 많은 종족들은 처음 듣는 희한한 벌레에 대해 지식을 쌓을 수 있다는 생각이 있었을 것이다. 거기까지는 좋았다. 그런데 왜 저 눈 풀린 기사들이 우릴 따라오겠다고 하는 것이냐고. 지금 우리를 이끄는 표면적인 대장은 후슬이었다. 그런데 기사들은 중앙에서 내려온 사람들이라 후슬로서도 도저히 반대할 형편이 못 되었다.

"저 사람들은 그저 산천 유람으로 정신적 치료를 한다고 생각합니다."

후슬이 생각에 생각을 거듭해 우리에게 말한 변명이 이거였다. 겨우 저 말 하려고 세 시간이나 생각했단 말야? 나라면 그 시간 동안 잠자고 변명할 때는 입에서 나오는 대로 하겠다. 지금 상황을 볼 때 변명거리가 얼마나 많은데…….

우린 다시 좀비(?)를 잡았던 마을로 갔다. 다른 점이 있다면 그때는 밤이었고 지금은 낮이란 것이었다. 그리고 사람이 많아졌다는 것.

에르샤누는 야행성이기 때문에 낮에는 어딘가에서 자고 있을 게 뻔했다. 아니지, 지금은 산란하고 잠자는 기간인가? 그렇다면 더 좋지, 깨어날 염려도 없고.

"잘 찾아봐요, 특히 큰 나무 주변을."

난 사람들에게 에르샤누가 있을 만한 곳을 말해 주었다. 마법사와 기사들은 내 명령을 받는 것이 기분 나쁜 표정이었지만 그렇다고 날 어쩌겠어? 에르샤누에 대해 알고 있는 사람은 나뿐인데. 덕분에 난 이렇게 앉아서 명령만 내리면 된다 이거야. 역시 아는 것이 힘! 하하핫.

"그런데 란셀, 이 큰 숲을 언제 다 찾죠? 그리고 찾아도 그래요. 만약 이 숲 전체에 에르샤누가 퍼져 있다면……."

죠세프가 걱정스러운 표정으로 물었다.

"걱정 마. 에르샤누는 항상 뭉쳐 있기를 좋아하니까. 마도 시대 때에도 그 점 때문에 박멸하기 쉬웠다는 거야."

그랬다. 지금의 에르샤누 성충들은 발견만 하면 없애기는 쉬웠다. 그냥 긁어다가 불태우면 되니까. 그것도 여왕을 비롯해서 암컷만 없애면 되는 것이었다. 에르샤누가 재미있는 것이 수컷은 영원한 수컷이지만 암컷은 수컷이 사라지면 자동으로 수컷이 된다는 것이었다. 그래서 암컷이 단 두 마리만 남아도 에르샤누는 다시 번성하지만 수컷은 수억 마리가 남아도 수명만 다하면 사라지는 운명이었다.

"단장님."

우리—나와 나의 일행, 후슬, 아멜 신관. 우린 쉬고 있었다. 왜냐, 우린 고생했잖아. 얼마나 힘들게 싸웠… 고 응원했는데—한테 용병 중 한 사람이 다가왔다.

"저기 숲에서 이상한 곳을 발견했습니다. 작은 동굴이 있고 그 주위에는 많은 동물 석상이 있는 곳인데 이번 일과는 상관이 없을 것 같지만 한번 살펴보고 싶습니다."

후슬은 고개를 끄덕이며 허락했다.

"그래. 하지만 조심하도록. 조금이라도 위험하다 싶으면 곧바로 돌아오고."

"예."

"저 사람의 이름은 란셸인데… 하하하. 란셸, 당신과 이름이 같군요. 하하. 매우 똑똑한 친구죠. 제 참모 격인 사람입니다."

후슬은 방금 전의 사람에 대해 이야기를 해주었다. 그런데 나와 이름이 같다… 나중에 인사나 해야겠군.

"란셸, 여기요."

란셀이 가고 나자—이런, 헷갈리는군—예나가 날 불렀다.

"이, 이거… 란셀이 말한 그… 그 에르샤누 맞죠?"

예나가 가리킨 곳은 바로 내 뒤쪽이었다.

"어? 정말."

업은 아이 삼 년 찾는다더니… 지금 저 사람들 열심히 찾고 있는데 그게 바로 내 뒤에 있을 줄이야. 지금 내 뒤에 있는 풀숲에 에르샤누들이 뭉쳐 있었다. 난 나무 진액을 먹는다고 해서 나무를 찾으라고 했는데 그게 아닌 모양이었다. 풀과 엉겨 붙어 있으면서 그늘까지 진 터라 잘 보이지 않았었다. 눈 좋은 예나가 아니었으면 발견 못했을 뻔했다.

난 급히 사람들을 중단시키고 불러모았다.

"생각보다 적군요."

다리온이 에르샤누를 보면서 말했다.

"당연하지요. 우리가 본 좀비, 아니, 숙주가 대체 몇 명이죠? 수백 명은 되었죠? 그런데 암컷 한 마리가 낳은 알의 수가 만여 개 정도 됩니다. 한 숙주당 5백 개 정도 낳고요. 그렇게 따지면 에르샤누 한 마리당 2백 명의 사람에게 알을 낳는다는 소리입니다. 다섯 마리만 돼도 천여 명을 숙주로 만들 수 있다는 소리죠. 저기 뭉쳐 있는 에르샤누 중에서 암컷은 모두 서너 마리 정도일 겁니다. 나머지는 다 수컷들이겠지요. 수컷은 보통 암컷보다 25배 정도 많으니까 100여 마리 정도? 에르샤누의 크기를 본다면 저 정도면 100마리쯤 되겠죠? 여기 다 있는 겁니다."

사람들은 좀 허탈한 표정들이었다. 아마 엄청난 크기로 뭉쳐 있을 벌레를 상상한 모양인데 지금 보이는 것들은 풀을 제거하면 손이 큰 사람이 두 손에 담을 수 있을 정도였기 때문이었다.

"그런 표정 짓지 말아요. 대체 어느 정도나 있을 걸로 생각했나요? 지금 이 정도만으로도 마을 몇 개가 쑥대밭이 됐다고요. 그러니 상상대로 많다고 생각하면 국가 단위의 피해를 입었을걸요?"

내 설명이 있고서야 사람들은 핼쑥해지는 표정들이었다.

"자, 그럼 혹시 모르니 이 부근에 흙으로 벽을 쌓고 이 에르샤누들을 태웁시다."

내 말에 모두들 에르샤누가 있는 부근을 둘러가며 흙벽을 쌓았다. 그리고는 마법사들의 파이어 볼로 태워 버렸다.

"봐요. 쉽죠?"

난 사람들에게 말했고 사람들은… 마법사들 때문에 말을 못했다.

"그런데 왜 우린 데려왔소? 이건 한 사람만 있어도 충분했던 것 아니요?"

마법사 중에 가장 성깔있게 생긴 사람이 나에게 물었다.

"그건……"

사실 나도 엄청나게 많을 것이라고 생각했었다. 그러니 사람들을 이렇게 끌고 왔지. 솔직히 저렇게 조금일 줄은 몰랐었다. 다시 생각해 보니 조금인 것이 당연했지만… 그때는 그걸 생각 못했었다. 내가 그것까지 생각했으면 귀찮게 이렇게 많이 끌고 왔겠어? 흠흠… 이런, 체면 구겨지는구만. 그나저나 뭐라고 변명을 하지?

"그것도 모르십니까?"

날 위기에서 구해준 사람은 아멜 신관이었다.

"여러분도 보셨다시피 겨우 백여 마리로 그런 피해를 입혔습니다. 그중에서 직접 피해를 준 암컷은 고작 서너 마리라고 합니다. 그 정도의 괴물 같은 벌레라면 신중에 신중을 기해야 할 겁니다. 혹시 모를 사태에 대비해야 하기도 했겠지요. 비록 이렇게 쉽게 끝나서 다행이었지만 생각해 보십시오. 혹시 일을 그르치게 된다면……."

아멜 신관은 말을 약간 끌었다. 모두들 뜨끔하는 눈치였다.

"이건 조금 전 란셀 신도님께서 말씀하신 것인데 벌써 잊으셨습니까?"

모두들 군말이 없었다. 아이구, 고맙습니다, 아멜 신관님.

"하하하, 어쨌든 일이 잘 해결되었으니 좋은 것 아닙니까? 이젠 돌아가죠."

후슬이 크게 웃으며 말했다.

"그런데 란셀 이 사람은 왜 아직 안 오지?"

용병 란셀 말야? 이 사람이 그 란셀이 간 지가 언젠데… 좀 됐긴 됐군. 생각보다 살필 것이 많은 모양인데?

"좀 늦나 보군. 그럼 잠시 기다리도록 하죠. 지금까지 계속 움직였으니."

후슬은 자리에 풀썩 앉았다. 나도 앉았다. 쉬었다 가자고 하잖아. 난 지금까지 쉬긴 했지만 다른 사람들을 위해 같이 쉬어줘야지. 나도 희생 정신은 꽤 크다니까. 흠흠.

"으음……."

난 눈을 떴다. 음… 내가 잠을 잤나? 음… 시간이… 한두 시간은 잔 것 같은데……

난 주위를 둘러보았다. 더러는 자거나 더러는 이야기를 하거나… 더러는 안 보이거나─네 명이 안 보였다. 내가 확실히 아는 사람 둘과 드래곤, 하프 엘프가─웅? 그리고 보니 용병단도 안 보이네? 후슬은 저쪽에서 자고 있는데. 어쩐지 사람이 많이 안 보인다 했는데 내 눈이 잘못된 건 아니었어.

"꺄악!"

그때였다. 저쪽에서 에나가 황급히 달려왔다.

"란셀! 다리온! 크, 큰일이에요!"

큰일이라니? 또 무슨 일이라도 터졌나?

에나는 급히 뛰어오더니 나에게… 말을 걸지 않고 후슬을 깨웠다.

"일어나요, 후슬! 지금 용병단에게 큰일이 생겼어요."

순간 곤히 잠자는 줄 알았던 후슬이 급히 일어났다.

"뭐, 뭐라고? 정말이냐?"

"정말이에요. 저랑 죠세프가 본 걸요."

"이런, 대체 무슨 일이… 어디냐?"

"따라오세요!"

에나가 먼저 뛰어갔고 후슬은 급히 몸을 돌리며 따라갔다. 그런데 후슬의 몸이 흔들리는 것을 보니…

"정말 곤히 자고 있었던 모양이군요. 그런데 용병단 이야기를 듣자 저렇게 급히 일어나다니, 부하들을 그만큼 아낀다는 소리겠죠?"

저도 동감입니다, 다리온.

우린 급히 에나를 따라갔다. 다른 사람들도 우릴 따라오는 소리가 들렸다.

"여기예요."

에나가 가리킨 곳에서 우리가 본 것은…

"대, 대체……."

후슬은 눈만 크게 뜬 채 움직이지도 않았다. 충격이 매우 큰 모양이었다. 우리가 본 것은 석상들이었다. 그리고 그 석상들의 얼굴은 대체로 알고 있는 얼굴이었다. 바로 용병단의 얼굴. 그랬다. 지금 저 석상들은 용병이 변한 것이었다. 어떻게 사람이 돌로 변할 수가 있지? 마법으로 가능하긴 하지만 이 정도의 마법이 펼쳐졌다면 이미 다들 눈치를 챘을 것이다. 여기에 마법사가 몇 명인데. 예나는 부들부들 떨면서 내 곁으로 다가왔다.

"란셀, 이게 대체 어떻게 된 거죠? 이게 뭐죠?"

"몰라. 생각해 봐야겠어."

난 석상들을 보던 중 낯익은 얼굴을 보았다. 나와 이름이 같다던 란셀이란 사람이었다. 난 란셀을 발견하고는 석상 있는 곳으로 가려고 했다. 하지만 그때 누군가 날 말렸다.

"그만. 가지 마세요."

"페디?"

페디였다. 그저께부터 안 보이더니 여기 있었다.

"란셀, 저건 보베르타에 의한 것이에요."

난 페디의 말에 전율했다. 보베르타라고? 그게 여기에? 그렇군. 이제야 알겠어. 왜 에르샤누가 지금 나타났는지 말야.

"다들 가까이 가지 말아요."

지금 사람들은 예나가 멈춘 자리에 서 있었다. 석상으로 변한 용병단의 모습에 놀라 예나가 선 자리에 무의식적으로 선 것이었다. 하지만 지금 정신을 차린 사람들은 석상으로 가려고 했다. 그걸 말려야 했다. 가까이 가면 저 사람들도…

"가까이 가면 당신들도 돌이 돼!"

난 크게 외치며 사람들을 물러나게 했다. 처음엔 못 보았는데 거기엔 죠세프와 아르티닌, 이브린도 같이 있었다. 덕분에 사람들이 석상 근처에 가는 것을 막을 수가 있었다.

"페디, 이게 어찌 된 거지?"

난 사람들을 멈추게 한 후 페디에게 물었다.

"그건 제가 좀비 이야기를 들었을 때부터예요. 전 좀비를 한 번도 못 보았거든요. 그래서 호기심에 좀비가 있다는 마을까지 왔는데 이상한 기운을 느꼈어요. 그래서 여기로 왔죠. 그리고 저기 있는 석상이 있던 곳까지 갔고요. 그런데… 그 후부터는 기억이 없었어요. 정신을 차리고 나니 저 사람들이 저렇게……. 그런데 그걸 보자 한 가지 들은 이야기가 생각났어요."

"보베르타?"

"예. 전 돌로 변했던 거죠. 그나마 다행인 것은 제가 아주 낮게 날았다는 거예요. 거의 땅에 스칠 정도로요. 원래대로 높이 날았으면 전 아마도 저기서 온몸이 부서진 채 죽어 있었을 거예요."

여기서 페디는 한번 몸서리를 치더니 다시 말했다.

"그래서 황급히 빠져나오는데 여기 주인님이 계신 거예요. 그런데 주인님이 죠세프와 같이 저기로 들어가려고 하잖아요. 난 놀라서 주인님을 말렸고 주인님은 그때 저 석상들을 보신 거예요. 그래서 비명을 지르며 사람들을 부르러 간 것이고요. 아울이나 이브린은 주인님 비명 소리를 듣고 여기로 직접 온 거구요."

난 페디의 이야기를 듣고 고개를 끄덕였다. 정말 아찔한 순간이었다. 자칫했으면 에나나 죠세프가 돌이 되었을 테니. 만약 죠세프가 돌이 되었으면 라마비스 후작이 암살자를 고용했을 거다. 날 죽이러. 날 믿고―사실은 죠세프를 믿었지만―죠세프를 맡겼는데 돌로 만들었으니

각오하라고 하면서… 그러고 보니 죠세프와 난 공동 운명체인가? 쓸데없는 생각 그만 하고 난 몸을 돌렸다. 사람들에게 지금의 진상을 알려주기 위해서였다. 아울러 보베르타에 대해서도.

"흠흠. 에… 지금 저 일은……."

보베르타는 바이러스의 이름이었다. 바이러스 중에는 자체에 마나와 정령력을 담고 있는 것들이 있었다. 그중에 대지의 정령력을 담고 있는 바이러스가 있었는데 그것이 바로 보베르타였다. 바이러스가 마나와 정령력을 담고 있는 것은 가상하지만 문제는 마나에 정령력을 담든 신성력을 담든 바이러스는 바이러스였다. 바이러스의 특성이 어디 가지는 않았다. 보베르타도 바이러스라 생물체에 감염이 되었다. 그런데 보베르타가 대지의 정령력을 담고 있어서인지 보베르타에 감염된 사람은 돌로 변했다. 간단히 말하자면 보베르타에 감염되면 정령 마법에 의한 석화 마법에 걸리는 것으로 보면 되는 것이었다. 그래도 다행이라면 보베르타에 걸리면 순식간에 온몸에 보베르타가 퍼지기 때문에 눈 뜨고 몸의 일부가 돌이 되는 것을 보지 않아도 된다는 점이었다. 하지만 만약 보베르타에 감염된 순간 마법으로 석화되는 것을 막는다면 몸이 돌로 되는 것을 볼 수는 있었다.

보베르타는 아무도 막지 못하기 때문이다. 왜냐하면 사람이나 지능을 가진 존재가 인위적으로 익힌 것이 아니라 순수한 자연의 원천적인 힘이기 때문이다. 물론 보베르타에 감염된 순간 마법을 걸 마법사는 없었다. 그건 용언 마법을 쓰는 드래곤도 불가능하니까.

또 한 가지, 보베르타이기 때문에 다행인 것은 다른 불의 정령력이나 번개의 정령력 등을 담고 있는 바이러스에 감염되면 순식간에 재로 변하거나 하지만 보베르타는 외부의 충격에 깨지지만 않으면 육체가 보존된다는 것이었다. 육체만 보존되면 살아날 수 있었다. 어느 정도 시간이 지나면 다시 원상태로 돌아오게 되는데 그건 보베르타의 석화 능력이 원천적인 자연의 힘이라 강하기도 하지만 자연의 힘이 한 번 변형되면 다시 원상태로 돌아가는 이치 때문이었다. 그래서 석상이 된 생물체도 다시 원상태로 돌아가는 것이었다.

다만 보베르타에 감염된 존재가 어떤 종족이냐에 따라 그 기간이 달랐다. 페디의 경우 사흘 정도였다. 만약 페디 같은 페어리 드래곤보다 강한 드래곤일 경우 초룡이면 단 7분, 고룡이라면 열두 시간, 일반 드래곤이나 아룡 같으면 7일 정도 석화 상태로 있게 된다. 하이 엘프도 7일 정도이고 보통 엘프나 드워프는 3년 정도였다. 문제는 사람부터인데, 사람의 경우 100년 간 석화 상태로 있게 되는 것이다. 사람보다 하등한 동물은 더 오래 석화로 있는데 에르샤누의 경우 마도 시대 때 멸종 직전 보베르타에 감염이 되었을 것이다. 그리고 오랜 세월이 흘러 지금 석화에서 풀린 것이었다. 보베르타가 곤충이나 심지어 미생물에도 감염이 되기 때문에 가능한 일이었다. 보베르타의 석화 기간은 사람과 유사 인종, 그리고 사람과 가까운 몇몇 동물과 식물에 국한되어 알려졌을 뿐이지만 지금 에르샤누를 볼 때 곤충류는 수천 년 간 석화된다는 것을 알 수 있었다.

"그런 병이 다 있습니까?"

내 말이 끝나자 한 마법사가 놀라서 외쳤다.

"이미 잊혀진 기억 속의 병이니까요."

내 말에 마법사들은 웅성거렸다. 그때 후슬이 말을 걸었다.

"훗, 그렇게 석화가 빨리 되면 고통은 없겠군요."

"예, 그럴 겁니다. 경험자가……."

난 페디를 한 번 보고는 말을 계속했다.

"아프다는 말은 안 했으니까요."

"그럼 머뭇거릴 이유가 없군."

후슬은 석상 쪽으로 가려고 했다.

"무슨 짓입니까?"

우린 놀라서 후슬을 잡았다. 후슬은 우리를 보면서 담담히 말했다.

"놔주십시오. 저들은 제 부하들입니다. 같은 용병단에서 같이 먹고 자고 이야기하고 같이 싸우고 같이 죽기로 한 제 식구들입니다. 제 몸의 일부란 말입니다. 그런데 그런 형제들이 저렇게 죽었는데 저만 산다는 것은 말이 안 됩니다. 저들을 배신할 수도 없고, 또 저들 없이 살아갈 수도 없습니다. 놔주십시오."

후슬의 담담하고 잔잔한 말이 더 박력이 있었다. 음… 여기서 기죽으면 안 되지. 난 사람들에게 석화가 풀린다는 말은 안 했다. 어차피 백 년 후에나 살아날 사람들인데 그걸 말했다가는 후슬이 평생을 여기서 지낼 것 같아서였다. 그런데 이런 부작용이 있군.

"후슬."

그때 다리온이 후슬과 같이 담담하고 잔잔하게 말을 했다.

"그렇게 죽는 것은 오히려 부하들을 배신하는 것입니다. 왜 부하들의 한을 풀어주지 못합니까?"

"무슨 소린지요?"

"보베르타는 바이러스입니다. 그 바이러스가 서식하는 원천적인 물질이 있을 겁니다. 그 물질에서 보베르타는 생성됩니다. 그걸 없애는 게 복수가 아닐까요?"

어? 난 그런 말은 한 적이 없는데? 다리온의 말은 맞는 말이었다. 그럼 다리온도 보베르타를 안다는 건가?

"란셀, 저도 보베르타에 대해서는 약간 압니다. 그리고… 훗, 관두죠. 그건 란셀이 잘 생각한 거니까요."

음… 아마 석화가 풀리는 것에 대한 말을 안 한 걸 말하는 모양이군.

"그런데."

마법사 중의 한 명이 질문을 해왔다.

"저 말하는 박쥐… 흠, 지금 보니 박쥐는 아니고 키메라겠군. 저 키메라는 석화에서 풀렸다고 하지 않았나요? 그럼 저 사람들도 석화에서 풀리지 않을까요?"

상당히 날카로운 질문이었다. 난 놀라서 그 마법사를 쳐다보았다. 아직 젊은 마법사로 평범하게 생겼지만 눈빛 하나는 날카로운 마법사였다. 흠… 하지만 눈썰미는…

"아니, 키메라라니! 얘 충격받은 거 안 보이세요? 얘는 드래곤입니다, 드래곤. 페어리 드래곤이란 말입니다. 드래곤이니까 가능했던 거라고요."

"하지만 방금 저 하프 엘프를 보고 주인님이라고……."

"그만 하게."

젊은 마법사 옆에 있던 늙은 마법사가 그를 말렸다.

"지능을 가진 존재와 주종 계약을 맺는 것이 페어리 드래곤이 세상에 나오는 방법일세. 란셀이라고 하셨나요? 전 일베르 하크멜이라고 합니다. 이쪽은 제 건방진 제자인 오스마 아흐드입니다. 보기는 전에 보았는데 늦게 인사를 하게 되었군요. 제 제자의 무례를 용서하시기를… 그런데 흥미있군요. 마나와 대지의 정령력을 담은 바이러스 보베르타라… 하하하, 제 나이가 올해 아흔하고도 몇인데 오래 산 보람이 있군요. 하하하."

　난 삼백하고도 몇 살이요. 흐흐흐.

　"하아, 페어리 드래곤에 듣도 보도 못한 기생 벌레에 이젠 바이러스… 그 원천을 없앤다고요? 좋습니다. 이제야 우리 마법사들이 할 일이 생겼군요. 이보게들."

　뒤를 돌아보는 일베르. 하지만 마법사들은 일베르를 무시했다. 아니, 일베르가 부르는 것도 못 들은 것이다. 마법사들은 모두 페디를 바라보고 있었다. 당연한 말이지만 페어리 드래곤을 보기가 어디 쉬운가? 보통 드래곤도 평생 못 보는 사람도 많은데……. 그러고 보면 당신들 운 좋은 거야. 일베르가 말한 대로 기생 벌레에 바이러스에 페어리 드래곤을 보다니. 거기에 비록 폴리모프한 모습이지만 드래곤도 보잖아. 또 나 같은 드래곤의 제자도 보고.

　지금 저 석화 지대에서 마음대로 다닐 수 있는 존재는 페디뿐이었다. 보베르타도 바이러스라고 한 번 감염되었다가 나으면 면역이 생기는데 지금 페디가 그런 경우였다. 물론 계속 면역되는 것은 아니었다. 종족에 구분없이 대략 열흘 정도 면역이 생기는 것이다. 그걸 보베르타의 면역 기간이라고 하는데 그동안은 다른 종류의 마나와 정령력을 담은 바이러스의 감염도 되지 않는다.

　보베르타가 들어 있는 원천 물질은 돌이었다. 그 돌에서 안정되어 있던 생명체에 감염되지 않는 바이러스로 있던 보베르타가 어떤 계기로 돌에서 나왔고 그 바이러스가 활성화하면서 생명체에 감염이 되는 바이러스가 된 것이다.

　그 돌만 찾아 단단히 봉인한다면 그 돌에서 보베르타가 나올 수 없게 될 것이다. 여기서 중요한 것은 절대 깨뜨리면 안 된다는 것이다. 누구 돌 만들 일 없는 이상에는……. 다행이라면 보베르타의 근원이 되는 돌 근처에서는 보베르타가 활성화되지 않는다. 돌의 기운을 받아서인데 난 그것 하나만 믿고 있었다. 만약 페디가 그 돌을 찾는다면 그 돌과 우리가 있는 곳까지 여기 있는 마법사들과 힘을 모아 결계를 쳐서 통로를 만들고 그 통로로 이동해 보베르타의 돌을 봉인하면 되는 것이다.

그러나 방법은 간단하지만 두 가지 문제점이 있었으니, 우선 페디가 그 돌이 어떤 돌인지 모른다는 것이고 나머지 하나는 과연 저 마법사들의 능력으로 그런 결계의 통로를 만들 수 있느냐 하는 것이었다. 난 페디의 직감력을 믿을 수밖에 없었다. 페디는 페어리 드래곤이다. 다른 드래곤에 비해 정령과 더 친한 드래곤이다. 그리고 보베르타의 돌은 활성화는 안 됐지만 정령력을 담은 바이러스의 근원이 되는 돌이다. 둘 다 정령과 관계가 있다는 점에서 페디에게 기대를 거는 것이었다. 그리고 어차피 다른 방법도 없었다.

"페디, 아직 멀었어?"

난 크게 소리 질러 페디에게 물어보았다.

"아직요."

솔직히 난 지금 걱정이 되고 있었다. 비록 보베르타가 광범위하게 퍼지지 않고 극히 협소하게 퍼지는 바이러스이긴 하지만 여기까지 미칠 가능성도 배제할 수 없기 때문이다. 그런데 저렇게 여유만만이라니… 이거, 보베르타 때문에 돌 되기 전에 저 느긋한 페디만 바라보다가 망부석 되는 거 아냐? 비록 페디가 내 남편은 아니지만…….

"야, 페디. 조심해."

석상 사이를 아슬아슬하게 날아다니는 페디. 난 걱정이 돼서 페디에게 주의를 주었다. 비록 후슬에게는 말을 안 했지만 저들은 백 년 후 다시 사람으로 돌아오게 되는데 만에 하나라도 페디 때문에 쓰러져 부서지기라도 한다면… 으… 상상만 해도 끔찍. 페디의 몸무게로 가능하지는 않겠지만 그래도 세상일은 모르는 것이다.

"란셀, 찾았어요."

페디가 외치는 소리가 들렸다. 난 급히 일어섰다.

"시작합시다."

마법사들은 급히 움직였다. 그때 오스마는 기사들을 시켜 땅을 고르게 하고 있었다. 마법진을 만들기에는 땅이 좁고 울퉁불퉁해서였다. 내 말을 들은 오스마는 기사들을 더 다그쳤다. 기사들도 오스마의 다그침에 급히 움직였고 금세 제법 큰 공터가 생겼다. 난 그 공터에 마법진을 그리기 시작했다. 내가 마법진을 그리는 모습을 보더니 마법사들은 감탄을 했다. 하긴 내 마법진이 보통 마법진인가? 드래곤에게서 직접 전수받은 원조 마법진이라 이거다. 내가 비록 마법은 못해도 이런 건 잘한다. 생전 처음 보는, 눈이 휘둥그레지는 고급 마법진이라 마법사들은 내가 마법진을 그리는 모습에서 눈을 떼지 못하고 있었다. 어이, 그만 봐요. 쑥스럽게……

"란셀, 대체 저 마법진은……."

일베르가 입을 떡 벌린 채 물었다.

"공간 결계 마법진입니다. 저 마법진 위에서 마나를 방출하면 강한 결계로 둘러싸인 통로가 생깁니다. 보베르타도 침범을 못할 정도로요. 다만 마나가 너무 많이 들어가는 것이 문제입니다."

"허허, 그 정도야. 여기 마법사가 열 명이오. 이 정도면 어떤 마법진도 발동이 가능하지요."

흠… 길고 짧은 건 대봐야 알고.

"됐어요."

그때 페디의 외치는 소리가 들렸다.

"좋았어. 그럼 부탁합니다."

내 말에 마법사들은 마법진 위로 올라갔다.

"거기 있는 시동어를 마나를 담아서 외워주면 됩니다."

내 말에 일베르가 마법진의 시동어를 외웠다. 그러자 마법진에서 빛이 나더니 그 빛이 한 방향으로 뻗어 나갔다. 빛은 석상도 그대로 통과했는데 결계 자체가 물리적인 힘을 가지는 것이 아니라 석상은 무사했다. 이 통로는 결계로 인해 차원이 달리 되는 차원의 통로이기 때문에 이렇게 물체를 통과하면서도 다른 외부의 것들을 차단하는 것이다. 게다가 공간 이동 따위의 직접적인 마법이 아니기 때문에 나도 이용이 가능한 것이었다. 뭐, 공간 이동 마법에 비유는 했지만 그런 기능은 없었다. 단지 통로만 만드는 것이기 때문에……

내가 마법사들에게 이 통로를 설명하려고 하자 일베르가 급히 외쳤다.

"빠, 빨리 가시오. 대, 대체 이건 어떤 마법진인데 마나를 이렇게… 으윽……."

이런, 이런. 벌써……? 빨리 가야겠군.

나와 다리온, 아르티닌, 이브린, 예나는 결계의 통로로 빨리 뛰어갔다. 기사들이 같이 오려고 했지만 우린 그것을 말렸다. 우리와 가봤자 도움도 안 되고 마법진과 마법사들도 지켜야 하기 때문이었다.

"헉헉, 이거 마치 물속에 만들어진 유리관을 통과하는 기분이군요."

다리온이 달리면서 외쳤다. 나도 이 결계의 통로를 이용한 것은 처음이었다. 다리온의 말대로 약간 푸른색을 띤 결계의 막이 조금씩 출렁이는 듯하고 그 막을 통해 보이는 바깥 풍경이 대단히 멋진 광경이었다. 하지만 아쉽게도 우린 여기를 빨리 통과해야 했다.

"까아~ 란셀, 나중에 이거 한 번 더 만들어줘요. 너무 멋져요."

나와 다리온이 보기에도 멋진데 감수성 풍부한 에나가 볼 때는 두말할 필요가 없었다. 하지만 그러려면 마나 소비가 상상을 초월하는데 어떤 마법사를 죽일까?

"다, 다 왔다! 헉헉."

난 결계의 끝에 와서 숨을 헐떡였다. 다리온도 내 옆에 앉으며 헐떡였다. 그런데… 치사하게 다른 사람들은 깊은 숨조차 들이쉬지 않는군.

"왔어요, 란셀?"

옆에서 누군가 말을 걸었다. 페디였다. 페디도 마법진을 그리고 그 위에 앉아 있었다. 그런데… 역시 드래곤이군. 크기 보고 섣불리 생각하면 안 되겠어. 페디가 그린 마법진도 내가 그린 마법진과 같은 것인데 지금 페디는 별로 힘들어하지 않았다. 아니, 가끔 하품을 하는 것이 여유만만이었다. 지금쯤 저쪽에서는 마법사들이 죽기 직전일 텐데……. 에고, 남 말 할 때가 아니지. 나도 뛰어왔더니 숨차 죽겠다.

"헉헉, 그… 래. 헉. 도, 돌은… 헉헉. 어디 있니? 헉헉."

"숨 좀 돌리세요. 돌은 여기 있어요."

난 페디가 가리키는 곳을 보았다. 거기에 있는 것은… 새하얀색의 둥근 돌. 난 그 돌에서 눈을 뗄 수가 없었다.

"헉!"

나, 나 기절해도 돼?

"왜 그러세요?"

내 경악하는 얼굴을 보았는지 페디가 물었다.

"음… 이 돌이… 아닌가벼."

나도 놀랄 만큼 차분하게 나오는 말. 암만 뚫어지게 봐도 절대 보베르타의 돌이 아닌 그저 돌.

그런 나를 보며 페디가 말했다.

"그러게 숨 좀 돌리라고 했잖아요. 왜 엉뚱한 돌을 보고 그래요? 제가 말한 돌은 이 돌이에요, 여기 연한 하늘색 돌 옆의 거무스름한 돌."

"응?"

난 다시 한 번 보았다. 거기엔 정말 하늘색 돌이 있었고 그 옆에 페디는 거무스름한 돌이라고 했지만 짙은 회색 빛 돌이 있었다.

"맞았어, 이거야!"

그래, 이거였다. 보베르타의 돌. 난 연한 하늘색의 돌을 들어 올렸다. 조심해야지. 자칫해서 충격을 주거나 뜨거운 열을 받는 등의 힘을 받으면 당장 활성화가 돼서 보베르타가 나올 테니.

"이게 바로 보베르타의 돌이야."

"그게요?"

페디는 약간 맥 빠진 목소리로 물어보았다. 아마 생각했던 것과 달라서인 모양이다. 하지만 모로 가도 목적지만 가면 되는 거다. 비록 엉뚱한 것을 찾았지만 그래도 그 덕에 보베르타의 돌을 찾았다. 그런데 문제는 요놈을 어떻게 봉인하냐는 것인데…….

크기는 별로 크지 않았다. 내 엄지손가락 한 마디만한가? 이런 작은 돌에서 백여 명의 사람을 돌로 만드는 보베르타가 나온 것이 신기했다.

아무리 바이러스가 극히 작다지만 이 돌도 꽤 작기 때문이었다. 하지만 문제는 크기가 아니었으니… 왜 그냥 왔을까? 무슨 상자라도 가지고 올걸. 저 흰 돌, 차돌이라 단단해 보이는데 저걸 파서 상자를 만들까? 이런 대체 무슨 헛생각이냐. 저걸로 어떻게 상자를……. 홈… 그러고 보니 돌상자라… 난 급히 품을 뒤졌다. 그리고 찾았다. 하나가 남아 있던 것이었다. 전에 내 드워프 친구인 아킬로인의 아들 바칼라드가 만든 돌상자. 전에 전부 레어에 쓸어 넣고 내가 가지고 있는 것은 서너 개였는데 그만 잃어버렸었다. 하지만 기적적으로 하나가 남았던 것이다.

"그래, 좋았어."

난 보베르타의 돌을 돌상자에 넣었다. 그리고 돌상자는 아르티닌의 레어로…

"잠깐, 그 위험한 것을 왜 내 레어에 넣으려고 하지? 누구 돌로 만들 일 있어? 그냥 땅속 깊은 곳에 묻으면 되잖아."

"그거야 네 레어가 가장 안전하니까. 그리고 이 돌이 있는 부근은 보베르타나 다른 정령력을 담은 바이러스에 감염되지 않아. 그러니 걱정말고 넣어. 그리고 이 돌이 얼마나 귀한 건데 그냥 땅에 묻어?"

사실 저 보베르타의 돌, 잘 살펴보면 쓸모가 많았다. 무기로도 이용 가능하고 다른 쓰임새도 아직 찾지 않았을 뿐이지 쓰임새에 대한 잠재력이 많은 돌이 이 보베르타 돌이었다. 난 이런 생각도 해봤다. 일부 부자들 중에는 오래 살고 싶어하는 사람이 있었다. 하지만 리치나 키메라가 되지 않는 이상 불가능했다. 드래곤 나이트란 방법이 있긴 하지만 어지간한 사람도 불가능한 방법이니 통과. 하지만 수명 연장은 모르지만 미래를 살 수는 있다고 해서 몸을 마법으로 냉동시키는 인간들이 가끔 있었다. 미래에 냉동 마법을 푼다면서. 아니면 보존 마법을 걸기도 했다. 하지만 그건 위험한 방법이었다. 그러나 보베르타에 의해 돌이 되면 백 년 후 말끔하게 다시 사람이 되는 것이다. 돌인 상태에서 부서지지만 않는다면 절대적으로 안전한 방법이었다. 응? 아니다, 바이러스는 불특정 다수에 감염되지. 에잇, 포기. 다시 처음으로 되돌아가서… 그래도 정 위험하다고 해도 드래곤이 석화돼 봤자 고작 7일인데… 그동안에 드래곤 슬레이어가 쳐들어오면 확실히 위험하겠군. 하지만 너무 그렇게 비극적으로만 생각하면 세상 못 살아가지이~

우린 마법사들이 있는 곳으로 돌아왔다. 아직 보베르타의 돌을 아르티닌의 레어에 넣은 것은 아니었다. 왜냐하면 다시 돌아와야 하니까. 보베르타의 돌의 기운은 돌상자도 뚫고 나왔다. 그 기운은 물질적인 것이 아니기에 돌상자란 장애물은 있으나마나 한 것이었다. 돌상자는 다만 보베르타의 돌에 별일이 없도록 지켜주는 역할만 할 뿐이었다.
"오오, 란셀, 드디어 보베르타의 돌을 가져왔군요."
일베르가 우리를 반기며 물었다.
"물론입니다. 그리고 없앨 겁니다, 죠세프."
난 죠세프의 이름을 불렀다. 그게 신호였다. 아르티닌은 보베르타의 돌이 담긴 돌상자를 레어로 보냈다. 아마 다른 사람들은 죠세프가 보베르타의 돌을 마법으로 없앤 것으로 알 것이었다. 원래대로라면 마법사들이 알아챌 속임수이지만 지금 그들은 마법진에 혹사당해 잔뜩 지친 상태였다. 그래서 나도 이런 속임수를 과감히 쓴 것이었다.
"다 끝났군요."
후슬이 다가와 말을 했다.

"예."

"전 아무것도 한 일이 없군요."

순간 난 좀 불길한 생각이 들어 재빨리 말했다.

"아닙니다. 우리가 일을 잘 할 수 있게 마법사들을 지켜주셨잖아요. 그리고 기사들도 잘 이끄셨고."

"그런가요? 덕분에 기사들과는 서로 많은 이야기를 했죠. 제가 그들에게 가지고 있고 그들이 제게 가지고 있는 선입견을 많이 해소시킬 수 있었습니다."

"예, 그렇군요. 잘됐습니다."

"그래요, 잘된 일이죠."

후슬은 미소를 짓더니 말을 이었다.

"지금에 와서 얘기지만 그런 선입견을 없앤 것이 신들의 자비가 아닌가 합니다. 그런데 한 가지 궁금한데요."

"예, 뭐든지 물어보세요."

"보베르타의 돌은 가져왔으니 이제 그 바이러스는 사라진 겁니까?"

"아닙니다. 한번 나온 바이러스인데 사라지겠습니까? 좀 더 시간이 지나야 사라질 겁니다."

"그렇군요. 그러면… 아! 저기……."

말을 하던 후슬은 내 뒤쪽을 가리켰다. 난 뒤를 돌아보았지만 별다른 것이 없어서 다시 후슬을 보았다. 그런데…

"후슬."

후슬이 없었다. 난 놀라서 후슬을 찾았는데 후슬은 이미 저만치 가고 있었다. 그의 용병단에게로…….

"누가 후슬을 말려."

난 사람들에게 말하고 후슬을 말리기 위해 달려가려고 했다. 그때 누군가가 날 잡았다.

"늦었습니다."

기사 중 한 사람이었다. 그 사람의 말대로 후슬은 이미 용병대의 석상에 다가갔고 순간적으로 돌이 되는 모습이 보였다..

"이럴 수가……."

"놀라지도 슬퍼하지도 마십시오. 저것이 저분의 삶입니다."

나를 잡았던 기사가 한 말이었다. 그런데 저분? 언제나 후슬이라고 이름을 부르던 기사가 후슬에게 저분? 그러고 보니 기사의 눈에는 슬픔이 가득했다.

"전 이제야 진정 존경할 만한 분을 찾았습니다. 아니, 다른 기사들도 저와 마찬가지입니다. 하지만 그분은 너무 일찍 떠나시는군요. 저는 그분의 마지막 모습과 행동을 영원히 기억하고 싶습니다."

결국 우리가 보베르타의 돌을 가지러 간 사이에 후슬은 기사들의 마음을 사로잡았던 것이다. 대체 무슨 말로 사로잡았는지는 모르겠지만… 지금 후슬은 돌이 됐으니……. 난 사람들에게 석화 기간에 대한 말을 했다. 그리고 그걸 말하지 않은 이유도 함께.

"그런 겁니까?"

아까 나를 잡았던 기사가 가볍게 웃더니 몸을 일으켰다.

"그렇다면 주저할 이유가 없군요."

그 기사는 석상이 있는 쪽으로 몸을 돌리더니 말했다.

"사실 우리들은 두 명 빼놓고 다 별 볼일 없는 기사들입니다. 집에 서조차 눈총이나 받는 형편없는 기사들. 그런 우리에게 기회가 왔습니다. 남들은 거들떠도 안 보는 좀비 사냥 말입니다. 그거라도 하면 조금은 이름이 나겠지 하는 마음으로 온 사람들이 우리입니다. 나머지 둘은 워낙 성격이 강직해서 좀비 이야기를 듣자 뛰어온 것입니다. 그런 우리에게 우리의 가치를 알게 해주신 분이 후슬 단장님이십니다. 그분이라면 제 영혼을 맡겨도 될 것 같군요. 백 년 후라… 그때쯤이면 저도 할 일이 있을지도 모르겠군요."

그는 그 말을 남기더니 석상이 있는 곳으로 갔다. 난 놀라서 말리려고 했지만 열 명의 기사들이 모두 가는데 막을 수가 없었다. 그래서 마법사들에게 도움을 청하려고 했더니…

"아니, 당신들은 또 왜요?"

"우린 저 기사들처럼 단순하게 한 가지 이유가 아니오. 저 기사들은 후슬을 섬길 생각으로 저러는 것이지요. 그건 우리도 마찬가지요. 후슬이 한 말을 듣고 그런 생각이 들었지. 하지만 그 이유가 전부는 아니요. 백 년 후라… 그때는 마법이 얼마나 발전했을지 궁금하군."

일베르가 대표 격으로 말하며 그들도 석상이 있는 곳으로 갔다. 지금 석상으로 안 간 사람들은 우리 일행과 아멜 신관, 그리고 기사 두 명뿐이었다.

"미안하다. 우린 가문을 이어야 해. 하지만 이건 맹세하지. 돌이 된 너희를 흠집 하나 나지 않도록 지키겠어."

"나의 후손을 이어 그 맹세가 지켜지도록 하겠다."

남은 두 명의 기사가 다른 기사들에게 한 말이었다.

"그래, 부탁한다."

다른 기사들의 말이었다.

"잠깐만!"

난 그들을 말리려고 했지만 남은 기사 두 명이 날 잡았다.

"놔두십시오. 저들은 드디어 그들이 갈 길을 찾아 떠난 것입니다."

그러는 사이 기사와 마법사들은 모두 돌이 되어버렸다. 난 꼭 꿈을 꾸는 기분이었다. 아니, 한 편의 유치한 희극을 읽는 기분이었다. 대체 이게 어찌 된 일인가. 모두들 집단 암시에라도 걸린 건가? 어떻게 이런 일이……. 내가 여러 가지 황당하고 어이없고 희한한 일을 많이 보았지만 지금 같은 경우는 없었다.

"진정한 진실은 영혼부터 사로잡기 때문이지요."

아멜 신관이 나에게 한 말이었다.

"영혼과 영혼으로 통한 그들입니다. 어차피 되살아난다면서요? 그럼 오히려 그들에겐 잘된 일입니다. 그들이 원하는 길을 갈 수 있는 길이 생겼으니까요. 다만… 저 석상들을 잘 지켜야죠. 백 년이나 저 상태로 버텨야 하는데, 아무 일 없어야 할 텐데……."

아멜이 석상의 안전이 걱정스러운 듯이 말했다.

"그거라면 걱정없습니다. 에르샤누란 벌레도 수천 년을 돌인 상태로 버텼으니까요. 생각보다 훨씬 단단합니다."

"그렇다면 걱정할 필요 없군요. 허어, 정작 문제는 우리입니다."

"아니, 왜요?"

"백 명의 용병, 열 명의 기사, 열 명의 마법사. 그들의 실종에 대해 어떤 말이든 만들어야 하니까 말입니다. 허어… 어쩌나, 난 라스틴 신의 신관으로서 거짓말을 하면 안 되는데……."

무, 무슨 말을… 거짓말을 못한다니……? 방금 돌이 되는 것을 뻔히 보고 실종이라고 말해 놓고는 거짓말을 하면 안 돼? 음… 생각보다 무서운 신관이군. 그건 그렇고 맞는 말이야. 그 많은 사람, 그것도 중앙에서 내려 보낸 사람들이 안 돌아오는 것에 대해 말을 하긴 해야 해.

나나 우리 일행은 사실 상관없는 사람들이지만 아멜 신관이 우릴 걸고 넘어질 것 같고······.

"란셀."

"왜요, 다리온?"

"우리 여관에 가면 빨리 물건만 챙겨 도망갑시다."

오호호호, 다리온, 그대는 정말 현자 중의 대현자이십니다. 그런 좋은 작전을 내다니. 다리온이 다른 사람에게도 말을 하는 것이 보였다. 모두들 의미심장한 눈빛들. 역시 같이 여행을 하다 보니 우린 서로 통하는군. 이래서 오래 안 사람은 좋은 거야. 암, 그렇고말고······.

제1장
유혹의 황금장미

이블루스. 우리 이브린 아가씨의 이름도 이 이블루스에서 따왔다고 한다. 꽃의 궁전이라는 화훼 산업으로 유명한 도시 국가. 나라는 작은 편이지만 국민의 삶의 질은 대륙에서 상위권에 들어 있는 나라였다. 그리고 빈부의 격차가 다른 나라에 비해 현저히 작았다. 그래서인지 이블루스 사람들은 언제나 여유가 있었고 마음씨가 착한, 정말 꽃처럼 아름다운 나라였다. 흠… 이브린과는 많이 다르군…….

"란셀, 대체 무슨 소리예요?"

아이고, 깜짝이야. 이브린, 그렇게 소리를 지르면 어떻게 해.

"놀랐잖아. 왜 갑자기 큰 소리야?"

"그럼 소리 안 지르게 됐어요? 많이 다르다뇨? 대체 뭐가 다르다는 거죠?"

흠흠, 내가 그 말까지 했나? 실수했군. 이럴 땐… 그냥 넘어가자.

"어, 어쨌든 여기 사람들은 그렇게 여유롭긴 하지만 단 한 가지만큼은 그렇지 않다고 하지. 바로 꽃 개량. 멋진 꽃을 만드는 일을 명예로 여기는 사람들이야. 그런 사람들이 5년에 한 번씩 꽃 축제를 연다고 해. 5년 간 연구한 꽃을 선보이는 자리인데 아주 유명하지."

"저도 들어봤어요."

"그래, 예나. 하지만 들어보기만 했지 한 번도 구경은 못했지?"

"그야……."

"그런데 올해가 바로 그 5년째 되는 해이고 내일이 바로 축제를 여는 날이고… 저기 보이는 마차들 보이지? 저건 여기서 이블루스까지 왕복 운행하는 마차인데 저 마차를 타면 오늘 저녁에 이블루스에 당도한다는 말씀. 어때, 이제 감이 잡혀? 어?"

난 말을 마치고 일행을 보니… 없네…….

"란셀, 빨리 안 오고 뭐 해요? 이러다 마차 놓쳐요."

예나가 소리치는 소리가 들린다. 하아. 역시 행동 한번 빠르군. 하지만 저렇게 서두를 필요가 있을까? 마차는 한 시간 후에 출발하고 난 이미 예약을 끝마친 상태지. 어디 보자… 우리 마차가 2005호라… 마차의 번호가 1001부터 1005, 2001부터 2005까지 모두 열 대였지? 내가 마지막에 예약했고. 아슬아슬했어. 조금만 늦었어도 표를 못 샀을 거야.

난 어슬렁어슬렁 마차 있는 곳까지 갔다. 거기에는 예나가 울상을 짓고 있었다.

"란셀, 이미 마차가 전부 예약이 돼서 자리가 없다는데요. 히잉~ 이블루스의 꽃 축제는 꼭 한 번 보고 싶었는데……."

난 예나의 말을 듣고 당당히 예약한 표를 보여주었다. 원래 이런 건 좀 더 극적으로 보여줘야 하지만 우리 일행에겐 안 통했다. 자칫하면 좋은 일 하고 원망 듣기 딱이었다.

"우와~ 란셀, 표를 이미 표를 구했군요!"

예나는 무척 기뻐했다.

"아까 말을 들으니 표 값도 비싸던데… 어디서 돈이 생겼지요?"

허억! 왜 말이 그렇게 빠져나가냐?

"그, 그거야 전에 예나가 돈 준 것도 있고… 그때 아무튼 많이 줬잖아. 그리고 틈틈이 용돈으로 준 것도 있고. 이 정도야 별것 아니지."

예나는 나의 말에 미소를 지었다.

"어머, 그랬군요. 그럼 다른 사람들도 마찬가지겠어요."

"그럼그럼, 당연하지."

"잘됐어요. 그럼 앞으로는 용돈 안 줘도 되겠네요. 야, 신난다~ 꽃 축제도 갈 수 있게 됐고 돈도 굳고 오늘 정말 좋은 날이네."

그, 그런… 어, 어, 왜 다들 날 그런 눈으로 보는 거야? 내가 뭘 어쨌다고. 난 아무 잘못 없어. 잘못없다니까… 나도 피해자라니까. 누가 이렇게 될 줄 알았냐고… 무, 무서워… 흑…….

우린 이블루스 2등급 여관인 흰 백합 여관에 묵게 되었다. 여관은 표 값에 포함되어 있는 것이었다. 여관비를 빼고 따로 표만 살 수도 있지만 3등급 여관인 튤립 여관비로 2등급 여관인 백합 여관에서 묵을 수 있기 때문에 특별히 이블루스에 따로 묵을 곳이 있는 사람을 제외하고는 여관비 포함한 표를 샀다. 그건 나도 마찬가지였고. 이블루스의 여관은 모두 5등급으로 각 등급마다 꽃을 이름으로 집어넣었는데 1등급은 장미였다. 또한 자기 마차를 타고 오는 귀족들이나 대부호들도 있었다. 우리처럼 마차를 타고 오는 사람은 대부호는 아니어도 돈이 많은 사람들이고.

"와~ 방이 정말 좋아요."

"그렇지? 각자 방이 하나씩이야."

표 하나에 방 하나. 이것이 원칙이었다. 물론 원한다면 여러 개의 방 대신 큰 방 하나를 줄 수도 있고 부부인 경우 분위기 좋은 2인실을 주기도 하지만 오랜만에 독방 좀 쓰자. 으갸갸갸~

다음날 아침, 난 밥을 먹으러 2층 식당으로 갔다. 이 여관은 특이하게 2층이 식당이었다. 1층의 용도? 몰라. 알 수가 없어. 어제저녁에 도착해 그냥 잤는데 알 리가 있나.

"란셀, 잘 잤나요?"

다들 모여 있었다.

"아아… 다리온, 잘 잤어요?"

"그럼요. 저희 모두 잘 잤답니다. 오랜만에 독방을 쓰니 편해서 피곤이 확 풀리던걸요."

아니, 그럼 나와 잘 때는 피곤이 쌓였다는 거야 뭐야. 난 오랜만에 혼자 자려니 무서워서 잠을 설쳤는데…….

"그렇군요… 흠… 잘 주무셨군요…….

나만 빼고… 에고, 졸려…….

"참, 란셀, 우리 빨리 꽃 축제 개막식 보러 가요. 앞으로 두 시간 후면 한다고 해요. 빨리 아침밥 먹고 가야죠."

예나의 성화에 난 밥을 쓸어 넣고―다른 사람은 먹었다. 하지만 난… 크흑흑~―개막식을 보러 갔다. 내가 산 표는 개막식 좌석까지 포함된 표였기에 우린 지정된 자리에 앉았다.

사회자인 듯 보이는 사람이 단상 위로 올라갔다.

"지금부터 이블루스 꽃 축제 개막식을 거……."

…아으갸갸~ 오우, 이거 잠시 눈을 감았다 뜨니 피곤이 싹 풀렸는 걸? 그런데 사람들이 다 일어서네? 무슨 의례를 하나?

"아, 감동적이야. 정말 멋진 개막식이었어. 안 그래요, 언니?"

"그러게. 난 처음에 무슨 개막식을 다섯 시간이나 하는지 축제 운영 자들을 한심하게 생각했는데 그 다섯 시간이 정말 순식간에 지나갈 정 도로 재미있었어. 아니, 너무 빨리 끝나서 아쉬워."

"그러게요. 역시 시간은 상대적이라니까요."

"하하, 중간에 주었던 도시락도 정말 맛있지 않았어요?"

"맛있었어요."

다리온의 말에 동시에 대답하는 예나와 이브린, 그리고 날 쳐다보았 다.

"잠꾸러기."

예나야, 그게 무슨…….

"어떻게 이런 개막전을 안 보고 잠을 자나 몰라. 문화도 모르는 짐 승."

이브린, 그건 너무 심한… 그런데… 말을 듣다 보니 이상한데?

"잠깐. 뭐야? 예나야, 벌써 개막식이 끝난 거야?"

"그렇다니까요. 다른 사람들은 하나라도 놓칠까 눈을 크게 뜨고 보 는데 혼자서만 잠을 자고… 얼마나 창피했는데요."

그, 그럴 리가…….

"코 안 곤 것이 다행이지."

음… 이브린의 말까지 들으니… 답은 하나였다. 내가 개막식 내내

잤다는 것. 무려 다섯 시간이나 하는 개막식 동안에… 음… 음… 우아아악~ 어떻게 이런 일이!

난 피곤은 풀렸지만 기운은 없었다. 대체 내가 왜 그렇게 잠이 들었던 거지?

"란셀."

옆에서 다리온이 말을 걸었다.

"개막식은 놓쳤지만 다른 볼거리는 많습니다. 그렇게 기운없이 다니면 그 남은 볼거리들도 다 놓치게 됩니다."

난 다리온의 충고를 받아들여 이곳저곳을 구경했다.

"저 건물이 이번 꽃 축제의 하이라이트입니다. 저기서 지난 5년간 연구하고 개발한 꽃들이 발표되고 전시됩니다."

우린 한 상인의 말을 듣고 그가 가리킨 건물로 갔다. 건물은 돔 형 건물이었다.

"그런데 란셀, 왜 이런 축제는 5년마다 할까요? 기왕에 매년 하면 더 좋잖아요."

"그건… 음… 그건… 정말 그렇네."

"아닙니다."

다리온이 말을 했다.

"지금 이 축제 규모를 보세요. 이런 축제를 매년 하면 재정을 감당할 수가 없게 됩니다. 그리고 재미도 떨어지지요. 5년마다 하니까 기다려지는 것이 아닙니까? 그리고 5년 주기는 꽃의 개발과도 상관이 있습니다. 보통 꽃을 하나 개량하면 최소 3세대는 지나야 비로소 하나의 완성된 개체로 인정을 받습니다. 그렇게 본다면 2년간은 꽃을 연구하고 개발하고 개량하는 기간이고 3년은 3세대까지 가는지를 지켜보는 기간입니다. 이건 1년생 꽃을 기준으로 하여 최소한의 기간으로 설정한 것입니다. 실제로는 5년 이상의 기간이 걸린다고 하더군요. 그래서 사실 여기에 전시되는 꽃의 백 배나 많은 꽃들이 실패하여 사라진다고 합니다. 생각해 보세요. 여기 전시된 꽃이 모두 백오십 종입니다. 그러니 얼마나 많은 꽃들이 개발되었다가 사라지는지를. 이 이블루스에서는 그렇게 많은 꽃 연구가 이루어지고 있는 겁니다."

난 다리온의 설명에 고개가 끄덕여졌다. 그런데 다리온은 그걸 어떻게 다 안 거지?

"여기에 씌여져 있는 내용입니다."

다리온은 팜플렛을 보여주었다. 음… 나도 글은 읽을 줄 아는데 왜 못 봤지?

우린 건물 안으로 들어갔다. 그러자 엄청난 향기가 몰려왔다.

"하야, 향기롭다."

예나는 감탄했고.

"그런데 냄새가 너무 진해서 어지러워."

죠세프, 너 그러다가는 여자한테 사랑 못 받아. 음… 갑자기 찬바람이 쐬고 싶군.

세상엔 사람이 만들 수 없는 꽃이 있었다. 연구에 연구를 하고 개량에 개량을 거듭해도 결국 꿈일 뿐이 꽃들. 푸른 장미가 그렇고 검은 튤립이 그랬다. 푸른 장미나 검은 튤립을 마법이나 다른 방법으로 만들수는 있었다. 하지만 그 빛이 다음 세대에까지 이어지지 않는 단 한 번의 꽃이었다. 그런데 내가 지금 보고 있는 꽃도 사람이 만들 수 없는 빛의 꽃이 아닌가? 하지만 여기 나왔다면 이미 하나의 개체로 인정을 받았다는 것인데…….

난 내 앞에 있는 꽃을 보았다. 이번에 1등상을 받은 황금장미. 황금빛이 찬란한 장미는 너무 아름다웠다. 그리고 그 향기는… 정말 환상적이었다. 나만 그런 것이 아니었다. 황금장미를 보고 있는 모든 사람들이 감탄의 소리조차 없이 황금장미를 보고 있었다. 그만큼 황금장미의 매력에 빠져든 것일 것이다. 그래서인지 난 다른 꽃도 보았지만 기억에 남지 않았다. 오직 황금장미만 기억날 뿐이었다. 전시장이 마칠 시간이 되어 문을 닫아야 하기 때문에 나오기는 했는데 너무 아쉬웠다. 황금장미를 보고 나니 다른 걸 구경할 마음이 안 났다. 재미가 없었던 것이었다.

"다리온, 그 꽃 너무 아름다웠죠?"

"예. 너무 아름다웠죠. 지나치게."

이상하게 다리온의 말이 쌀쌀하게 들리네. 이런, 다리온이야말로 꽃을 좋아하지 않는 사람 중에 하나인가?

"무엇이든 넘치면 모자라니만 못한 것인데……."

다리온은 뭐가 불만인지 얼굴이 굳어 있었다. 역시 다리온은 꽃을 싫어하는 거야.

"이만 가서 자야겠군요."

다리온의 말이 아니어도 나도 가서 잘 생각이었다. 일찍 자야 일찍 일어나서 황금장미를 구경하러 가지. 에구, 이런. 나만 그런 생각이 아니군. 이거 거리가 썰렁한데?

햇살이 눈을 비추었다. 이런 벌써 시간이… 으아악! 늦었다. 벌써 해가 중천이야. 빨리 가서 황금장미를 구경해야지…….

난 아침도 거른 채 돔 형의 전시회장으로 갔다. 하지만 거긴 이미 사람이 꽉 차 있어서 들어갈 수가 없었다.

"이봐요, 좀 비켜줘요."

난 소리를 질렀지만 사람들은 비킬 생각을 안 했다. 이 인간들, 아름다운 것은 알아가지고… 난 전시장 앞 대기석에서 사람이 나오기를 기다렸다. 사람이 나오면 그만큼 공간이 생기고 그럴 때 그 틈으로 들어간다. 멋진 생각이었다. 흠… 다른 사람들도 나와 같은 생각인가? 이런 행동을 빨리해야겠군. 그런데 사람들이 안 나온다? 벌써 해가 져가는데… 이런, 문을 닫잖아? 할 수 없군. 내일은 정말 빨리 와야지.

으음… 햇살이 비추는군. 자, 잠깐, 지금이… 아니, 어제보다 더 늦었잖아. 이럴 수가! 난 빨리 달려갔다. 그런데… 이젠 전시장에 들어가기는커녕 대기석에 있기도 힘들겠군. 하지만 포기할 수는 없지. 땅에라도 앉아 있어야지. 음… 왜 이리 안 나오지? 대체 저 안에서 왜? 다른 사람도 생각을 해줘야 할 거 아냐! 저런 몰상식한 사람들이 있으니 세상이 제대로 안 돌아가지. 이런 벌써 해가 져? 또 내일 다시 와야 하나?

아, 눈 따가. 햇빛이군. 제법 따가운… 엇! 지금은 정오……. 어제보다 더 늦게 일어났어. 난 전시장으로 달려갔다. 이런… 어제와 같잖아. 하아, 다시 기다리자. …음… 시간이 얼마나 지난 거야? 정말이지 왜 이리 안 나오지? 대체 저 안에서 죽은 거야 산 거야? 좋아. 기다리자, 기다려. 기다리는 사람에게 복이 있는 법이지. 음… 벌써 해가 지는군. 다시 돌아가야 하나? 아니야, 그럴 순 없지. 좋아. 여기서 밤을 새워 기다린다. 다른 사람들은 다들 자러 갈 테니 그때 문 앞에서 기다리면…
좋아, 멋진 방법이야.

"어이, 댁들은 안 자러 가요?"

아무튼 이상한 사람들이다. 왜 여기서 밤을 새는 거지? 나야 이유가
있다지만. 설마 다른 사람들도 나와 같은 생각? 에이, 그럴 리가… 내
가 며칠을 두고 생각한 건데… 음… 다른 이유가 있나 보군.

으음… 응? 여긴… 여관? 내가 왜? 그나저나 몇 시지? 앗! 벌써 시간
이… 난 전시장으로 달려갔다. 하지만… 어제와 같다. 다시 기다려야
하나? 저 앞의 사람을 제껴 버릴까? 아냐, 잔뜩 두들겨서 쫓아 보내?
생긴 건 기생오라비처럼 예쁘장하게 생겼는데. 아니면 저기 있는 갈색
머리 남자를? 아냐, 둘 다 강할 것 같아. 그럼 저기 있는 여자를? 음…
엘프인가? 좀 귀가 짧은데… 아냐, 엘프면 정령을 다루지. 그럼 그 옆
의 갈색머리 여자? 아니야, 저 여자, 여자면서도 강해 보이는군. 응? 내
옆에 있는 이 중년 남자는 어떨까? 에이, 내 옆이면 밀쳐 낸 보람이 없
잖아. 하아… 역시 기다려야 하나? 좋아, 오늘도 밤을 새자. 어제는 나
도 모르게 들어가 잤는데 오늘은 그러지 말아야지.

아음… 음… 응? 여긴… 또 방이잖아! 이게 어찌 된 일이지? 그, 그
래, 알았어. 다른 사람들이 내가 전시장 앞에서 밤을 새는 것을 보고
따라하는 거야. 그리고 몰래 내가 잠든 틈에 날 여관에 데려다 놓은 거
고. 흥, 경쟁자를 없애시겠다? 안 되지, 안 돼. 좋아, 그럼 나도 잠을 안
잔다. 훗, 어디 해보자고. 난 반드시 황금장미를 보고 말 테니. 난 다시
전시장으로 갔다. 응? 사람이 조금 준 것 같다? 좋아, 좋아. 이렇게 가

면 곧 내 차례가 오겠지. 역시 기다리는 사람에게 복이 오는 거야. 음… 하지만 아무리 그래도 오늘은 아니군. 벌써 해가 지네. 하지만 포기는 없어. 계속 여기서 기다려야지.

하아… 대체… 왜 난 자꾸 여관에 오는 것일까? 설마 나한테 몽유병이라도 있는 건가? 음… 어제 보니 전시장에서 사람이 조금 줄었던데 차라리 여기서 사람들이 더 줄 때까지 기다려? 아니지, 안 될 말이야, 그래도 가야 하루라도 일찍 보지. 난 다시 전시장으로 갔다. 응? 그새 사람이 또 줄었네? 음… 좋아, 이런 식으로만 가라. 하하. 기다리자, 기다려.

으음… 또 햇살이… 여관이군. 그래 난 역시 몽유병이 있는 거야. 아참, 빨리 전시장에 가야지. 나는 다시 전시장에 갔다. 호오~ 또 사람이 줄었군. 좋은 현상이야. 음… 좋아, 결정했어. 만약 내일도 여관에서 눈을 뜨면 차라리 여관에서 기다리기로. 이런 속도로 사람이 준다면 사흘 후에는 황금장미를 볼 수 있겠지. 그래, 조금만 더 참자.

으음… 또… 여관이군… 그래, 여관이야. 하아… 빨리 전시장에… 아냐, 어제 결심했잖아. 여관에서 기다린다고. 좋아, 여기서 기다리자. 요새 밤을 새우느라 잘 못 잤더니 피곤한데. 그래, 피곤을 풀어야 황금장미를 더 자세히 볼 것 아냐. 자자, 좀 더…….

으응… 여관? 내가 왜… 음… 아, 그래. 피곤을 풀려고 했지. 그런데 아직 안 풀렸나? 그럼 다시 자야지…

음… 햇살이 눈부시군. 음… 여긴… 여관이군… 그런데… 내가 어딜 나가봐야 하지 않던가? 그래야 할 것 같은데… 아… 다시 눈이 감기는데…… 으음…….

"란셀, 란셀."

누군가 날 불렀다.

"으음… 아, 다리온. 벌써 일어났나요?"

난 침대에서 일어났다. 흐음… 향기로운 꽃 향기. 역시 꽃의 국가답게 꽃 향기가 날 반기는군. 아, 그렇지. 꽃 축제 기간이니 꽃 향기가 더 나겠지.

"그런데 다른 사람들은요?"

"아직 잡니다."

"예? 그럴 리가요. 그 녀석은 항상 일찍 일어나서 검술과 마법 수련을 하잖아요. 그런데 아직도요?"

"예."

허참, 해가 서쪽에서 뜨겠군. 죠세프가 늦잠이라니…….

"그럼 에나는요?"

"마찬가지로 아직 잡니다."

"그럴 리가요. 에나도 일찍 일어나기로는 죠세프 못지 않은데. 어찌 된 일이지?"

이상한 일이었지만 난 크게 신경 쓰지는 않았다. 피곤하면 그럴 수도 있는 것이지 뭐.

"그럼 모두 일어나면 축제 구경을 가지요. 어디가 좋을까요?"

난 다리온에게 물었다.

"아, 란셀. 그게……."

응? 다리온의 표정이 왜 저래? 그러고 보니 왜 이리 조용하지? 벌써 해가 중천인데 밖이 너무 조용했다.

"대체 무슨 일입니까?"

다리온은 대답은 안 하고 창밖을 바라보았다. 나도 따라서 창밖을 보니… 어? 거리가 한산하네?

"사람들은… 지금 꽃 전시장에 있습니다."

꽃 전시장이라… 대체 무슨 꽃들이 있길래 사람들이… 순간 난 황금장미가 생각났다. 그러자 갑자기 황금장미를 보고 싶다는 생각이 열화같이 피어올랐다. 그때 다리온이 내 어깨를 누르며 말했다.

"참으세요, 란셀. 란셀도 지금에야 겨우 황금장미에서 벗어났습니다. 이대로 다시 황금장미에 빠지면 어떻게 될지 모릅니다."

난 다리온의 말에 놀랐다. 황금장미에 빠지다니…….

"란셀, 지금이 며칠인지 아십니까?"

"예?"

"아니, 쉽게 묻죠. 우리가 이블루스에 온 지 며칠이 지난지 알고 있습니까?"

"그거야…….".

난 순간 대답할 수 없었다. 내 이성은 하루라고 말하고 싶었지만 마음속 싶은 곳에서는 여러 날이 지났다고 외치고 있었기 때문이다.

"란셀, 우리가 여기 온 지 벌써 열흘하고도 이틀이 더 지났습니다."

난 다리온의 말을 듣고 다시 놀랐다. 여러 날이 지난 듯한 느낌이 들기는 했지만 열이틀이라니. 그게 말이 돼?

"다리온, 지금 농담을 하시는 겁니까?"

다리온는 한숨을 쉬더니 고개를 저었다.

"농담이 아닙니다, 란셀. 란셀은… 아니, 많은 사람들이 황금장미에 중독되어 있습니다. 란셀도 완전히 중독에서 벗어난 것은 아닙니다."

난 아직도 다리온이 무슨 말을 하는지 모르겠다. 내가 마약을 하는 것도 아니고 중독이라니……

"이해가 안 가실 겁니다. 설명을 해드려야겠군요. 하지만 다들 깨어나면 하도록 하죠. 그동안 란셀은 뭣 좀 먹고 씻어야겠습니다."

"어? 전 배가 별로 안 고픈데요."

그러자 다리온은 내 앞에 거울을 가져다 놓았다.

"그래도 먹어야 합니다. 거울 속의 란셀 얼굴을 보면 제 말뜻을 이해할 겁니다."

난 다리온이 준 거울로 내 얼굴을 보았다. 뭐, 나 정도면 죠세프만큼은 아니라도 준수한… 엇! 이, 이게 나야? 거울에 비친 내 모습. 난 놀랄 수도 없었다. 황당했다. 그리고 당황했다. 거울에 비쳤으니 이 거울이 마법 거울이 아닌 이상 이 얼굴은 분명 내 모습일 텐데… 지금 거울에 비친 내 모습은 눈이 퀭하고 볼이 쏙 들어간 얼굴이었다. 게다가 거칠어진 피부에 누렇게 뜬 얼굴색. 눈은 충혈되어 있었고 며칠을 못 씻어 까치집이 된 머리에 꼬질꼬질한 얼굴이었다. 이런 누런 얼굴이 꼬질꼬질하니 더 못 봐주겠네.

"다, 다리온, 이게 정말 제 얼굴이라고요? 이거 혹시 마법 거울 아닌가요? 대체 이 얼굴이 며칠을 굶은 얼굴이지……"

"맞습니다, 란셀. 란셀은 지금까지 열흘이나 굶었습니다. 아니, 열하루를 굶었습니다."

"말도 안 돼요. 전 지금 배가 안 고프단 말입니다."

"사람이 너무 굶어도 배가 안 고픈 법입니다."

그러더니 내 앞에 멀건 죽을 내놓았다.

"우선 이것만 드세요. 여기서 더 먹으면 오히려 해가 됩니다. 하아… 란셀의 몸이 마법이 듣지 않는 몸이라 더 어렵군요."

멀건 죽이라… 이거 날 아예 환자 취급하는… 응? 죽 냄새를 맡자 갑자기 배가 고파지네? 어디 그럼… 어?

"다리온, 방금 이 그릇에 있던 죽 못 보셨나요?"

"방금 란셀이 먹었잖습니까? 엄청나게 빠르던데요."

하하하. 그, 그랬단 말야? 이런, 내 손이 멋대로 움직였군.

"저… 다리온, 더 없나요?"

"없습니다. 그리고 있어도 못 줍니다."

"다리온, 그러지 말고요……."

"안 됩니다. 다 란셀을 위해서입니다. 란셀, 먹고 죽겠습니까? 아니면 안 먹고 안 죽겠습니까?"

그, 그야 먹고 죽은 귀신은 때깔도 좋다지만 역시 죽는 것보다는 사는 게 더 좋죠…….

난 죽 그릇을 보았다. 대체 내가 어떻게 먹었길래 이렇게 깨끗하냐?

"다리온."

그때였다. 누군가 문을 열고 들어왔다. 아르티닌이었다.

"아. 아울, 죠세프는 어떻습니까?"

"방금 일어났습니다."

"그런가요? 예나와 이브린은요?"

"지금쯤 씻고 있겠죠."

"그래요? 그럼 저 먼저 식당에 내려가 있었겠습니다. 아울, 뒷일을 부탁합니다."

다리온은 그 말만 남기고 방에서 나갔다.

"아울, 그게 무슨 말이야? 뒷일을 부탁한다니?"

그러자 아르티닌은 한숨을 쉬고 말했다.

"너희들을 데리고 식당까지 내려가는 중노동."

우린 식당에 있었다. 그런데 다리온과 아르티닌을 빼고는 모두 꼴이 말이 아니었다. 모두들 수척해진 얼굴에 거칠어진 피부들. 정말 무슨 일이 있어도 크게 있는 모양이었다.

"안녕하세요? 저 기억하시나요?"

우리 앞에 한 여신관이 오더니 말을 했다.

"아마 기억하지 못할 겁니다, 세이란 신관님."

다리온이 여신관에게 말하고는 우리에게 여신관을 소개시켜 주었다.

"이분은 비누라 여신님의 종인 세이란 신관님이십니다. 지금까지 예나와 이브린을 돌보아주셨죠. 저와 아울은… 하하하, 못하겠더라고요. 아무래도 여자여서 우리로서는. 하하하."

정말 대체 무슨 일이 있었던 거야? 엉?

"다리온 신도님, 이제 어떻게 된 일인지 말씀을 드리시는 것이 좋겠습니다."

세이란 신관의 말에 다리온은 고개를 끄덕이며 말했다.

"란셀, 전시회장에 있던 황금장미를 기억하십니까?"

그럼요. 기억하고말고요. 아직도 보고 싶어 미치겠는걸.

난 고개를 끄덕였다.

"문제는 그 황금장미에 있습니다."

난 이해가 안 갔다. 왜 황금장미에 문제가 있지? 그 아름다웠던 꽃이? 하지만 다리온의 말이기에 들어보기로 했다.

"아름다운 장미에 가시가 있듯이 더욱 아름다운 장미였던 황금장미에는 독이 있었습니다. 사람의 영혼까지 사로잡을 강렬한 유혹의 독이."

그렇게 말하면서 다리온은 하나의 수정 구슬을 탁자 위에 올려놓았다.

"지금 이 시각 전시장 앞의 풍경입니다."

난 수정 구슬을 보았다. 거기엔 하나의 영상이 있었는데 거기에 보이는 건물은 돔 형의 건물, 꽃 전시장이었다. 그리고 그 앞에는 사람들이 모여 있었는데…

"대체……"

난 말을 할 수가 없었다. 저게 사람 꼴이야? 퀭해진 눈에 쑥 들어간 볼, 누렇고 까칠하게 뜬 얼굴. 하지만 난 그것이 방금 전의 나의 모습과 같다는 것을 깨달았다.

"지금의 저 상황이 황금장미 때문이라고 하시는 겁니까?"

난 설마 하는 마음에서 물어보았다.

"맞습니다. 모두 황금장미 때문에 저렇습니다. 우선 지금까지의 상황을 말하겠습니다. 란셀의 경우를 예로 들어서요. 란셀은 이블루스 꽃 축제 개막식이 있던 날 전시장에서 여러 꽃을 구경했습니다. 그때 저도 같이 구경했으니 확실한 일이죠. 그런데 구경하던 중 이번 전시된 꽃 중 1등을 한 황금장미를 보게 되었습니다. 란셀만이 아니라 많은 사람이 보았죠. 그런데 문제는 그 후에 생겼습니다. 한 번 황금장미를 본 사람들은 다른 볼거리가 많은데도 불구하고 그냥 여관 등 묵던 곳으로 돌아가더군요. 이미 다른 것에 흥미를 잃어서입니다. 그리고 다음날부터 계속 황금장미만 구경했습니다. 만약 늦게 와서 전시장에 못 들어간 사람이라면 밖에서 기다렸습니다. 란셀도 마찬가지였습니다. 하루 종일 전시장 앞에서 사람들이 빠져나오기만 기다렸습니다. 하지만 한번 황금장미를 본 사람이라면 눈도 떼지 않고 꽃을 보았기 때문에 전시장이 문을 닫을 때까지 나오지 않았습니다. 문제는 꽃에 취해서 밥도 안 먹고 그저 꽃만 바라보는 것이었죠. 그러다가 서서히 지각이 없어지고 끝내는 자신조차 망각하게 되는 겁니다. 지금 많은 사람이 폐인이 되었습니다. 어떤 사람은 열흘 내내 잠을 안 자다 미쳐 버린 사람도 있고 황금장미를 보면서 눈의 깜빡임조차 없어서 실명한 사람도 있었습니다. 란셀이나 죠세프, 예나, 이브린의 경우는 저와 아울이 억지로 여관으로 데려와 몰래 수면제도 먹여서 최대한 황금장미와 멀어지게 했었습니다. 란셀, 혹시 기억이 나십니까? 계속 늦잠을 자던 일이?"

난 고개를 저었다. 대체 그런 일이 있었던가?

"그리고 굶어 죽지 않게 하기 위해 멀건 죽을 먹였지만 하루에 반 그릇도 못 먹었습니다. 그리고 그걸로 끝이었습니다. 란셀은 기억을 못할지 모르지만 나가려는 란셀을 끝까지 막아서자 란셀은 창문으로 뛰어내리려 하기도 했고 자해를 하려고도 했습니다. 그걸 겨우 말리고 결국 나가게 할 수밖에 없었답니다. 다만 계속 수면제의 양을 늘리는 일만 했죠. 수면제가 몸에 안 좋긴 하지만 할 수가 없었던 겁니다. 그리고 죠세프 등도 상황은 마찬가지였습니다. 안타까운 건 란셀이나 죠세프, 예나, 이브린을 돌보느라 다른 사람들은 어떻게 할 도리가 없다는 것이었습니다. 그저 눈 뜨고 지켜보는 수밖에. 다행히 그때 비누라 여신의 신관들께서 오셨기에 사람들을 살릴 수가 있었습니다. 만일 그렇지 않았다면… 이 이블루스는 시체로 뒤덮였을 겁니다."

다리온의 말이 끝나자 세이란 신관이 입을 열었다.

"그건 모두 비누라 여시님의 신탁 덕분입니다. 여느 때처럼 비누라 여신님께 기도를 드리기 위해 대신관님을 비롯하여 모든 신관들이 모였습니다. 그리고 여신님 앞에 꽃을 꽂고 기도를 드렸습니다. 그런데 그때가 아침나절이었습니다. 창문으로 들어온 햇살이 저희가 꽂아놓은 꽃에 닿자 그 빛을 받아서 꽃은 황금색으로 빛났습니다. 그리고 갑자기 비누라 여신님의 눈물이 진해지는 것이었습니다. 그때 꽂혀 있던 꽃이 백장미였는데 대신관님께서는 그 광경을 보시고 이건 신의 신탁이라고 말하셨습니다. 대신관님께서는 이곳 출신이신지라 이블루스의 사람들과 많이 아십니다. 여러분이 아시는 황금장미를 만든 사람이 대신관님의 어릴 적 친구 분이셨는데 그 덕에 황금장미에 관한 정보를 먼저 알고 계셨습니다. 그런데 하필 장미가 황금색으로 빛나고 여신님의 눈물이 진해지셨던 겁니다. 그래서 대신관님은 이곳에 일이 생긴 것을 아셨고 우리 보낸 것입니다."

세이란 신관의 말이 끝났다. 그런 세이란을 보고 다리온이 감사의 말을 했다.

"다시 말하지만 정말 감사합니다. 신관님들이 아니었으면… 상상만 해도 끔찍하군요."

하지만 세이란 신관은 고개를 저었다.

"아닙니다. 저희 비누라 여신님의 교세가 커서 신관이 많았으면 더 많은 사람을 도울 수가 있었을 텐데. 이 모두가 저희의 잘못입니다."

흠… 비누라 여신까지… 그렇다면 인정하기 싫지만 정말 일이 있는 모양이군. 황금장미에 문제가 있긴 있어. 그런데 그게 뭐지?

"다리온, 그렇다면 황금장미에 문제가 있다면 그것이 무엇인지 아시나요? 제가 본 황금장미는… 꽃 자체도 아름다웠고 황금빛으로 빛나는 빛깔도 아름답긴 하지만 이성을 잃거나 지각을 못하게 하는 아름다움을 지닌 것은 아니었거든요. 뭐, 다른 꽃도 마찬가지겠지만……"

"그런가요? 물론 맞습니다. 아무리 아름다운 꽃이라도 악마의 꽃도 아닌데 그럴 수는 없죠. 하지만 란셀은 이미 그 꽃에 빠지지 않았습니까?"

그, 그렇군… 그런데… 정말 왜 단지 꽃인데 밥도 안 먹고 보는 거지? 뭐, 나도 그랬다니 할 말이 없긴 하지만… 난 기억이 안 난단 말야.

다리온은 계속 말을 했다.

"제가 보기에 꽃이 문제가 아니라 향기가 문제인 것 같습니다. 그때 처음 봤을 때도 향기가 이상하게 기분 나쁘던데… 하지만 더 자세한 것은 연구를 해야 할 것 같습니다. 음… 제가 볼 때 그 적임자는 란셀이군요."

음… 나라고? 황금장미 연구지? 햐~ 그럼 황금장미를 볼 수 있겠네…….

"란셀, 만에 하나라도 황금장미만 보고 연구를 안 하면 영원히 이 여관에 가두겠습니다. 아시겠습니까?"

무, 무서워… 하면 되잖아요, 하면. 웅? 그런데 한.가.지.

"다리온, 이상하군요. 아울이야 원래… 특이 체질이지만—휴우… 드래곤이라는 것 말할 뻔했다—다리온은 어째서 황금장미의 유혹에 걸리지 않은 것이죠?"

"아마 저도 특이 체질인 모양이죠."

아무렇지도 않게 말하는 다리온. 휴우… 그런데… 아까부터 조용하다 생각했는데 지금 보니 죠세프랑 에나, 이브린 모두 자고 있네? 다리온도 본 모양인데?

"하아… 아울, 그러고 보니 모두 자고 있군요. 수면제를 좀 많이 쓴 모양입니다. 란셀은 그냥 뻗던데 다른 사람들은 왜 그리도 체력이 좋은지……."

이거 울어야 해, 아니면 웃어야 해?

난 한 화훼 연구소 사무실에 있었다. 바로 황금장미를 만든 사람의 사무실. 이런 곳에서 꽃을 개량하다니… 내 상식으로는 농장에서 하는 것으로 아는데 워낙 꽃 재배 기술이 발달한 이블루스라 다른 모양이었다.

난 그곳에서 여러 서류들을 보고 있었다. 황금장미에 대해 알려면 가장 좋은 방법이 그걸 만든 사람과 말을 해보는 것인데 불행히도 최초의 황금장미의 희생자가 그걸 만든 사람이었다.

그는 이 사무실에서 발견이 되었는데 굶어 죽은 상태로 발견이 되었었다(무서워라. 그나마 다른 사람들도 사무실에 같이 있다는 것이 다행이군). 그리고 그의 앞에는 황금장미 한 송이가 있었다. 다 시들어 버린, 화려한 황금빛은 사라졌지만 은은한 빛이 남아 또 다른 아름다움을 보이는 황금장미. 황금장미도 꽃이라 물을 주어야 하는데 황금장미는 그냥 탁자 위에 놓여 있었다. 그 때문에 죽은 것이었다. 그리고 죽었기에 향기가 나지 않았다.

이 황금장미를 만들었던 사람은 베타스란 사람이었는데 그는 황금 장미를 모두 세 송이 만들었다. 그래서 하나는 자신의 사무실에, 또 하나는 전시장에 보냈다. 전시장에 보낸 것은 유리 상자에 넣어 봉인 한 상태로 보냈기 때문에 심사하던 사람들이 황금장미의 유혹에 빠지 지 않았던 것이었다. 심사 때는 황금장미의 보호를 이유로 유리 상자 에 담았지만 전시할 때는 유리 상자에서 꺼냈다. 그 후로 일이 그렇게 진행된 것이었다. 그런 정황을 보면 다리온이 말한 황금장미의 향기가 원인이라는 말이 맞는 것 같았다.

"란셀, 이걸 보세요."

예나가 뭘 가져왔다.

"이거 약품들 같은데……."

난 예나가 내놓는 종이를 보았다.

"음… 시알코알륨 25%, 페키친치스 10%, 모로호암 15%, 구달립 30%, 트래고닐 10%, 라토키츔 5%. 흠. 확실히 약품의 배합 비율인 데… 대체 다 뭐지?"

"그 약들은 꽃을 개량할 때 쓰는 약들입니다. 어디 가서 그 약의 성 분비는 말하지 말아주시기 바랍니다."

대답을 한 사람은 제리울이란 사람으로 베타스의 조수였다. 베타스 가 황금장미를 세 송이 만들었다는 것을 확인해 준 사람도 이 사람이 었고 심사위원에게 꽃을 배달한 사람도 이 사람이었다. 하지만 그는 황금장미를 만드는 일에는 참여를 못했었다고 한다. 황금장미는 오로 지 베타스 혼자서 한 것이었다는 것이다.

"꼭 연금술사 방 같아요."

예나가 방을 돌아보더니 말했다.

"그럴 겁니다. 우리 같은 직업을 가진 사람은 반은 연금술사죠. 사실 꽃을 개량하는 데 마법은 금지되어 있습니다. 아름다운 자연의 생성물을 인위적인 마나로 해친다는 거죠. 뭐 하긴 마법으로 만든 거라면 1세대에 끝나는 일회용이라 우리도 마법은 안 씁니다. 하지만 연금술은 다릅니다. 연금술은 자연에 있는 재료를 조합하는 것이고 그 조합의 조화 속에 새로운 것이 생겨나는 것이므로 허락된 겁니다… 는 그저 우리가 하는 변명이고, 사실 연금술의 도움 없이 꽃 개량은 힘들거든요. 접목 등의 방법은 시일도 오래 걸리고 한계가 있어서요. 또 이전 꽃의 형질 변경에 연금술이 빠지면 불가능하죠."

그랬군. 오늘 새로운 지식을 얻었군.

"그러면 이런 식으로 이상한 약을 써서 이상한 꽃을 만들 수도 있지 않을까요?"

난 약품 배합이 쓰인 종이를 다시 보면서 물었다.

"글쎄요… 하지만 사실 그건 힘듭니다. 아무리 형질을 변경해도 꽃은 꽃입니다. 하나의 개체를 완전히 바꾼다? 우리가 신이 아닌 이상 어렵습니다. 뭐, 소설에서라면 가능은 하겠죠. 아니면 엄청난 천재라든가 엄청난 행운, 엄청난 기적 등의 경우가 아니면요."

흠, 여러 방법이 있긴 하지만 엄청나게 걸리기 힘든 방법이군.

"아, 이런 건 있습니다. 수십 년을 두고 지속적으로 한다면. 하지만 이 경우에도 어느 정도 운은 바래야겠죠. 아, 이걸 약속하면 다른 자료를 보여드리겠습니다."

우린 제리울을 바라보았다. 그는 한쪽 벽에 걸린 그림을 가리키며 말했다.

"저 그림 뒤에는 금고가 있습니다. 아주 보편적인 곳에 두었죠? 아무튼 그 금고 안에는 가장 중요한 자료들이 있습니다. 황금장미에 대한 것도 있을지 모릅니다. 전 그걸 함부로 보여드릴 수가 없습니다. 그건 우리만 알아야 하는 지적 재산이니까 말입니다. 하지만 상황이 상황이니만큼 여러분을 믿어야죠. 여러분이 저 안에 있는 것들을 보시고 비밀을 지킨다고 맹세하시면 보여드리겠습니다."

제리울이 크게 인심을 썼다. 그런데 막상 보려니 부담이 되는군. 내 입이 과연 내 의지를 따라줄지. 하지만 안 볼 수가 없는 상황이니…….

"좋습니다. 저 마나……."

"란셀, 엘렌디아 여신께 맹세하세요."

다리온이 내 입을 막고 협박했다. 음… 전지가위 들고 말하는데 안 들을 수 있나.

"…스 신이 아니라 엘렌디아 여신께 맹세하죠."

난 한숨이 저절로 나왔다. 이 베타스란 사람, 너무 자신의 연구에 몰두하다 보니 가서는 안 될 길을 갔던 것이다. 금고 안에는 여러 자료들이 있었다. 그리고 책 한 권과 유서 한 장. 난 유서를 읽어보았다.

〈누군가 이 글을 볼 겁니다. 아마 마법사나 신관 중의 한 분이시겠죠. 전 세상에서 가장 아름다운 꽃을 만들려고 한평생을 들였습니다. 그런 제 노력을 알아주었는지 하늘은 제게 선물을 주셨습니다. 제목도 없는 낡은 책이지만 그 안에는 여러 가지 연금술법과 약에 대해 자세히 나와 있었습니다. 전 이 책의 내용을 이용하면서 더 아름다운 꽃을 만들 수 있었습니다. 이 안에는 각종 식물들의 형질을 바꾸는 비법도 있었으니까요. 전 이 책을 얻고 신들에게 감사를 했습니다. 하지만 이건 신들의 선물이 아니라 악마의 유혹이었습니다. 꽃에 미쳐 있는 저를 타락시키기 위해 악마가 미끼를 놓은 것이라는 것을 유서를 쓰는 지금 깨달았습니다.

……중략……

　그러므로 이 책을 얻으신 분은 다시는 다른 사람이 저 같은 우를 범하지 않도록 해주십시오. 그리고 저로 인해 일어난 일을 해결해 주시기를 부탁드립니다.

베타스.〉

　베타스. 참 어리석다고 해야 할지 양심이 남아 있다고 해야 할지 모르는 사람이었다. 유서의 내용에 따르면 그는 황금장미의 무서움을 만든 후에 알았다고 한다. 그러나 이미 황금장미들을 보낸 상태였고 그 자신도 황금장미의 유혹에 걸려든 상태였다. 황금장미의 위험성을 알면서도 거부할 수 없었던 유혹. 그래서 그는 마지막 정신력을 다 짜내서 유서를 쓰고 황금장미를 탁자 위에 올려놓은 것이었다. 그리고 금고에는 보석들을 집어넣어 놓았다. 자신이 벌인 일을 해결할 사람에게 주는 사례로. 그리고 그는 계속 황금장미에 취해 결국 먹지도 자지도 못하고 황금장미만 보다가 죽은 것이었다. 누군가 자신의 실수를 해결해 줄 것을 빌며. 아마 그로서는 최선의 방법이자 선택이었을 것이다.

　지금은 거의 상황 종료의 상태였다. 사람들은 다행히(?) 자아를 잃어 완전 백치가 된 상태였다. 나중에 황금장미의 유혹에서 벗어나면 정상으로 돌아갈 것이다. 물론 살 좀 쪄야겠지? 내가 읽은 유서에는 황금장미를 만들 때 쓴 약품 배합이 있었다. 아까 발견한 약품 배합과 같았다. 한마디로 아까의 것이 황금장미로 개량하는 약품 배합서였던 것이다. 하지만 금고 안에 있는 배합서에는 두 가지의 다른 약품이 있었다. 유서에 따르면 베타스는 그가 얻은 연금술서 없이 이미 황금장미를 만들었던 것이다. 하지만 그가 만든 황금장미는 불행히도 향기가 없었다. 고심하던 그는 연금술서에서 그 해결을 찾았다. 그리고 향기가 나는 약물을 만들긴 했는데 인간의 욕심은 끝이 없는 것이었다. 그는 황금장미의 향이 좀 더 사람을 유혹할 수 있는, 영혼까지 황금장미의 향에 취할 수 있는 그런 향이 나기를 원한 것이었다.

그것이 불행의 시작이었다. 베타스는 기존에 만든 약물에 다른 약물을 더 만들어 황금장미의 뿌리를 두 약물에 담갔던 것이다. 두 약물이 뿌리를 통해 잎사귀 끝까지 고루 퍼져 황금장미의 형질을 변화시키고 다음 세대에 나온 황금장미는 드디어 향기를 지니게 된 것이었다. 하지만 두 약품은 황금장미 안에서 혼합이 되었고 악마적인 약품으로 거듭났다.

베타스가 조제한 약물은 레찌람과 베치올이었다. 나도 알고 있는 약물로 서로 따로따로 쓰면 문제가 없는 약물인데 일단 섞이게 되면 무서운 중독 효과를 가지는 올로포탐이라는 마약이 되었다. 마도 시대에도 유행했던 마약이었는데 올로포탐과 물의 비율을 1:100으로 한 액체를 분사기로 코 안에 분사해 마시던 마약이었다. 만약 그 올로포탐 원액을 그대로 코 안에 분사하면 그 사람은 순식간에 정신이 붕괴돼 사고 능력과 자아를 잃게 되는데 그건 치료약도 없었다. 그저 시간이 약이라 올로포탐이 없는 곳에 격리시켜야 했다. 그나마 금단 증상이 없다는 것이 다행이랄까? 베타스도 레찌람과 베치올을 섞으면 올로포탐이라는 마약이 만들어진다는 것을 알았던 모양이었다. 그래서 약물에 뿌리를 담글 때 시간 차를 두고 했다고 유서에 써 있었는데 자신이 어리석었다는 말도 써놓았다. 결국 우린 계속 황금장미가 뿜어대는 마약을 들이마셨던 것이다. 그것도 원액에 가까운 상태로.

올로포탐이 무서운 이유는 다른 것이 아니었다. 다른 마약처럼 신체에 이상을 주지는 않지만 정신적인 면에서 영향을 주는 것. 다행히 나와 우리 일행은 다리온과 아르티닌의 활약으로 별 피해가 없지만 다른 사람들은 어떨지 모르겠다. 이미 비누라 여신의 신관들이 황금장미를 없애고—신성력으로 몸 주위의 공기를 차단시켰었다—사람들에게 약을 주고는 있지만… 저 약이야 몸 보신하는 영양제이지 치료제는 아니었다. 정신을 치료해야지. 정신을.

"어떻게 하실 겁니까?"

난 제리울에게 물었다.

"전 이 황금장미를 폐기할 겁니다. 어차피 향기도 없는 꽃이고 너무 큰 슬픔을 준 꽃입니다."

난 제리울의 말에 다른 말을 할 수가 없었다. 비누라 여신의 신관들이 그렇게 뛰어다녔지만 벌써 오백 명이라는 사람이 죽었던 것이다. 사인은 아사. 열흘 넘게 아무것도 못 먹었으니 당연한 결과였다. 오히려 지금까지 버틴 것이 기적인가?

"그리고 그 책은 란셀이 처리하세요. 제가 가질 물건이 아닙니다. 저도 꽃을 개량하는 사람입니다. 그리고 유혹에 약한 사람입니다. 처음부터 유혹당할 요인은 제거해야겠죠. 그렇다고 그 책을 없애자니 귀중한 책 같아서요. 하하하. 전 지금 당신에게 책임을 떠넘기고 있는 중이죠."

제리울의 웃음에 슬픔이 배여 있었다. 베타스는 그에게 아버지와 같은 존재였다고 한다. 워낙 괴팍스런 성격이었지만 제리울을 키우다시피 한 사람이 베타스였다고 했다. 그러니 제리울이 슬퍼하는 것은 당연했다.

"그리고 베타스 선생님께서 남긴 보석은 유언대로 신관님들께 드렸습니다. 지금 이 사태를 수습하시는 분들은 신관님들이니까요."

"이제 어쩌실 겁니까?"

난 제리울에게 물었다.

"글쎄요… 선생님께서 쓰신 유서에는 저보고 사무실을 물려받으라고 했으니 그렇게 해야죠. 그리고 전 다시 황금장미를 만들겠습니다. 선생님이 만드셨던 황금장미가 아닌 진짜배기 황금장미를요. 사람들이 그 향기를 맡으면 행복감을 느낄 수 있는 그런 황금장미를 만들 겁니다."

갑자기 제리울이 커 보였다.

"제리울, 당신이라면 가능할 겁니다."

나도 제리울을 격려해 주었다.

'물론입니다. 그리고 황금장미 꽃밭을 만들 겁니다. 베타스 선생님처럼 고작……."

"……?"

왜 저러지?

"이, 이런, 맙소사, 신이시여!"

갑자기 제리울이 소리를 질렀다.

"왜 그러십니까?"

"하나가 없어요. 하나가."

난 제리울이 뭘 말하는지 감이 안 잡혔다.

"그게 무슨 소리죠?"

"황금장미. 전 분명 유리 상자에 담긴 황금장미를 세 송이 보았습니다. 하지만 지금은 두 송이뿐입니다. 베타스 선생님 사무실에 하나 전 시장에 하나. 그럼 나머지 하나는?"

난 몸이 떨렸다. 그런 엄청난 일이… 나와 제리울은 사람들에게 뛰어갔다. 그리고 자초지종을 설명했다. 모두들 경악하는 눈빛이었다. 물론 개중에는 다른 반응인 사람들도 있었다. 아직 황금장미의 유혹에서 벗어나지 못한 사람들. 빨리 제정신 차려야 할 텐데……

"꺄아아악!'

갑자기 세리안 신관이 비명을 질렀다.

"왜 그러세요?"

우린 놀라서 세리안 신관에게 달려갔다.

"소포… 소포. 그래요, 소포! 왜 그 생각을 못했지? 대신관님의 친구분이 보내셨다는 소포."

"예? 그럼 혹시……."

내 말이 끝나기 전에 몇몇 신관이 달려갔다. 마굿간으로 가는 모양인데 신전으로 돌아가려는 것 같았다. 나도 가고 싶었지만 그럴 수는 없었다. 여기서 할 일이 있기 때문이었다.

후에 들었다. 비누라 신전의 대신관은 황금장미를 본 채 죽어 있었다. 황금장미는 탁자 위에 올려져 있었는데 베타스의 경우와 같았다. 그리고 탁자에는 이런 글이 써 있었다고 한다.

〈비누라 여신이시여, 용서하소서. 전 황금장미의 유혹을 거부할 수 없었나이다.〉

그리고 대신관 뒤에는 비누라 여신의 상이 있었는데 그 어느 때보다 눈물의 색이 짙었다고 한다.

우린 이블루스를 떠났다. 처음 여기 올 때의 즐겁고 들뜬 기분과 다른 착잡하고 가라앉은 기분이었다. 기쁨으로 시작해 슬픔으로 끝난 축제. 난 다음 축제 때는 처음부터 끝까지 즐겁게 되기를 바라며 길을 갔다.

100년 후에

"지금 꼭 가야 하겠소?"

"제가 할 일이니까요."

난 눈앞의 사람을 보았다. 백 년 만에 깨어난 사람, 라이안 후슬. 아니, 이젠 후슬 라이안인가? 보베르타에 의해 석상이 되었다가 다시 원상태로 돌아온 사람. 그때 후슬을 보았을 때 나는 다시 이 사람을 만나리라고는 생각도 못했었다. 하지만 난 만났다. 그가 다시 사람으로 돌아오는 것까지 보았으니까.

"전하, 우리도 이동을 해야 합니다."

누군가 들어와 말을 했다. 이 사람 이름이 란셀이었지? 나와 같은 이름의 사나이. 지금은 후슬의 군대 군사 역을 맡고 있는 사람이다. 후슬은 단지 꽤 똑똑한 사람이라 했지만 사실 그는 몰락한 귀족 집안 출신으로 용병술을 아는 사람이었다. 후슬을 따라 돌이 되었던 기사들과 마법사들, 특히 기사들은 지금 제법 이름을 날리는 기사로 성장해 있었다.

"알았네. 준비하는 대로 날 부르게."

"쿡쿡."

난 저절로 웃음이 나왔다.

"왜 웃는 거요?"

"하하, 전하께서 처음 사람으로 되돌아왔을 때의 일이 생각나서 그럽니다."

내 말에 후슬은 곤란한 표정을 지었다.

"아아, 그건 나로서도 황당한 경험이었지. 그때의 어리버리했던 날 생각하면 아무 곳에나 숨고 싶다니까. 잊고 싶은 과거를 그렇게 들춰 내다니… 란셀 네르반, 당신도 꽤 악당 근성이 있어."

지금부터 꼭 10년 전. 난 리트완이란 마을을 지나고 있었다. 그런데 그 마을에서는 전시회가 열리고 있었다. 에미라란 유명한 조각가가 있었는데 에미라가 바로 그 리트완이란 마을 출신이었다. 그 에미라가 죽은 지 꼭 5년이 되는 해여서 그를 기억하기 위해 전시회를 연 것이었다.

그때 난 특별히 할 일이 없었기에 그 전시회를 갔는데… 그 전시회에서 한 조각상을 보았다. 3길드 정도 되는 인물 조각이었는데 마치 실물과 흡사했다. 멀리서 봤으면 정말 사람으로 알 정도였고 가까이에서 봐도 크기만 아니었으면 사람이 돌로 변했다고 생각할 그런 조각상이었다. 워낙 실물처럼 조각하기로 이름난 에미라의 최고 걸작이라고 하는데 난 그 조각을 본 순간 보베르타와 돌로 변한 사람들이 생각났다.

그래서 날짜를 따져 보니 그들이 다시 사람으로 돌아올 때가 가까워졌기에 난 그들이 있는 곳으로 갔다. 후슬을 따라 돌이 된 사람들도 그렇고 돌에서 다시 사람으로 되는 광경도 보고 싶었기 때문이다.

돌이 된 사람들이 있는 곳으로 가니 아직까지 돌인 상태였었다. 그래서 그곳에서 기다린 지 닷새—지난 백여 년의 경험으로 노숙에는 자신이 있었다—그들은 다시 사람으로 돌아왔다. 약간의 시간 차이는 있었지만 거의 비슷한 시간에 모두들 사람으로 돌아왔는데 천이 찢어지는 듯한 소리와 함께 순식간에 돌에서 사람으로 된 광경. 너무 빨라서 볼 것은 없었다.

"여긴……."

후슬은 주위를 둘러보았다. 후에 들은 말인데 그때 후슬의 눈에는 기사들과 마법사들이 가장 먼저 보였다고 한다. 후슬을 따라 돌이 된 기사들과 마법사들이 후슬의 앞에 서 있었기 때문에 당연한 일이었지만. 그래서일까? 후슬이 맨 먼저 한 말이 이것이었다.

"내가 돌이 되지 않았던 건가?"

물론 그런 말이 나올 만도 했다. 보베르타에 걸려 돌이 되었던 사람이야 한순간 정신을 잃었던 것으로 느껴질 테니.

후슬은 무척 당황한 표정이었다. 하긴 갑자기 기사와 마법사들이 그에게 고개를 숙이니 평범한 용병단 단장이 그런 상황을 감당할 수가 없었던 것이다. 그렇잖아도 내 설명을 듣고 기가 막혀하던 중인 그라 더 당황한 모양이었다.

그런데 더 황당한 사건이 일어났으니 그때 남았던 기사 두 명의 자손이 와서 한 말 때문이었다. 그들은 퀘린 왕국에서 그 지위가 올라 제법 세력이 큰 가문으로 자리 잡았는데 그 가문에 내려오는 말이 있었다고 한다. 바로 후슬에 대한 이야기. 때가 되면 진정 섬길 주군이 부활할 것이란 말이. 그런데 그 시기가 다가오자 퀘린 왕국이 내분으로 인하여 멸망하였던 것이다. 두 가문의 후손들은 조상의 선견지명에 감탄하면서 이곳으로 왔다. 그리고는 왕이 되어달라고 했으니… 후슬이 당황한 건 당연했다. 다른 사람들에게야 백 년의 세월이 흐른 후였지만 후슬에게 있어서는 찰나의 시간이었기 때문이다. 얼마 전만 해도 국왕의 명으로 좀비들을 퇴치하러 온 용병단장이었던 것이다.

"왜 꼭 지금이요?"

후슬은 내게 물었다.

"지금 나타났으니까요. 전 느꼈습니다, 그가 나타났다는 것을. 막아야 합니다. 그렇지 않으면 사람들이 희생됩니다."

내 말에 후슬은 한숨을 쉬었다.

"그대가 가면 우린 어쩌라고……."

"그렇지 않습니다. 군사로서는 란셀 베이언—란셀의 성이었다—이 있고 재상으로서는 오스마 아흐드가, 궁정 마법사로는 일베르 하크멜이 있습니다. 또 전하에게는 그 유명한 세크런 마법군단이 있고 그 외에 대륙에서도 이름이 난 세크런의 십대 기사도 있지 않습니까?"

후슬이 왕으로 있는 나라 세크런. 난 가끔 이런 생각을 했다. 우리가 보베르타의 돌을 가지고 온 그 짧은 순간 기사들은 후슬을 진정 존경하게 되었고 그를 따라 돌이 되는 길을 선택한 헛소리 같은 상황은 지금의 이런 현실을 만들기 위한 운명이 아니었을까 하는 생각이었다. 그리고 내가 하필이면 백 년 전의 일을 기억해 그들을 찾아간 것도.

난 세크런에서 일을 하고 있었다. 처음 후슬이 군대를 일으킬 때부터 같이했었는데 난 왕실 고문으로 있었다. 세크런에는 두 개의 큰 가문이 있었다. 지금 세크런의 양대 기둥이라 불리는 대공 가문이 백 년 전 돌이 되지 않고 남았던 두 기사의 가문이었다. 그들이 후슬과 합세함으로써 후슬이 왕이 되고 세크런이란 나라도 생기게 되었는데 문제는 후슬이 그들의 세력을 제대로 통솔하고 운영할 능력이 부족하다는 것이었다. 두 대공 가문이 후슬에게 절대 충성을 하긴 하지만 그것만으로는 후슬의 입지가 약했다. 처음부터 두 가문의 힘이 너무 컸기 때문이라 난 왕실 고문이란 직함으로 그런 후슬을 도와왔다. 그리고 10년이 흘렀다. 이젠 후슬도 왕으로서 위엄과 사람을 다스리는 실력을 가지게 되었다.

"그리고 그 일이 아니더라도 전 지금 떠나야 합니다. 전하를 위해서, 그리고 세크런을 위해서."

"그런가… 언젠가 그대가 떠날 줄은 알았지만… 그렇다면 조금이라도 더 있다 가면 안 되겠소?"

"안 됩니다. 지금 가야 제시간에 갈 수가 있습니다."

"하지만 마법을 쓰면 될 게 아니오? 공간 이동으로 가면 되지 않소?"

마법이라…

"제 마법은 그렇게 강하지 않습니다, 전하. 그리고 그곳의 좌표도 모릅니다."

난 세크런을 떠나왔다. 후슬에게만 인사를 하고 떠나온 것 때문에 다른 사람들에게 미안하긴 했지만 요란스런 환송식을 하고 떠나는 것은 내 취향에도 맞지 않고 후슬에게도 또 다른 부담이 되기 때문에 그냥 떠나온 것이었다. 그리고 한 달 후, 난 내가 찾던 마을에 도착하였다.

"생각보다 심하군."

난 마을을 보며 중얼거렸다. 사람들의 신음 소리가 들려왔다. 그리고 온몸에 부스럼이 난 사람들이 있었다.

"당신 이름은 뭡니까?"

난 온몸에 부스럼이 난 사람에게 다가가서 물었다.

"내 이름은 세인트 가든……. 당신은 누구십니까?"

"전 란셀 네르반이라고 합니다. 당신들을 고치러 온 사람입니다."

"예? 하지만 저희 마을에서는 의사를 부른 적이 없습니다. 전에 몇 분이 오셨다가 돌아가신 후론 촌장님께서 우리 때문에 다른 사람까지 죽이지 말자며 더 이상 의사를 부르지 않으셨습니다. 그리고 촌장님도 이미 돌아가셨고요. 저희도 죽음만 기다립니다. 당신도 죽음을 자초하지 말고 어서 떠나세요."

"훌륭하신 분들이군요. 하지만 전 병을 고치러 온 것이지 이곳의 참상만 보고 떠나려고 온 것이 아닙니다."

난 미리 준비해 왔던 약 재료를 꺼냈다.

"음… 츄이크 가루가 없군."

난 품 안에서 마법 지팡이를 꺼냈다. 두 뼘 정도의 길이를 가진 황금색의 지팡이. 바스디움으로 된 마법 지팡이 끝에는 루베나 석이 끼워져 있었다. 난 지팡이를 들곤 공간의 문을 열고 내 레어에서 츄이크 가루를 꺼냈다.

"마… 법사신가요?"

세인트가 두 눈을 크게 뜬 채 날 보고 물었다.

"약간은."

난 재료들을 약그릇에 넣고 작게 가루를 낸 다음 섞기 시작했다. 그리고 다시 화덕에다 강한 불을 피우고 재료 가루들을 자기로 된 통에 넣고 불 위에 올려놓았다.

"냄새가 좀 나겠지만 그리 심한 냄새는 아닐 겁니다."

난 세인트에게 미리 말해 주었다. 불로 가열하면 재료가 녹기 시작하는데 그때 고기 썩는 냄새가 나기 때문이었다.

"킁킁, 냄새가 나긴 하는군요. 사람들이 제가 죽은 것으로 알겠는데요?"

"그렇진 않을 겁니다. 사람이 죽어도 며칠은 있어야 썩으니까요."

난 말을 하면서 통 안을 살폈다. 어느새 재료들은 녹아 있었다. 난 그 녹아 액체가 된 재료를 꺼내 깨끗한 천 위에 부었고 잠시 놔둬서 굳게 만들었다. 그렇게 굳은 약을 다시 잘게 부수었다. 그렇게 만든 가루를 조닝이란 나무의 진액과 섞어 알약을 만들었다. 난 그렇게 만든 알약 중 한 알을 세인트에게 먹였다.

"어떻습니까? 벌써 열이 내리고 부스럼 때문에 가렵던 몸이 더 이상 가렵지 않죠?"

"예, 정말 그래요. 대체 어떻게 하신 거죠?"

세인트는 놀란 목소리로 물었다.

"그거야 약을 썼으니까요."

난 웃으며 말했다. 이 약은 내가 배운 지식이 아니라 내가 개발한 약이었다. 전에 여러 번 실험은 했지만 실제로 쓰기는 이번이 처음이었다. 그래서 혹시나 하는 마음에 조마조마했는데 다행히 부작용없이 제대로 된 약을 만든 것이었다.

"그럼 세인트가 도와주십시오. 이 약을 다른 사람에게도 먹여야 합니다. 이 순간에도 사람들이 고통을 당하고 있을 테니까요."

난 세인트의 도움으로 사람들에게 약을 먹였다. 그리고 내 약 덕분에 사람들은 모두 병에서 나았다. 하지만 이미 반수가 죽어버린 후였다.

"제가 좀 더 빨리 왔었어야 하는데 죄송합니다."

난 마을 사람들에게 사과를 했다. 그러자 세인트가 황급히 내 말을 막았다.

"아닙니다. 선생님께서 없으셨으면 저희도 모두 죽었을 겁니다. 선생님은 저희의 생명의 은인이십니다."

난 세인트의 말에 쓴웃음을 지었다. 모두라… 난 생각했다. 내 친구인 드래곤을 타고 왔으면 어떻게 되었을까? 그랬다면 더 많은 사람이 살지 않았을까? 하지만 난 그럴 수는 없었다. 난 운명의 뒤틀림이 두려웠던 것이었다. 만약 운명의 뒤틀림이 나쁜 쪽으로 간다면 이 정도의 사람을 살리는 것도 불가능했을 것이다. 아니, 세인트의 말대로 정말 모두 죽었을지도… 역시 난 모험을 할 배짱은 없었던 것이다. 아니, 모험이 두려웠던 것이다.

"후우… 그렇겠죠. 그래요."

난 이 말밖에 할 수가 없었다.

"참."

세인트가 생각난 듯이 말했다.

"저희 마을에서 오랜만에 마을 회의를 할 겁니다. 이번 마을 회의는 아이들까지 모두 참석할 예정인데 앞으로 우리 마을의 장래를 위한 의

논을 할 겁니다. 선생님도 꼭 참석해 주십시오."

"제가요?"

"예, 다른 사람은 몰라도 선생님은 꼭 참석하셔야 합니다. 우선 우리를 치료해 주셨고 또 선생님은 대륙 곳곳을 여행했다고 하셨으니 우리에게 도움이 될 좋은 말들을 많이 해주실 거라고 믿습니다."

세인트의 말에 난 마을 회의에 참석하겠다고 말했다.

"그럼 오늘 밤에 뵙죠."

세인트는 그 말을 남기고 급히 어디론가 뛰어갔다. 애인이랑 약속이 있다고 했던가? 하긴 아무리 생명의 은인이라지만 사랑하는 사람보다 더 보고 싶지는 않겠지. 난 마을 회의가 열릴 시간까지 책이나 읽기로 했다.

"선생님."

세인트가 뛰어왔다.

"오셨군요."

"약속을 했으니까요. 그런데……."

난 세인트 뒤에 있는 여자를 보며 물었다.

"하하하, 제 애인인 테이니입니다. 예쁘죠?"

뒤에 있는 아가씨가 날 보며 인사를 했다. 기억이 났다. 내가 주는 약이 쓴 약이 아니냐며 겁을 먹던 아가씨. 내가 만든 약은 조닝 진액을 넣어서 달짝지근했었다. 그걸 말해 주자 안도의 한숨을 쉬던 깜찍한 아가씨였다.

"안녕, 오빠? 우린 어디 앉아?"

그때 자매인 듯한 여자 둘이 다가왔다.

"어? 아프로나, 아프리아. 너희들은 저기에 앉아. 젊은 사람들이 앉는 자리야. 참, 선생님, 이 아이들 기억하시죠?"

그럼. 특히 저 아프리아는 확실히 기억하지. 처음엔 테이니처럼 약이 쓴 것이 아니냐며 겁먹더니 한번 먹고 나서는 달다고 더 달라고 떼쓰던 아이.

"그럼 기억하지. 특히 저 꼬마 아가씨는."

"치잇, 내가 왜 꼬마예요? 우리 언니보다 조금 작은 정도인데."

글쎄… 가슴까지밖에 안 오는데 조금이라… 아프로나는 지금 열여덟 살로 세인트보다 두 살 어렸고 아프리아는 아프로나보다 열 살이 어려서 지금 여덟 살이었다.

"자, 그럼 들어가시죠. 곧 회의를 시작할 겁니다."

세인트는 날 이끌었다. 회의는 마을 어른들이 주재하는 것이 관례지만 병으로 나이 든 어른이 많이 죽어서 회의를 주재하는 사람 중 가장 나이가 많은 사람이 꼭 쉰 살이었다.

"할아버지, 한 가지 제의합니다."

한참 마을 회의를 하던 중 누군가 손을 들고 제의를 해왔다.

"아프리아?"

사람들은 웅성거렸다. 대체 마을 회의에 여덟 살짜리 애가 무슨 제의를 한다는 것인가? 아니, 제의란 말은 또 어디서 들은 거지? 사실 원래대로면 마을 회의에 어린애가 참석할 수는 없었다. 어른들도 신경이 쓰이지만 애들도 곤욕이기 때문이었다. 하지만 지금은 모든 마을 사람이 참석한 회의인데다 마을에 큰일을 치른 후라 함부로 아이들만 남겨놓을 수가 없어서 이렇게 아이들까지 회의에 참석을 시킨 것이었다. 그런데 지금 역시나 아이로 인해 회의 진행이 방해받고 있었다.

"아프리아."

아프로나가 옆에서 아프리아를 말렸다. 하지만 아프리아는 막무가
내였다.

"싫어싫어. 이 말은 꼭 할 거란 말야."

아프리아의 고집에 결국 회의를 주관하던 어른들은 아프리아에게
발언을 허락했다.

"그래, 무슨 말인지 들어나 보자."

"응… 그러니까, 우리가 이번에 병이 들었었는데 여기 란셀 아저씨
가 약을 만들어 고쳐 주었잖아요. 그리고 란셀 아저씨는 우리 마을 아
저씨들이랑은 다르게 많은 걸 안대요. 여행도 많이 했다고 하고요. 그
러니까 우리 마을 촌장님을 똑똑한 란셀 아저씨 시켜요. 예?"

아프리아의 당돌하고 엉뚱한 말. 하지만 가끔은 그런 아이의 말에
어른들이 무릎을 치는 경우가 종종 있었다. 엉뚱하고 세련되지는 않지
만 고정관념에 사로잡혀 틀에서 벗어나지 못하는 생각을 하는 어른들
과는 달리 자유롭고 형식에 얽매이지 않는 기발한 생각을 아이들은 하
기 때문이었다. 지금 난 그 경우를 당해 만장일치로 이 마을 촌장이 되
었다. 난 그저 스쳐 지나가는 여행객이라고 해도 잠시만이라도 촌장을
맡아달라는데 어쩔 수가 없었다. 나보고 촌장을 하라니… 비록 얼마
전까지 일국의 왕실 고문이긴 했지만 왕실과 마을은 다르니 그 경험이
얼마나 도움이 될지는 미지수였다.

난 마을을 둘러보고 있었다. 이 마을에 도움이 되는 일이 무엇일까?
병이 다 치료된 지금 이 마을은 먹고 사는 문제가 남아 있었다. 마을
사람의 반이 죽어버린 지금 일할 사람이 부족했다. 이 마을은 본래 나

무를 베어다 팔았는데 그것이 어려워진 것이다. 그래서 난 마을 청년들과 숲 이곳저곳을 돌아다녔다. 약초나 버섯을 알아보기 위해서였다. 이런 숲에서는 자연에서만 자라는 귀중한 버섯이 있었다. 다만 의사들이면 모를까 숲에 사는 사람들조차 그걸 알아보지 못했다. 하지만 그것만 제대로 알려주면 앞으로 이 마을은 먹고 살 걱정은 없을 것 같았다.

"이건 벨로나 버섯이라고 하는데 약을 만들 때 쓰입니다. 벨로나 버섯은 약간의 해독 작용을 하는 성분이 있는데 그 성분이 너무 약해 해독제로서는 탈락이죠. 하지만 보약에 넣을 때는 다른 약 성분의 쓸데없는 독기를 감소시키기 때문에 약을 지을 때 많이 넣는 버섯이죠. 특히 고급 약을 지을 때 많이 넣습니다. 그리고 이 버섯은 양식이 불가능합니다. 오직 자연산만 있습니다. 왜 고급 약에 많이 쓰이는지 알겠죠?"

난 그 외에도 몇 가지 버섯을 알려주고 그것들을 캐서 도시로 장사를 나갔다. 장사는 잘 되었다. 난 그들에게 버섯들의 시세와 여러 가지 것들을 알려주고 다시 마을로 돌아왔다.

그런데 돌아오는 도중이었다.

"응?"

난 이상한 기운을 느끼고 숲 한곳을 보았다. 초록색의 작은 짐승.

"촌장님, 왜 그러십니까? 얼굴이 그렇게 하얗게 질려서……."

옆에 있던 세인트가 놀라서 물어보았다. 후훗, 사실 지금 몸이 안 좋은 상태지. 도시에서 장사할 때 독초를 만졌거든. 다른 약초와 섞여 있었는데 누가 모르고 같이 캐 온 모양이었다. 난 몰래 그 독초를 버렸는데 그만 독초에 손을 베인 것이었다. 그 독이 지금 나타난 모양이었다.

하지만 이 정도의 독이야 내 몸에서 해독 가능했다. 독의 영향으로 얼굴에 핏기가 사라진 모양이지만…

"저길 보세요."

난 초록여우를 가리키며 말했다.

"어? 여우네요? 초록색이군. 귀여운데요? 기르고 싶으시면 잡아올까요?"

난 세인트의 말에 고개를 저었다.

"세인트는 초록여우의 전설에 대해 알고 있나요?"

"물론이죠. 응? 잠깐, 저 여우 초록색인데……."

난 고개를 끄덕였다.

"맞습니다. 저 동물이 전설에 나오는 초록여우입니다."

"설마요. 그건 전설인데……."

같이 장사를 갔던 마을 청년 중 한 사람이 말했다.

"전설이 아닙니다. 여러분이 앓았던 것도 초록여우의 영향이었습니다."

내 말에 세인트가 놀라면서 물었다.

"하지만 초록여우 때문에 아프면 고칠 방법이 없다고 하던데……."

"의학은 발전하니까요."

마을 청년들은 황급히 도망가기 시작했다. 난 초록여우를 한 번 더 보고는 마을로 돌아갔다. 마을로 간 난 멜보 나무 숲을 만들기 시작했다. 멜보 나무 숲은 한번 만들면 미로와 같기 때문에 난 나를 도와 멜보 나무 숲을 만든 사람들에게 길을 가르쳐 주었다. 아니, 지도 보는 법을 가리킨 건가? 멜보 나무 숲은 이상한 기운이 있어 감각만으로 길을 찾을 수는 없었다.

멜보 나무를 심는 작업은 꼬박 반년이 걸렸다. 내가 온 지 벌써 10개월째, 세인트는 나에게서 상당히 많은 것을 배웠다. 대부분 마을을 이끄는 방법이었지만. 난 떠나려고 했다. 하지만 그러지 못했다.

"세인트, 사람의 인연이란 운명입니다. 그건 너무 오묘하죠. 헤어짐이 있으면 만남이 있고 만남이 있으면 다시 헤어짐이 있습니다. 그런 과정이 있는 이유는 사람의 삶이 항상 움직이기 때문입니다. 마치 저 하늘에 구름이 있다가도 없고 없다가도 생기는 것과 같습니다. 그러니 그만 힘을 내고 일어나세요."

후우… 내가 사백 살이 넘게 살았지만 아직까지도 남의 애정 문제에 조언해 주는 것은 약했다. 이런 것도 경험이 있어야 하는데 난 그런 경험이 거의 없었던 것이다. 게다가 또 내가 그런 말을 할 자격도 없었다. 적어도 세인트에게는.

난 세인트를 내 후임으로 내세우고 떠나려 했지만 그때 사귀던 테이니와 헤어졌다. 그리곤 저렇게 몸져누워 있는 중이었다. 그때 테이니를 도시로 데려갔던 것이 잘못이었던가? 아니었다. 그녀는 여기서 살 만한 여자가 아니었다. 게다가 진정 사랑하는 사람을 만나지 않았던가? 보름에 한번 장사를 하러 나가는 길에 난 테이니와 동행했었다. 남자들만 가니까 필요한 물건을 제대로 못 샀던 것이다. 그래서 테이니도 같이 데려갔는데 거기서 오스마 아흐드를 만난 것이다.

후슬이 세운 나라. 세크런의 재상인 오스마. 그곳에서 그를 만난 것이 뜻밖이었다. 그는 다른 나라들과 세크런의 동맹을 위해 여러 나라를 다니다 돌아가는 길이라고 했다. 그리고 중간에 몰래 이런 자유로운 시간을 가진 것이고. 그런데 그만 오스마와 테이니가 서로 사랑에 빠진 것이었다. 단 하루 만에. 나도 예상을 못한 일이었다.

하지만 속으로는 잘되었다고 생각했다. 테이니는 시골에서 남편 뒷바라지나 할 여인이 아니었다. 만일 세인트와 테이니가 결혼한다면 서로에게 안 좋은 일이었다. 하지만 오스마와 결혼을 한다면? 그녀는 신생왕국 세크런의 제2인자의 아내로서 그녀의 역량을 맘껏 펼칠 수 있을 것이다. 게다가 오스마와 서로 사랑하는 사이라면 더 더욱. 그래서 난 둘을 말리지 못했다. 오히려 은근히 도와주기까지 했다. 그리고 테이니는 오스마와 함께 떠났다. 그러니 세인트에게 죄를 지은 셈이라 제대로 말도 못했던 것이다.

그렇게 두 달이 지나갔다. 그리고 난 그 마을을 떠날 수 있었다. 나를 배웅하는 세인트 옆에는 아프로나가 함께 서 있었다. 아마 언제까지나 함께 서 있겠지.

"가시나요?"

난 눈을 들어 초록여우를 바라보았다.

"지도도 없고 나침반도 없는데 이렇게 제대로 길을 찾아가시다니 대단해요. 또 다른 당신과는 영 다른데요."

난 초록여우를 보고 미소를 지으며 말했다.

"난 좀 특별한 사람이거든. 그런데 날 만난 모양이군."

"미래에서요. 하지만 지금의 당신과는 많이 다르더군요. 외모는 같은데……."

난 초록여우의 말에 웃음이 났다.

"당연하지. 사람은 항상 변하니까."

"그래도… 헷갈려. 에휴. 과거와 현재와 미래에 동시에 존재하는 내 잘못이지… 그런데 어디로 가실 건가요?"

"글쎄… 그리고 보니 사막 구경을 못해봤어. 사막이나 가볼까?"

초록여우는 날 물끄러미 보더니 물었다.

"그런데 그렇게 돌아만 다니면 아내 되시는 분이 화내실 텐데요. 안 그래요?"

"그래서 항상 돌아갈 때는 선물을 사가지고 가지."

"칫, 그럼 잘 가요."

초록여우는 돌아섰다. 나도 돌아서서 길을 가려고 했다. 그때 초록 여우가 날 불렀다.

"란셀, 그런데 이 멜보 나무 숲은 왜 만든 거죠?"

"심심해서."

"그것만이 아닌 것 같은데요? 혹시 다른 사람의 출입을 막기 위해서 가 아닌가요, 시간의 뒤틀림에 빠지지 않게 하기 위해?"

물론 그 이유였다. 자칫 정신이 약한 사람은 뒤틀린 시간의 무게에 미쳐 버릴지도 몰라서. 그리고 다른 이유도 있었다. 언제까지나 자신 들의 마을에서 평화롭게 살고 싶어하는 마을 사람들의 소원을 들어준 것이었다. 그것이 복이 될지 불행이 될지는 운명이겠지.

외전 2
외출

　내가 내 스승이신 지혜의 종족 골드 드래곤 일족의 위대하신 고룡 카나이드님의 레어에 있을 때였다. 앗! 아직 밥 먹을 시간이 아니라고요? 그럼 다시. 내가 내 스승인 카나이드의 레어에 있을 때였다.

　"나의 제자 란셀아, 우리 세상에 나가서 유희나 즐기자꾸나."

　갑자기 카나이드가 정감 어린 목소리로 말을 걸었다. 순간 난 긴장이 되었다. 자칫하다가는 유희 나가서 말썽이 생길 수가 있었기 때문이다. 아니, 확실했다. 드래곤들은 오랜 세월의 시간을 이기기 위해 나름대로 정신 세계를 진화시켰는데 그로 인해 드래곤의 정신 세계는 아주 복잡했다.

　그런데 그 복잡한 정신 세계에는 좀 어린애 같고 유치한 부분도 있었다. 드래곤이 갖가지 물건을 수집하는 수집벽이 있는 것도 그런 면이 있기 때문일 것이다. 그리고 지금 눈치로 봐서 카나이드는 심심한 것이고 이럴 때 나가면 무슨 일을 할지 몰랐다. 정말 유희를 나갈 거면 이렇게 무대책으로 가지는 않기 때문이었다. 이건 단지 사나흘, 또는 하루 정도 나갔다 오는 외출이 확실했다.

"글쎄요… 지금 할 일이……."

"그래? 그럼 나 혼자 갔다 와야겠군."

그때 난 의문이 들었었다. 웬일이지? 정상대로라면 무슨 위협을 해서라도 끌고 가야 정상인데.

"그럼 난 나갔다 오마. 음… 보석 전시회를 어디서 한다고 했더라……."

"아, 잠깐만요. 방금 일 다 끝났어요."

난 솔직히 그때 보석의 유혹에 넘어간 것을 후회한다.

난 사람이란 특수한 상황에서는 아무리 친한 사람(?)이라도 안면몰수하고 모른 척해야 한다는 것을 뼈저리게 느낀 일이 있었다. 언제였나…

"우와~ 살려줘요~"

"사람 살려……!"

오랜만에 외출을 한 것까지는 좋았다. 그런데 사람으로 폴리모프한 나의 스승 카나이드. 그 외모를 보자면 긴 금발에 갸름한 아름다운 얼굴, 호리호리한 몸매. 카나이드 본인은 꽃미남으로 폴리모프한 것이라고 하지만 내가 볼 때는 여자로 폴리모프한 것 같았다. 그러니 남자들이 꼬이고 그중에 질이 나쁜 사람들도 있었던 것이다. 이 일이 터진 곳은 식당. 예의 그 질이 나쁜 녀석들이 다가와 수작을 부렸는데 그걸 참을 나의 스승 카나이드가 아니었다. 카나이드에게 찝쩍였던 그 사람들이 지금 묵사발이 되고 있는 것이었다.

"팔 꺾기."

"으악! 사, 살려주세요……!"

"허리 비틀기."

"으갸갸갸~ 자, 잘못했어요!"

"허리 꺾기."

"끄아아악!!"

"멱살 잡고 돌리기."

"그, 그만 속이… 우웩…….."

나만 이 광경을 보는 것은 아니었다. 다른 사람들도 처음부터 지켜보며 카나이드의 무시무시한 징벌에 입만 벌리고 있었다.

"당신은 저 금발의 아가씨… 아니, 청년과 같은 일행이 아닙니까?"

누군가 내게 물었다.

"아닙니다."

그 사람은 지나가고 잠시 뒤 다른 사람이 물었다.

"분명 당신은 저 금발의 청년과 같은 일행이죠?"

"아닙니다. 나는 저런 사람을 모릅니다."

조금 후에 어떤 사람이 다시 물었다.

"전 분명 당신이 저 금발의 청년과 한 식탁에 같이 있는 것을 보았습니다."

"아닙니다. 전 저런 사람을 본 적도 들은 적도 없습니다."

꼬꼬댁! 꼬꼬꼬…….

카나이드, 왜 죄없는 닭은 걷어차요?

우린 결국 치료비와 닭 값을 물지 않기 위해 야반도주를 했다. 내가 못산다니까… 흑.

"카나이드……"

"어허, 카트란 이름으로 부르라니까."

"예, 예. 카트… 꼭 이렇게 가야 해요?"

"하하핫, 이것도 다 추억이 아니겠느냐?"

글쎄… 난 지금 생각해 봐도 그때의 일이 추억은 아니었다. 마차의 지붕 꼭대기에 매달려 가던 끔찍한 기억이 어떻게 추억이 될 수 있다고…….

이야기는 이랬다. 처음 카나이드가 가고자 한 곳은 얄코시의 얄코 보석 전시회였다. 그런데 거리가 꽤 되었기에 그런 마차를 타고 가기로 했다. 마차 값은 1인당 1길드. 와~ 싸다. 그런데 카나이드는 그것이 비싸다고 깎고 깎고 또 깎았다. 카나이드가 계속 깎자 드디어 화가 난 마부는 한 가지 제안을 했다. 만일 마차 지붕에서 간다면 사람당 250셀에 해주겠다고. 결국 나와 카나이드는 반 사람 분의 요금으로 갔었던 것이었다. 크흑…….

"엄마, 위에 뭔가 있는 것 같아요."

"그럴 리가. 마차 위에 뭐가 있겠니."

"그래두 무슨 소리가 들리는데……"

"호호~ 신경 쓰이니? 하지만 마차 지붕에서 들리는 소리야 날던 새가 배설한 게 떨어진 소리겠지."

"웅… 그런가?"

모자의 대화 속에 졸지에 새의 웅가가 되어버린 나와 카나이드.

흠… 그때의 일을 생각하면 육체적 고통은 참을 수가 있었다. 하지만 모자의 대화, 거리를 지나던 사람들이 우릴 바라보던 그 눈빛… 게다가 마지막에 마차에서 내렸을 때 마차에 같이 탔던 사람들―물론 마차 안에 탄 사람들이었다―이 황당한 얼굴로 쳐다볼 때는… 정말 지금 생각해도 쥐구멍을 찾게 된다.

끼익.

우린 감옥에서 나왔다. 죄목은… 난동죄.

"다시 말하지만 이것도 추억이야. 겨우 이틀 만에 끝났지만."

으음… 참아야 하느니라… 후우, 후우. 난 카나이드에게 따지고 싶었다. 그럼 우리가 몇 달을 감옥에서 보내야 하느냐고.

우리가 감옥에 갇힌 사연은 이랬다.

겨우겨우 얄코 보석 전시회에 도착했는데…

"예, 벌써 끝나요?"

"그렇다니까요. 벌써 한 달 전에 끝났는데요."

별 희한한 사람 다 보겠다는 듯한 사람의 눈빛. 얄코 보석 전시회까지 왔건만 너무 조용해서 지나가던 사람에게 그 이유를 물으니 말해준 충격적인 사실에 난 할 말을 잊었다. 끝나다니… 끝나다니… 전시회 기간이 석 달이나 된다고 카나이드가 말했는데… 하긴 당연하지. 우리가 출발한 것이 보름 전인데… 그때 갑자기 카나이드가 소리쳤다.

"말도 안 돼. 이럴 수는 없어! 우리가 얼마나 고생을 하면서 왔는데!"

카나이드는 얄코 보석 전시회를 했던 장소로 뛰어갔다. 지금 생각하면 그때 난 따라가지 말았어야 했다.

"조직 위원장 어디 있어? 여기 전시회 주관 단체가 어디야?!"

때리고 부수고 차고 박고… 그래, 따라간 것까지도 좋았다. 하지만 난 그때 카나이드를 말리지 말았어야 했다.

"카나… 아니, 카트… 그만 해요."

난 카나이드를 잡았고, 그때…

"꼼짝 마랏!"

그리고는 곧바로 즉심.

"그래, 얄코 보석 전시회를 보려고 갖은 고생을 하면서 왔는데 끝나 화가 나서 그랬다? 그래도 그래선 안 되지. 죗값은 치러야 할 거요. 피고들은 두 가지 중 한 가지를 선택하시오. 구류 이틀, 또는 벌금 각 1루니안."

이건 재판관이 우릴 봐주려고 한 판결이었다. 다행이었다. 카나이드 가 입힌 손해만 100루니안은 될 텐데… 우리의 선택은 뻔했다. 당연히 벌금 1루니안을…

"구류 이틀을 살겠습니다."

나? 난 기절하고 싶었다. 허어… 그때 재판관의 표정도 가관이었지. 입을 쫙 벌리고 다물지를 못했으니…….

난 감옥 안에서 카나이드에게 말했다.

"카나이드, 너무 늦게 안 정보였어요. 그렇죠?"

"그러게. 1년 전에 겨우 알았던 거니까……."

"……."

"에… 그러니까, 그때 세리아랑 한번 구경을 왔었거든. 그게 언제냐, 두 달 전이지? 그런데 너무 좋아서 다시 한 번 온 건데 벌써 끝나 있다니… 쩝.”

끄흑흑흑. 엘렌디아 여신이시여, 제게 이번 시련은 너무 가혹합니다.

우린 결국 터덜터덜 돌아왔다.

“다시 말하지만 추억만큼 아름다운 보석은 없단다.”

혹시 아시나요? 죽음의 보석이란 것이 있다는 것을.

“어머, 카나이드. 란셀 오빠 왔어?”

세리아가 우릴 반겼다. 아, 드디어 돌아왔구나.

“어머, 너무했다. 란셀 오빠, 그러면 안 되지. 왜 카나이드님이 오빠 때문에 야반도주를 하고 마차에서 고생을 한 데다 새의 응가로 전락하고 난동죄로 감옥에까지 갇혀야 하는데? 그리고 그걸 추억이라니, 말이 돼?”

그랬다. 지금 카나이드는 나에게 모든 것을 뒤집어씌운 것이었다. 크흐흐흑. 내가 다시 카나이드랑 외출이든 여행이든 하면 인간이 아니다.

“란셀, 뭐 해요?”

엉? 난 상념에서 퍼뜩 깨어났다.

“란셀의 이야기를 해준다고 했잖아요.”

옆에서 예나가 보챈다.

“그래, 해주지.”

난 카나이드와 여행했던 이야기를 시작했다.

"그러니까 그때가 50년 전이었지. 그게 카나이드와의 마지막 여행이었어. 우린 로티암이란 도시에 갔는데……."

그랬다. 난 인간이 아니다. 인간임을 포기했다. 마족이랑 친하지, 엘프랑도 친하지, 드래곤이랑 살지. 무슨 인간이람. 난 사람이다. 킥킥킥.

〈5권 끝〉